U0013330

suncolor

suncolor

HBO Asia、IFA Media 著
宋亞樹 文字協力

影劇小說

通靈少女 1

The Teenage Psychic

十六歲的我

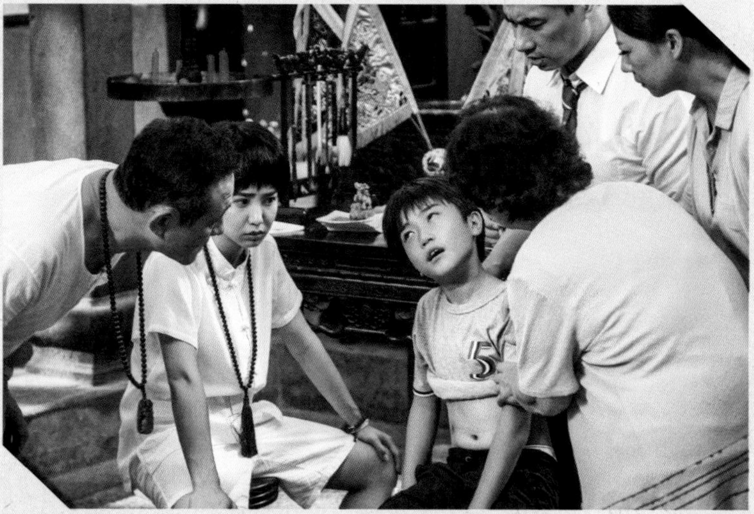

永遠的話劇社

63
復興高中

與他一起的夏天，永遠不會真正過去

J 1

J

謝謝你，阿樂！

目錄

序幕

樹梢林葉間的蟬鳴奏響了夏天。

豔陽下，一群孩子們嬉笑追逐。

「抓到了，這次換你當鬼！」

「我不要當鬼！叫她當鬼啦！」被抓到的孩子耍賴，伸手比向一團躲在溜滑梯下的暗影。

「才不要咧，跟她一起玩都會看到鬼！」

「她幹麼一直看我們這裡啊？好噁心喔！」三五孩子同時抗議。

「有了！」其中一個孩子拉開笑容，喜孜孜地跑到她面前，問：「喂，妳是不是想跟我們一起玩？」

窩在溜滑梯下的小小腦袋抬起來，睜著圓圓的眼睛瞧著對方，重重地點頭。

「這樣好了，只要妳請我們吃東西，我們就跟妳一起玩。」

小女孩點點頭，綻開缺了兩顆牙的笑容，興高采烈地跑回廟裡，飛快地搬來了所有能找到的零食與糖果。

「哇，好多喔！」

孩子們一擁而上，用最快的速度消滅那堆零食。

她眨著眼睛看著他們，亮晶晶的眼底寫滿期待。

「騙妳的，我們才不跟看得見鬼的人一起玩咧！哈哈哈！快，這次換誰當鬼？」吃飽喝足的孩子們將垃圾扔到小女孩身上，一哄而散。

她愣愣地望著那些衝進陽光下的快樂身影，空氣中似乎還殘留著稚氣的笑鬧聲。她低下頭，默默撿起腳邊的垃圾，退回溜滑梯下。

沒有人會想跟她一起玩……

小小的身體再度被巨大的暗影吞噬。

嗡——一陣低沉連續的震動聲劃破夢境，話劇社社辦裡的道具棺材微微動了動。

一個迷迷糊糊的女聲接起手機，渾身是驚出的冷汗。「喂？」

「小真，出事情了，快回來啦！」電話那頭的男人急嚷，音量極大，瞬間將少女朦朦朧朧的神智喚回來。

「吼，我在午休啦……」少女清醒了，將方才的夢境拋諸腦後，聽來卻不耐煩。

「人命關天，這個很嚴重，要睡回來睡啦！」可惜少女的不耐煩讓男人催得更急。

「好啦好啦！煩死了……」

砰！少女踹開棺材蓋，心不甘情不願地跳出來，揉了揉尚未完全睜開的雙眼，抓了抓翹得亂七八糟的短髮，伸了個大大的懶腰，滿臉不耐。

「人命關天人命關天……哪次不是人命關天啊？」她嘀嘀咕咕，上半身的制服皺得像抹布，下半身套著運動短褲，校服穿得完全不像學生該有的樣子。不過她才不在乎。

她左顧右盼，小心翼翼地走出話劇社，遮遮掩掩地在走廊上移動，唯恐被糾察隊與教官發現。

一路暢行無阻地來到學校圍牆旁，她俐落地翻上牆頭。

穿短褲多方便，神經病才穿裙子！

她得意洋洋地從牆頭一躍而下，跨上倚在牆旁的腳踏車，踩下踏板，風馳電掣地疾衝出去——

濟德宮

繪著門神的廟門大敞，入眼是蟠龍柱、石雕、彩繪、楹聯，天花板上懸掛著滿滿的紅黃燈籠。供奉著眾多神明的宮廟主殿前高掛著「天上聖母」四個大字，殿上爐煙裊裊、香火鼎盛。

室內茶香盈盈，但本該莊嚴肅穆的大殿上卻不斷傳來驚叫，一片慌亂。

「你不要過來！啊啊啊——」廟內的信徒四處逃竄，一邊尖叫一邊閃躲。

一個披頭散髮的男子橫眉豎目，正發狂似地揮舞著大刀，在殿內見人就砍。

「南無阿彌陀佛……南無阿彌陀佛……」站在較遠處的信徒手足無措地反覆喃喃，祈求神明幫助。

「快把他壓住！把他抓起來，快！」穿著鮮黃色道服、戴著念珠的濟德宮宮主——金勝在連忙下指令。

「好。」眾人七手八腳地一擁而上，可提著大刀的男子不知哪來的怪力，幾個人都制他不住。

「別讓他跑了！」

「你抓那邊！這邊我來！」

好不容易一番纏鬥，金勝在的兩名徒弟阿宏、阿修終於勉強地稍占上風。阿宏壓住男子肩膀，阿修制住男子的雙手，男子拚命掙扎，一時間竟無法擺脫。

金勝在見機不可失，急忙捧著碗鹽米，抬手便往男子的頭臉扔撒。

「天尊王爺玄天上帝關聖帝君本尊大駕——」他嘴裡一邊不停念誦咒語。

「退！退！」他大喝一聲，卻徹底激怒提刀男子，男子使盡全力，伸腿飛踢。

「哎喲！痛痛痛！」

金勝在被一腳踹翻，手中鹽米也潑灑了一地。

阿宏連忙奔至金勝在身旁。「金老師，有沒有怎樣？」

「小真呢？小真怎麼還沒來？」金勝在滿頭大汗，眼神急切地巡向宮門。

「金老師，先起來再——」阿宏正想扶他起來，可話還沒說完，被阿修架住的男子竟掙脫了，揮舞著大刀又往這裡砍來。

「啊啊啊！」

金老師與阿宏同時跌坐在地，眼看大刀就要劈下來，兩人大難臨頭地閉上雙眼。

「仙姑來了！仙姑來了！」眼尖的信徒望向宮外，雀躍大喊。

穿著校服的少女及時趕到，風風火火地奔進宮內。

她赤手空拳衝到發狂男子的大刀之下，毫無懼色，昂首凌厲地命令。「退開！」

方才還舉著大刀揮舞的男子竟被震懾，一動也不敢動。

「有話好好說。」少女挺直腰桿，眸光銳利地盯著他，氣勢逼人。

明明男子身形魁梧高大，眼珠上吊，眼白滿是血絲，手中甚至還提著大刀，模樣駭人，卻在少女的威壓之下，不自禁步步倒退。

少女搶步上前，高舉右手，凌空覆在男子頭頂，閉上雙眼。

旁邊眾人緊盯著，連大氣也不敢喘一口。

鏘——男子手中的刀跌落，好似全身力氣被抽乾一般地倒下，像個斷了線的傀儡。

少女緩緩睜開雙眼。一抹僅有她能見到的青綠色影子自男子身上倉皇退去，無聲無息地消失在宮廟外。

「仙姑、金老師，我兒子到底怎麼了？怎麼會這樣？」男子家屬匆匆上前，彎身查看男子情況，急忙詢問。

「先扶到旁邊去，等等再說啦。」金勝在指了指可供休憩的地方，阿宏、阿修連忙上前幫忙。

見人被帶開，金勝在湊到少女身旁，悄悄地問：「小真，啊這個到底是怎樣？」

「他去靈堂偷人家手尾錢啦。」她沒好氣。

「夭壽咧！」金勝在嘖了聲。

手尾錢是往生者握在手中或放在壽衣裡，蓋棺後要拿出來分給子孫的錢，象徵著往生者會愛護子孫之意，去偷人家這種東西怎麼行？亂七八糟！

「那個家屬……你是他爸爸齁？來，過來，我跟你講。」金勝在將男子的家屬叫過來，嘴裡說的卻不是這回事。

「這個孩子前世因果卡很深啦，所以今天才會有冤親債主找上門……跟你說，我們廟裡是這樣啦，消冤親債主的業障公定價是這樣，啊不過你們消業障，最好還要安個光明燈、喝大悲水、多燒點紙錢給冤親債主，才不會再被纏住……」

又開始了……少女望著金勝在講得天花亂墜，忍不住翻了個白眼。

真搞不懂，偷手尾錢就偷手尾錢，幹麼不直接告訴對方啊？是怕對方沒面子嗎？面子又不能吃。

算了，她搖搖頭。反正這是他們的事，她才不想懂。金老師平時碎碎念已經夠多了，她才沒笨到去追究為什麼。

啊，慘了！她忽然想起了什麼，急忙瞥向廟內掛鐘——午休時間早就結束了，她又蹺課了啦！

現在趕回學校也來不及了，豁出去算了，反正蹺課多久都是蹺課，不如吃飽比較實際。少女自暴自棄地掏出口袋內的巧克力棒，大剌剌地坐在地上吃了起來。

這是她第八百次蹺課，不是去逛街看電影，而是來濟德宮通靈。

金老師總說，她這是「帶天命」，注定要侍奉神明、普渡眾生……很怪吧？

她叫謝雅真，在濟德宮內，更多人叫她仙姑。

這就是她十六歲的日常。

01 天命

「……角色在受到之前大大小小的衝突之後，終於產生了一個能突破重圍的力量，這個就是轉捩點。」講台上，戴著黑框眼鏡的朱老師聲調平板地說著。

話劇社社辦內，除了指導老師朱老師之外沒人認真看待社團活動，底下的社員們早就放飛自我，戴著頭枕睡覺、側躺著看漫畫、倚在道具棺材上看報紙、聚在一起滑手機……

話劇社可是公認最好混的社團，和閃亮亮的熱舞社、熱音社、吉他社不同，大家都是來打混的，誰管朱老師說什麼？

噹、噹噹噹噹——

「好，我們今天就上到這裡。同學們，別忘了下週要決定校慶演出的劇本。」

「謝謝老師。」

下課鈴響，睡覺的同學終於起床，側躺的同學伸了個懶腰，聽音樂的拔下耳機，方才還死氣沉沉的教室裡瞬間恢復生機。

「下課了，起來了啦！」看完報紙的黃巧薇用力拍了拍棺材。

「齁，再讓我睡一下啦……」明明就還有十分啊！棺材抗議了。

「別睡了啦！」黃巧薇興沖沖地打開棺材蓋。「欸，謝雅真，我們今天晚上去聽Alice演唱會好不好？我有多一張票。」

「誰是Alice啊？」

突然掀開棺材蓋子太暴力了吧？外面很刺眼欸！謝雅真從棺材裡坐起來，無奈地瞪著從國小開始同班到現在的黃巧薇。

真不知道這傢伙是怎麼回事？跟電池一樣，每天都超有精神，還可以天天都綁不同的髮型來上課，今天的超高丸子頭搭配繽紛大髮帶，這不會太浮誇嗎？

「妳連Alice是誰都不知道？人家歌壇小天后欸！」黃巧薇不可置信地看著她，將報紙舉到她眼前。「妳偶爾關心一下活人的世界好不好?!」

「南亞大地震，死亡超過三百人……」謝雅真意興闌珊地念出報紙標題。

有沒有搞錯？頭版的Alice新聞那麼大，她只看見下面的地震是怎麼回事啊？黃巧薇差點沒被她氣死。

而且她不只不關心活人，就連自己的外表也不在意。一頭超短髮永遠亂糟糟的，制服襯衫永遠皺巴巴的，下半身搭配著萬年運動褲、髒布鞋，好像要她穿裙子就是要她的命一樣。

明明小真就長得還挺可愛的啊，皮膚白白的、臉小小的，圓滾滾的眼睛黑白分明，不用戴放大片也很好看，卻永遠只願意睜開一條縫，深怕別人不知道她有多想睡……到底有沒有一點少女的自覺啊?!

「懶得跟妳講了！」黃巧薇自討沒趣，一把將報紙抽回來。

莫名其妙，她本來就不想講啊，是誰硬把她吵醒的？謝雅真索性倒回棺材裡。

「大家注意！餅乾傳情——」社辦外突然傳來一陣吆喝，一群學生會成員手持擴音器與海報走進話劇社。

「哈囉，各位同學，一年一度的『餅乾傳情』活動又到嘍！」一人指著海報上的大標，興高采烈地宣傳。

社辦內立刻掀起了一陣小小騷動。角落裡的女社員們眼睛亮了，竊竊私語地偷笑。向來懶洋洋的話劇三宅——鳥哥、小龜、胖達，也不禁興奮了起來。

小龜用手肘推了推胖達，兩人不知在交頭接耳什麼。鳥哥拿起手機對著學生會幹部不停拍照，臉上表情看來既期待又猥瑣。

躺在棺材裡的謝雅真搞不清楚狀況，本還想繼續睡，卻被黃巧薇一拳搥醒。

「可能有一年級的同學還不知道這個傳統，就是呢，下個星期三，我們會特地將第三節下課延長十五分鐘，讓大家可以送餅乾給心儀的對象，表達對他們的心意，記得要參加喔！」學生會成員一陣風似颩進來，又如一陣風般地颩走。

忽然，一個女同學捧著一盒手作餅乾站起來。

「嘿，大家，我這邊有自己試做的餅乾，你們要吃吃看嗎？」

「要！」除了謝雅真與黃巧薇以外的社員全衝到她身旁，讚嘆連連。

「社長好強喔！」

「天啊，這也太美了吧！」

「社長不只人長得漂亮，就連做的餅乾也很漂亮！」

相貌清秀、烏黑長髮、輕聲細語、品學兼優，校園美女該具備的條件，張念文樣樣都有。她不只是話劇社社長，也是復興高中的校花，不管走到哪裡，身邊總是圍繞著一大群人。

謝雅真看著她。總覺得張念文身邊香火太旺，好像隨時都會發爐，靠得太近容易出事，還是遠遠看著有保庇。

「嘖。」

都不知道是在稱讚餅乾還是社長，校花就是不一樣。黃巧薇偷偷做了個鬼臉。

「真搞不懂現在的年輕人在想什麼……」不就是送送餅乾，有必要這麼興奮嗎？整間社辦跟瘋了一樣。謝雅真眼睛睜得圓圓的。

「小姐，妳好像也是年輕人耶？」黃巧薇忍不住吐槽她。「好啦，別管餅乾傳情了，晚上 Alice 的演唱會到底去不去？」

「我怎麼去啊？」

「哎喲，妳一天不去當仙姑，濟德宮又不會倒。」

「喂！」謝雅真急著打了黃巧薇一下。媽祖保佑，幸好沒人聽見。才不想讓別人知道她在廟裡當仙姑咧！

「好啦，不說就不說，我找別人去就是了。」黃巧薇顯得很失望。

「奉天之命淨世靈，世間眾靈服天命，弟子金勝在，誠心奉請——」

夜晚的天幕上，明月高懸，濟德宮裡熱鬧滾滾。

金勝在穿著金光閃閃、瑞氣千條的黃色道服，手中持香，嘴上喃喃念著祝文，虔誠地開始問事前的儀式。

「來來來，大家在上面寫好自己的姓名、地址、八字，寫好之後把單子交給我。」

阿宏發下一張張紅紙，阿修領著已經寫好紅紙的信徒們，按照順序坐成一排。

已經換上白色道服的謝雅真看著滿屋子越來越多的信徒，實在很想逃。

媽啊，怎麼今天人這麼多？

問事是濟德宮裡開放給信徒詢問各種疑難雜症的服務，舉凡事業，感情、風水、學業、通靈……等等都可以問。

但現代人到底是有多苦悶啊，怎麼能有這麼多問題？

她才是那個最想問問題的人——到底為什麼老天爺要選她當仙姑？

她從小就有陰陽眼，特別難帶，讓爸媽傷透了腦筋。後來，因為爸媽認識金老師，就把她送到濟德宮，看金老師能不能想辦法讓她安定點。

沒想到，來到濟德宮之後，情況就一發不可收拾了。

一開始，她是會脫口說出一些自己看見的事情，比如哪個信徒身上有卡到陰之類。後來，漸漸大家越問越多，她也越說越多。

接下來，就變成眼前這樣……

她成了濟德宮裡能夠通靈的活招牌，信徒們都叫她仙姑，最常問她的就是下期樂透會開什麼號碼，每天都忙得要命。

每天放學後，她必須到濟德宮來，吃過飯後就開始打坐。問事時段最晚從七點開始，只會提早不會延後；結束時間至少是晚上十一點，只會延後不會提早。

等她回到家，起碼是凌晨一點，隔天早上又要六點半起床，累都累死了，哪還有時間念書寫功課做家事？

現在是很流行斜槓，但有學生斜槓仙姑的嗎？

真討厭，為什麼偏偏是她帶天命啊？

「仙姑、那個、我……」謝雅真還在胡思亂想，第一位女信徒已經在她面前坐定，支支吾吾地開口。

「等一下。」謝雅真伸手一抬，打斷女信徒，瞬間切換到仙姑模式。

她閉上雙眼，雙手擺在膝上，中指及無名指內彎，以大拇指指尖壓住，結印掐訣。

和一般人不同，把眼睛閉起來之後，她反而能看得更多、更清楚。

這個女信徒身旁有個小小的、充滿不甘的靈……

「妳沒有結婚對不對？」過了好一會兒，她睜開眼睛。

「……對。」女信徒一愣，回答得有點心虛。

「這個有帶嬰靈，等一下一起處理。」謝雅真悄悄地對身旁的金老師說。

她雖然覺得大人的事很煩，但也至少知道未婚帶著嬰靈這件事，絕對不能在信徒面前說得太明白，要幫對方保留一點面子。

「好。阿修，來。」金勝在對阿修比了個手勢。

「妳自己有帶蓮花嗎？小孩的部分要兩座，這邊請。」阿修走過來，將剛才問事的女信徒領到一旁。

下一位信徒立刻衝到謝雅真面前坐下。

「仙姑齁是這樣啦我朋友齁還有我朋友的朋友都結婚了現在剩我一個還沒結婚仙姑妳幫我看我姻緣什麼時候會來我真的很想知道什麼時候才能結婚我明明長得很漂亮個性

也很好拜託仙——」

一位身材圓滾滾，臉上化著濃妝，頭上還插朵花的女信徒連珠炮似地拚命講，邊講邊往前傾，簡直快要貼到謝雅真身上。

救命啊！口水快噴到了啦！

謝雅真很想從椅子上跳起來，但是仙姑不能這樣，只好拚命往後退。搞什麼鬼？這是要逼她下腰嗎？

「大姊，妳坐好啦，我們仙姑不喜歡人家靠她太近。還有，妳喝口茶，慢慢講，這樣聽得比較清楚。」阿宏趕緊把快撲到謝雅真身上的大媽拉開。

「好、好。」信徒抿了口茶，動了動身體。「仙姑齁，我的條件不多啦，身高差不多一百八十公分，長得像彭于晏就好。身材喔，有點肉不要太瘦，但不是肥肉喔。然後齁，沒有車子房子沒關係，不過結婚以後我不要跟公婆一起住，還有——」

「阿姨，妳要不要去找婚友社比較快？」謝雅真越聽越不對勁。這種事情也要來找她是怎樣？她又不是媒婆。

「咳咳！」

死囝仔，怎麼這樣跟信徒講話?!金勝在被謝雅真的話嚇出一身汗，趕快清了下喉嚨，對著女信徒陪笑臉。

「我們仙姑的意思是說，像這種婚姻介紹要有誠意，心誠則靈啦！」他偷偷推了下謝雅真。

謝雅真悄悄翻了個白眼。她又沒有說錯，難道仙姑還要斜槓媒婆喔？就算是月老，聽見這種要求也會想離職。

「我很有誠意啊，可是我等很久了捏！我都已經三十八……」

金勝在趕緊拿起一旁的寶特瓶，塞進女信徒手裡。

「仙姑當然知道妳很有誠意。來來，我跟妳介紹一下，這是仙姑加持過的『姻緣百花香水』，妳把它帶回去之後，早晚身上灑一次，它會幫妳淨化氣場，讓妳元神光彩；當妳元神光彩的時候，桃花自然就朵朵開。」金勝在得意洋洋，實在很佩服自己，都一把年紀了還這麼有才華，簡直天生行銷人才。

「這樣喔？」女信徒看著寶特瓶上的「姻緣百花香水」幾個大字，半信半疑地眨了眨眼。這看起來就像換包裝的礦泉水啊……

「當然！我們的『姻緣百花香水』有多神，用過的都知道。不只招彭于晏招桃花，還可以招財招人緣，很多信徒結婚之後都還是繼續用喔。最重要的是，現在訂購還可以宅配到府，看是要一次訂三個月或是半年都可以……來，我們這邊登記一下。」金勝在一邊領著女信徒走到旁邊去。

「仙姑，我跟妳講——」

唉，下一個信徒又來了。

好不容易，解決了所有信徒的疑難雜症之後，時間已接近午夜十二點。

謝雅真又累又餓又渴地走到濟德宮後頭。這裡不只有廚房、洗手間，也有一間鋪著榻榻米、跪墊的禪堂，被拿來當作她的休息室。她的道服、念珠、經書、私人用品全放在這裡。

想到回家還有一大堆事情要做，她就厭世得不得了，歪歪倒倒地躺在榻榻米上。

不管怎樣，先躺一下再說，最好還能來點垃圾食物。

她打開一包洋芋片，喀滋喀滋地吃了起來。

「小真，快來吃東西。」才吃了幾口，阿宏端了碗熱騰騰的麵走進來。

「阿宏，我自己來就好了啦，都已經這麼晚了，你趕快回家。」她急忙站起。

阿宏和阿修都住在濟德宮附近，平時都會來廟裡幫忙，從早忙到晚，幾乎算是從小看著她長大的大哥哥，讓他們伺候吃飯多不好意思。

「老師吩咐的，就知道妳又要偷吃餅乾了啦！」阿宏把麵碗擱在桌上，擺好筷子。

一聽見金老師，她小聲咕噥，賭氣地將餅乾擱到桌上。

放學時一直催，催到她不敢吃飯，現在又擔心她肚子餓……

她瞪著那碗麵，默默生悶氣。

「快吃啦，別餓到了。」阿宏按著謝雅真的肩膀，把她推到麵碗前坐下。不用問也知道小真在氣什麼，這種戲碼至少上演過八百遍。

「好啦。」她舉起筷子，準備吃麵，金勝在忽然從外頭風風火火地跑進來。

「小真，來，妳看——」

「金老師，小真，那我先回去了。」這麼急，一定有重要的事，阿宏識相閃人。

阿宏一走，金勝在立刻將帳本攤放在謝雅真面前。「妳看，這個月通通是赤字，再這樣下去不行啦！」

「怎麼會？人明明就很多啊。」不然她在忙什麼？謝雅真莫名其妙地放下筷子。又擔心她肚子餓，又要在她吃東西時碎碎念，到底是怎樣？

「啊就回客率很低呀，」金勝在說得非常苦惱。「妳知道現在廟裡搶信徒搶得很兇，乩童不是請關公、請媽祖，要不就是三太子附身，多有效果啊！妳這個樣子沒有特色啦！」

他看著謝雅真嘆氣。

她年紀小、個子小、長得可愛可愛的就算了，最糟糕的就是通靈時冷靜得要命，一點花招也沒有；沒有仙姑的派頭和架式，這樣下去怎麼跟人家拚輸贏啦？

「什麼效果？我用看的可以直接看到了啊，幹麼像他們起乩那樣搖來搖去？多沒形象，醜死了！」又不是非要怎樣才叫通靈，那怎麼不叫別人像她一樣？而且她這樣子是怎樣了，什麼叫做「妳這個樣子」？謝雅真不服氣。

「形象？蝦密形象？妳是 Super Star 嗎？在廟裡做事讓妳很丟臉嗎？」

金勝在也不服氣了。今天是怎麼回事？先是跟信徒亂講話，現在又不聽他的話。

「不跟你講了，我要回家啦！」算了，跟金老師說再多也沒用！謝雅真氣呼呼地站起來，揹起書包。

「哎喲，小真，等等啦！」金勝在追出去。

「幹麼啦？」她不情不願地停下腳步。

「妳生來就跟別人不同，妳是有天命的捏，有很多責任。妳阿母出國之前把妳交代給我，就是要妳接天命積陰德，這樣妳阿爸在天上才會有福報，妳咖孝順一點啦！」

天命、天命，又是天命！

動不動就把已經過世的爸爸搬出來壓她，她不就是因為這樣，所以才會認命來當仙姑嗎？這樣還不夠孝順嗎？

陰德、福報……每次都說是為了爸爸，但是她從來沒有見過爸爸，也從來沒有通靈通到爸爸過，怎麼知道爸爸有沒有因此過得更好？

再說，她自己都過得很不好了，還怎麼管別人？

總是要她顧別人，那麼誰要來顧她？

「我從來都不知道做這些到底有什麼意義……」

她悶悶地望著地板，頭也不回地離開濟德宮。

穿過濟德宮後面那條長長的涵洞，她就到家了。

回到家，客廳一片黑暗，只有角落的神明廳發散著淡淡的紅光，照映出空蕩蕩的屋子。沒有兄弟姊妹，沒有爸爸，媽媽在國外當月嫂，好幾個月不在家是常有的事。

明明有家人，卻過得像孤兒，就連學校聯絡簿都得拜託金老師幫她簽名。

謝雅真將書包隨手一扔，把自己重重拋到床上。

要洗澡，要洗衣服，還要寫功課，可是她現在動都不想動……

滑開手機，黃巧薇的動態跳出來。是她在 Alice 演唱會上的照片。

演唱會大停電，全場觀眾拿出手機來為 Alice 照亮，黃巧薇臉上化著漂亮的妝，高舉著 Alice 海報，笑得很燦爛很開心。

什麼時候，她也能像巧薇或其他任何人一樣，下課後能去聽演唱會？

好可笑，仙姑去聽什麼演唱會啊，到時候金老師又要說她沒有仙姑的樣子了。

但是，仙姑的樣子……到底是什麼樣子？

而怎樣才是「謝雅真」的樣子？

不知道為什麼，鼻子酸酸的，竟然有點想哭。
她用枕頭蒙住臉，在枕頭下吸了吸鼻子。
夜風從窗口吹進來，掛在窗邊的風鈴在寂靜中叮鈴響起。
「阿嬤，我今天很累了啦，明天再彈好不好？」她的聲音從枕頭下傳來，聽起來非常悶。
這大概是當仙姑唯一的好處，至少她還能知道家裡有阿嬤在陪著她。
如果這時候，可以抱抱阿嬤就好了……
「好啦，就一首而已喔。」
她心一軟，撥開枕頭，拿起床邊的吉他，彈動著琴弦，一遍又一遍地彈。
那輕輕柔柔的旋律隨著夜晚的風，如一雙微涼的手撫過她亂糟糟的心，總算覺得這個夜晚平靜了下來。
漫長的一天終於過去了。

02 轉學生

鈴鈴鈴——

謝雅真被一陣瘋狂噪音吵醒，迷迷糊糊地睜開眼。

風鈴在清晨的窗邊響得比鬧鐘還吵。

瞄了一眼時鐘，她倏地從椅子上跳起來。

七點二十分，死定了！就算她踩風火輪也來不及了啊啊啊啊——

將桌上的作業與課本一股腦兒地掃進書包，她用最快的速度衝去刷牙洗臉，咬著吐司跳上腳踏車。

「一天不遲到行不行啊？都幾點了才來？每天都有理由，去罰站！」

可惜輸在起跑點，當她騎到學校時，校門前已是一片腥風血雨。

學校裡最兇、嗓門最大的黃教官直挺挺地站在校門口，罵人的聲音遠在三公里外都聽得見。

太倒楣了，今天居然是黃教官值星……她腦子壞掉才會走大門。

她偷偷摸摸地騎到側門。這裡不是學校的主要出入口，圍牆外還是大型垃圾集中區，堆了一些廢棄的家具、家電用品，平時很少人會來。

她先將書包拋過圍牆，踩著個廢棄的椅子蹬了蹬，試圖跳上牆頭。

啊啊啊——怎麼會上不去？是早餐沒吃飽還是穿錯鞋？平時明明很好爬的啊！

她攀著牆頭努力試了好幾遍，使盡力氣都爬不上去，心裡又急又惱，狼狽得要命。

「手給我。」上方突然傳來一個聲音，接著，一隻手伸到眼前。

謝雅真定睛一望，一張男孩的臉映入眼簾——很好，是人不是鬼。

男孩穿著和她相同的校服，揹著書包，不知道是同學還是學長。

他有著厚瀏海，頭髮微鬈，有點像黃巧薇時常逼她看的那種韓國男星；眼睛笑起來有點彎彎的，眼角帶著笑紋，一看就是個愛笑的人。小麥色的皮膚、朝她伸來的手臂有肌肉，絕對有在運動。

誰啊？沒見過這個人，他卻朝她笑得燦爛，好像跟她很熟一樣。

這人和念文學姊一定是同個類型，自帶發爐技能，不論走到哪裡，香火都會很旺、信徒很多……

「快啊！」男孩喊她，揮了揮伸長的手。

「喔。」對齁，都遲到了，沒時間胡思亂想了，謝雅真趕緊把手伸過去。

「一、二、三——」男孩握著她的手，使力一拉，輕輕鬆鬆地把她拉上圍牆，兩人一起跨坐在牆頭上。

「敢跳嗎？」男孩問謝雅真。

「敢。」

「好，那跳嘍！」

他一躍而下，謝雅真接著跳下去，把被自己扔進來的書包撿起，揹在肩上。

「你們學校的圍牆好高喔。」男孩看向謝雅真，拍拍身上的灰塵。

她一時沒反應過來。

什麼「你們」學校？難道他不是這間學校的學生嗎？那他爬進來幹麼？不對啊，他身上明明穿著制服。

男孩正想回答，不遠處突然傳來一聲尖銳的哨音。

「前面同學！幾班的？」糾察隊發現了他們，用力吹哨。

男孩反應極快，拉起謝雅真就跑。

「站住，不要跑！」糾察隊朝他們筆直地衝過來，邊追邊喊。

被追上就糟了！她與男孩沒命似地狂奔，一路奔過外掃區，穿過學校走廊，撞到了走廊上的女同學。

「小真？」被撞到的黃巧薇揉了揉眼睛，不可置信地看著她和男孩越跑越遠。

她只顧著往前衝，完全沒發現自己撞到誰。

「快停下來！你們哪一班的？」背後的糾察隊還在追，前方突然又響起哨音，出現另一組糾察隊。

「怎麼辦怎麼辦？」今天什麼日子，怎麼會這麼倒楣啦？謝雅真緊張得要命。

「這邊！」男孩眼角餘光一閃，抓著她跑入一條狹窄小徑。

「人呢？」

「這邊沒有。」

「你那邊呢？」糾察隊東張西望，卻怎麼找都找不到人。

謝雅真和男孩最後躲在很少使用的學校倉庫內。

「沒事了，他們走了。」過了好一會兒，男孩躡手躡腳地朝外張望，看見糾察隊終於走了，高興地回頭告訴謝雅真。

「喔……」謝雅真抱著身體蹲在地上，臉色慘白，滿頭冷汗。

雖然終於擺脫糾察隊了，但是一跑進倉庫，她就知道不妙了。

這間倉庫位在學校非常偏僻的角落，地點本就不太好，十分陰濕，再加上是半閒置狀態，沒有人流走動，因此聚集了許多氣焰囂張的鬼。

她怎麼說也是個能通靈的仙姑，冒冒然跑進來，什麼防護都沒做，簡直像自己送上門來挑釁，身體一時間無法適應，肚子痛得要命，胃酸不停上湧。

「妳怎麼了？是剛剛跑太累了嗎？」男孩似乎有點被她嚇到，小心地問。

忽然間——

咕嚕。男孩似乎聽見了一個肚子叫的聲音，以為自己聽錯了，先是看了看自己的肚子，又看了看謝雅真。

既然不是他，那就只能是這個女生了。可是她看起來不像是肚子餓……

「妳還好吧？妳肚子不舒服？」他靠近謝雅真。

「沒事，只是這裡不太乾淨……」她有氣無力地回答。

「妳說什麼？」男孩聽不清楚，以為她需要幫忙，湊上前扶住她肩頭。

「我是說，這裡——嘔——」

她吐在猝不及防的男孩身上。

嘩啦嘩啦——

乾淨的水不停流動，剛剛被吐得亂七八糟的制服襯衫漸漸恢復潔白。

男孩只穿著一件黑色背心，在洗手臺前一邊哼歌一邊洗襯衫，看起來心情不壞，謝雅真卻很想死。

為什麼仙姑沒有配備自動隱形的技能呢？

她想過去幫他洗衣服，可是這樣好像怪怪的；想跟男孩道歉，又不知道該怎麼開口，整個尷尬到了極點……

她愣愣地站在他身後，像個笨蛋一樣抱著他的書包，手腳不知道該怎麼放，眼睛要看向哪裡也不知道。

他一定覺得自己很倒楣吧，換作是她，沒掐死吐在自己身上的人就不錯了。

「哈，第一天上學就這麼精采。」男孩終於洗好襯衫，把襯衫舉高甩了甩，笑著朝她走過來。

精采？她沒聽錯吧？這人中文有問題嗎？確定是「精采」不是「倒楣」？

好怪，怎麼會有這麼開朗的人？他看起來真的心情很好。

她趕緊將手裡的書包遞給男孩。

「謝啦。」男孩接過書包，口吻和笑容同樣爽朗。

一定是因為時常有人稱讚他笑起來很好看，他才會這麼愛笑。這個人一笑起來，好像全世界都跟著笑了一樣……

而且，這樣站在一起才知道，他居然這麼高，她才到他的肩膀而已，這起碼有一百八十五公分吧？她情不自禁地走神，看起來呆呆的。

「對了，學務處在哪？」男孩將制服披上肩頭。

她伸手指了個方向。

「好，謝嘍。」走沒幾步，他又回過頭問：「欸，妳叫什麼名字啊？」

喔喔，名字……人家在問妳話！

「謝雅真。」她盯著男孩的臉，終於從嘴巴裡擠出幾個字。

到底怎麼了，好好說話很困難嗎？謝雅真好想掐死自己。

「我叫何允樂，叫我阿樂就可以了，Bye。」男孩揮了揮手，背影越走越遠。

學務處、第一天上學……所以他是轉學生嗎？

何允樂、何允樂、阿樂……她傻傻站在原地，心裡默念了好幾遍。

「小真！」

黃巧薇不知從哪裡冒出來，突然跳到她身旁。

「嚇死人了，妳是鬼喔！」她伸手打了黃巧薇好幾下。

「我都看到了喔～～嘿嘿，很行嘛妳，一早就跟帥哥私奔喔。」黃巧薇興高采烈地推了推她，滿臉不正經。

「奔妳個頭啦！」什麼私奔，胡說八道，只是不小心牽了一下手，只是不小心吐在人家身上……啊啊啊，她想死！她決定去找個地方躲起來。

「哎喲，妳分享一下啦！」黃巧薇追著她跑。

她崩潰大吼：「分享個毛啊！」

奇怪，她吼黃巧薇怎麼沒有語言障礙呢？

回想起剛才的事，她越走越快，就連心跳也跟著越來越快。

家政課，烘焙教室裡香氣四溢。

家政老師戴著隔熱手套，將烤箱內一盤盤剛烤好的心型奶油餅乾拿出來。

「哇，好厲害喔。」

「好香喔！」同學們團團圍著老師，在烤箱旁嘰喳個不停。

黃巧薇跟著同學圍繞在老師身旁，謝雅真站在自己的位置上，安安靜靜地篩麵粉，遠遠地、偷偷地往那裡瞄一、兩眼。

「各位同學，下禮拜就是餅乾日了，自己動手做餅乾最有誠意，餅乾烤得越漂亮，桃花運越旺。來，快來吃吃看。」家政老師將餅乾一一發給同學。

一提到餅乾日，同學們鼓譟得更厲害了。

黃巧薇捧著打蛋盆，三步併作兩步地跳回謝雅真身旁。

「欸，小真，妳要不要做餅乾謝謝那個英雄救美的男生啊？」

「拜託，我又不是那種女生。」早知道就不告訴黃巧薇了，動不動就提到何允樂是怎樣？

「不然妳是哪種女生？」黃巧薇哼了哼，安靜了一下又賊笑了起來。「啊，我知道了啦，妳是那種吐在人家身上，連『對不起』都不敢說的女生。」

「我又不是故意的，學校倉庫就很多髒東西啊……」不要再提這件事了！謝雅真用手肘撞了撞她。

黃巧薇臉色一變。「妳說真的假的？」

「真的啦，騙妳幹麼？」

「難道……連好兄弟都要撮合你們喔？哇哇哇，太浪漫了！」怕了沒幾秒，黃巧薇又開始不正經了。

「什麼東西啊，妳有病喔?!」謝雅真面紅耳赤。

一提到何允樂，她覺得自己就變得有點怪怪的，老是不停想到早上發生的事。

想到何允樂伸出手的樣子。

想到何允樂笑起來的樣子。

想到何允樂洗襯衫的樣子。

想到何允樂自我介紹的樣子。

她整個腦袋裡都是同一個人，越想，臉就越燙，自己好像都不對勁了。

「妳害羞喔？哈哈，妳一定是害羞了。」臉紅了欸，哈哈哈！被她說中了吧？

「誰害羞啊？三八！」不能殺人，只能殺麵粉了！謝雅真把氣出在麵粉身上。

「同學，妳會不會攪拌得太用力，妳和麵粉有仇嗎？」家政老師突然出聲。

班上同學同時看向她，發現她的麵粉噴得亂七八糟，就連衣服和臉上也都有麵粉，瞬間爆出哄堂大笑。

吼，為什麼大家都要看她啦？就說仙姑應該配備隱形技能啊！

一盤黑褐色的餅乾放在阿宏、阿修面前。

餅乾賣相很差，每片的形狀與厚薄都不一樣，看起來焦焦硬硬的。

阿宏與阿修各自拿起一片餅乾，四目相對，眼神飄移，看起來都很猶豫。

「快點，幫我吃一下啊！」不過是吃個餅乾，拖拖拉拉的幹麼？謝雅真端著盤子，不耐煩地催阿宏與阿修。

阿宏與阿修交換了個視線，視死如歸地將餅乾放進嘴裡，一個拚命吞，一個拚命嚼，兩個人都很想趕快把餅乾消滅。

「怎樣啦？你們兩個的表情怎麼這麼複雜……是很難吃喔？」

她就知道，自己真的不是做餅乾的料。黃巧薇還叫她做餅乾送給何允樂當謝禮，是要怎麼送啦……她有點沮喪。

「沒有啦，不難吃，很特別啦，有種獨特的風味。」怎麼可以讓仙姑難過咧，阿宏澄清。

「對對，有夠特別！苦苦的，像巧克力一樣，吃進去精神都來了。」阿修附和。

「真的？」

「真的啊。」

她滿臉懷疑地看著阿宏與阿修，兩人被看得一陣心虛，汗涔涔淚潸潸。

「你們三個在幹什麼？」金勝在走過來，順手拿起一塊餅乾。「吃餅乾喔？剛好啦，我肚子有點餓……」餅乾很硬，他好不容易咬下一口，隨即吐了出來。「呸——夭壽喔！這蝦密鬼，怎麼這麼難吃?!」

謝雅真的臉色一秒垮了。

金勝在嫌惡地抹了抹嘴巴，阿宏、阿修立馬對他擠眉弄眼、猛使眼色。

「小真，這妳自己做的喔？」

「鬼做的啦！」氣死了，金老師和阿宏、阿修都很討厭！再也不要理他們了啦！謝雅真扭頭就走。

「她在生什麼氣？啊就真的很苦啊！」金勝在莫名其妙。

「青春期啦青春期……」哈哈，阿宏乾笑。

「我去掃地。」阿修冒汗。

開玩笑，金老師和仙姑哪個都不能得罪，阿宏和阿修超怕掃到颱風尾，隨便找個理由就跑了。

青春期喔？是這樣嗎？金勝在實在不懂這年紀的女孩在想什麼。

天氣晴朗的日子，學校的操場上總是充滿活力。籃球、排球、羽毛球、棒球、田徑……各類運動紛紛出籠，每個學生都在宣洩課堂上的壓力。

「欸，小真，那是上次那個男生嗎？」最後一堂體育課結束，正要和謝雅真去歸還器材的黃巧薇，突然指著某個方向。

「誰啊？」她一手提著球籃，一手用掛在脖子上的毛巾擦汗，什麼都沒看見。

「就是在洗手臺的那個男生啊！」拜託，她黃巧薇什麼都會看錯，帥哥絕對不會。

洗手臺？什麼洗——謝雅真身體一僵，緊張了一下。

在洗手臺洗襯衫的何允樂？現在是怎樣？黃巧薇又要玩她了嗎？

她小心翼翼地往黃巧薇指的方向看過去……真的是何允樂。

他站在棒球場中間，手裡拿著棒球，不知道在和棒球隊隊長比什麼。圍在他們身邊的棒球隊隊員興致高昂，看起來十分興奮，靠在球場圍欄旁湊熱鬧的學生也越來越多，氣氛熱烈。

看吧，她就說何允樂自帶發爐技能。

「欸，我們過去看一下。」看熱鬧這種事怎麼能少了她？黃巧薇興沖沖地過去。

「不要啦！」要是何允樂發現她怎麼辦？謝雅真趕緊將她拉回來，心跳快得好像快休克了。

黃巧薇才不理她，放下球籃，推著她往棒球場走。

她要第一百零一次向媽祖祈求隱形技能！謝雅真崩潰地想。

直到被黃巧薇拖到圍欄旁，她這才發現球場內擺著兩組棒球九宮格。

棒球九宮格是學校體育課或團康活動很愛玩的投擲遊戲，是將有著數字1到9面板的金屬架立在球場中間，以棒球投擲，看誰打下最多數字板就贏。

何允樂與棒球隊隊長面前都有一組九宮格競賽板，兩人的數字板上都只剩下兩個數字。棒球隊隊長剩下的是8和3，何允樂剩下的則是9和5。

「隊長、隊長！」加油聲此起彼落，棒球隊隊長揮臂，一球就將數字8的面板掀飛，挑釁地看著何允樂。

何允樂笑了笑，不遑多讓，奮力一投，立刻拿下數字9。

「哇！」原來這男生這麼厲害。黃巧薇挑了挑眉，調侃地看著謝雅真。

這什麼眼神啊？謝雅真目不斜視，專心看著場內比賽。

轉眼間，兩人的九宮格都只剩下最後一格了，場內場外都很興奮。

「隊長、隊長、隊長！」又輪到棒球隊隊長，隊員們高聲呼喊，齊聲加油。

喀——一記猛烈的直球漂亮砸落了數字3，全場歡聲雷動。

「你要是再丟中，我們就ＰＫ延長賽怎麼樣？」棒球隊隊長得意地對何允樂說。

「難度高一點，一球定勝負？」何允樂愉快地把玩著手中的棒球，沒在怕。

「好啊，你想要怎麼比？」

何允樂想了想，環顧四周，發現了場邊的謝雅真，靈機一動，將棒球扔回球簍，跑到她面前。

「謝雅真，毛巾借我一下。」何允樂一把將她掛在脖子上的毛巾抽走。

發生了什麼事……謝雅真腦子一片空白，好像連呼吸都忘了，等等，她現在有在呼吸嗎？

她僵在原地，都還沒反應過來，何允樂已經迅速跑回球場。

「借毛巾咧，很熟喔？謝雅真，你們是什麼關係啊？」黃巧薇笑得不懷好意。

「咳咳咳！什麼什麼關係？整天亂講煩不煩啊？」

何允樂居然記住她的名字了……而且，他拿她的毛巾要幹麼？

「欸欸，小真，妳看——哇噻，你們也太親密了吧？」

謝雅真就在黃巧薇的鬼吼鬼叫下搞清楚何允樂要幹麼了。

他拿著毛巾跑回球場，將毛巾捲成長條狀，蒙在眼睛前，在後腦勺打了個結。

誰快來殺了她啊啊啊——毛巾上面有她的汗耶！

謝雅真好想昏倒，可是，為什麼在這麼羞恥的時候，居然還會有點高興，她是發神經了嗎？

「靠，裝逼啊？這樣最好丟得中啦！」棒球隊隊長不可置信，這傢伙太囂張了！

「丟中的話，你請全場喝飲料，敢不敢？」何允樂將毛巾拉到頭上，指著圍繞在場邊的人。

全場頓時拍手、吹哨，開心得不得了。

「好啊，誰怕誰，要是沒有丟中的話，你就幫我們清球場。」隊長不甘示弱。

「隊長英明！」棒球隊隊員們叫好。

「賭了！」何允樂爽快答應，再次用毛巾蒙住眼睛。

他早就記住最後一塊數字板的位置，毫不遲疑地站定，瞄準方向。

謝雅真心中暗暗為他捏了把冷汗，盯著何允樂的眼睛眨也不敢眨。怎麼辦？丟得中嗎？好希望他贏啊……

何允樂抬腿、舉手、展臂——

高速旋轉的直球在空中劃出一道完美的弧線，數字5應聲倒下。

「太帥了！」
「不是吧？這樣也行！」
「太強了，怎麼練的啊?!」
全場都瘋了，場邊的喊叫、歡呼幾乎淹沒校園。
黃巧薇又叫又笑又跳，謝雅真都差點跟著她一起歡呼。
「小真、小真，妳有看到嗎？好帥喔！」黃巧薇抓著謝雅真手臂猛搖，高興得像這球是自己扔的一樣。
「有啦。」怎麼可能沒看見啊？全世界都看見了，完完全全的發爐啊！
今天天空很藍，雲很少，陽光在他身上鍍了一層薄薄的金邊，將這個男孩染得格外明媚，彷彿全世界的光芒都匯聚在他身上。
在她眼裡，他甚至比太陽更耀眼。
謝雅真很想裝鎮定，可是嘴角無法控制地翹起來。慘了，這下她不只是發神經，顏面神經還失調了。
「請喝飲料喔。」何允樂拉下毛巾，拍了拍棒球隊隊長肩頭，笑得很開心。
「好樣的你，說到做到。」一定要把這傢伙挖來棒球隊，才能解他噴零用錢之恨。隊長暗自發誓。
接著，何允樂跑到謝雅真面前，將毛巾掛回她脖子上。「謝謝妳的毛巾。」

呼吸、呼吸，記得要呼吸！還有，這次要記得說「不客氣」……

她動了動嘴巴，才發出一個「ㄅ」的音，不遠處卻突然傳來一聲叫喚，喊走了何允樂的目光。

「阿樂！」

有什麼東西飛到這裡來。

咻——何允樂接住一瓶扔來的礦泉水，朝著場邊的女孩跑過去。

「咦，他們兩個認識喔？」

黃巧薇看著何允樂與張念文有說有笑，一副很熟悉的樣子，那畫面越看越心急。

「小真，怎麼辦？妳的對手居然是念文學姊，太可怕了啦！妳再不行動的話，心上人就要被搶走了。」

謝雅真看向兩人。總覺得黃巧薇的話聽起來刺刺的，她的心裡也刺刺的。

「說什麼東西啊，搬球啦！」

什麼對手？她怎麼可能比得過念文學姊？

念文學姊是校花，而她是什麼？仙姑？

謝雅真小跑著走開了，又拉了拉脖子上的毛巾，說不出心裡是什麼滋味。

03 平凡

「Oh，My Baby，為何你會打動我的心？捧著你的臉，我要親——下——去——」夜晚的濟德宮外，阿宏抱著吉他坐在門口，情深意切地創作自己的新歌。

「難聽死了，你是在哭喔？這麼晚了，快來幫忙收一收啦！」正在打掃的阿修很想拿掃把從阿宏頭上巴下去。

「我現在很有靈感，你不要吵啦！」

「靈感啥啦，快來幫忙！」

結束了一天的忙碌，濟德宮正準備關廟門。阿宏和阿修在宮外吵吵鬧鬧，謝雅真在廚房進行第一百零一次的餅乾戰鬥。

「奇怪，到底是哪裡出問題啦？」她將烤箱內的餅乾端出來，盯著焦黑的成品，十分挫敗地滑開手機確認食譜。「用的東西明明都一樣啊……」

「小真，怎麼辦？妳再不行動的話，心上人就要被搶走了。」

煩欸，她怎麼知道要怎麼辦，鬼才知道怎麼辦。

就算把那條何允樂用過的毛巾帶進來廚房，也沒辦法保佑她做得順利一點啊……

她摸了摸手裡的毛巾，回想起他蒙上眼的模樣，不禁有點想笑，但低頭看向失敗的餅乾，又不禁皺起眉頭，嘀嘀咕咕，完全沒發現阿宏與阿修不知何時跑到廚房門口，偷偷摸摸地打量她。

「又是餅乾喔？仙姑最近是在做什麼祕密修行？」阿修掀開門簾一角，看著流理檯旁堆成小山的失敗餅乾，忍不住問阿宏。

這幾天，仙姑一有空就在廚房做餅乾，她沒做膩，他們都看膩了。

「蝦密修行，這一看就知道是學校作業……」阿宏情不自禁打了個哆嗦。

「欸，你們兩個來得正好，快點，幫我試吃看看，剛烤好的。」聽見背後一陣窸窸窣窣，謝雅真轉過頭。

「不、不用了啦！」兩人同時拒絕。

「啊，仙姑，廟裡有事要我處理，妳叫阿修吃。」阿宏決定跑了。

「不行！我在減肥，不能吃。」阿修立刻跟進。兩人推推擠擠，一溜煙地消失。

太沒道義了，真的有這麼難吃嗎？

「假鬼假怪……」謝雅真看著空蕩蕩的廚房門口抱怨。

同一時刻，金勝在跪在濟德宮大殿前，捧著一對紅筊，誠心地對著殿中神明訴說煩惱。「聖母在上，弟子不肖，最近宮廟生意很差，子弟們又不服管教，恐怕大禍臨頭，求聖母賜籤一支，指示明燈。」

金勝在將紅筊拋擲落地，一只紅筊卻骨碌碌滾進神壇下。

「到底是聖杯還笑杯……」金勝在蹲下來，手伸進神壇下撈來撈去。

一雙時尚短靴在此時喀躂喀躂地踩入濟德宮。

「請問……現在還可以問事嗎？」

金勝在抬頭。眼前是一對男女，男人問得客氣有禮，身旁的女人姿態冷然，身著中空皮衣、黑色皮裙，腳上踩著皮靴，臉上戴著一副大墨鏡，神情透著倨傲。

金勝在一愣。

這、這是那位歌壇小天后 Alice？

「為什麼是大明星就要給她特權？現在都幾點了，叫她明天再來啦！」謝雅真不情不願地被阿宏與阿修從濟德宮後頭推出來。

她才剛把一盤這次絕對會成功的麵團放進烤箱耶，餅乾烤得好好的，突然要她去換道服，說有大明星要來問事，是哪招啦？

「妳不要這樣，拜託，人家宣傳期特別撥空來，快點。」阿宏勸她。

「對啦，仙姑，妳行行好，幫忙一下啦！」阿修幫腔。

「啊你不是很忙嗎？現在不忙了喔？」她瞪完阿宏，緊接著瞪阿修。「你咧，不是在減肥，這麼有精神喔？」

太偏心了，試吃她的餅乾都有問題，女明星一來什麼都沒問題。

「哎喲，哈哈哈，大明星比較重要啦！」兩人陪笑。

「你們在蘑菇啥啦，別拖拖拉拉的。」金勝在走過來，看見她滿臉滿手的麵粉，又是嘆氣又是搖頭。「臉擦一擦啦。」

「喔。」謝雅真趕緊抹了抹臉。

金勝在還不滿意，伸手拉好她的領子，又調整她的念珠，推了推她。「緊去。」

「來，這邊請。」阿宏領著 Alice 和經紀人到謝雅真面前。

Alice 落坐，經紀人站在她身旁，主動開口。「我們 Alice 最近不太順，晚上一直失眠、作惡夢、冒冷汗。而且之前錄音的時候，還聽到很多奇怪的雜音干擾——」

「這一定是碰到什麼髒東西，要不然就是神明有什麼指示。」金勝在果斷接話。

「我也是這樣想……之前演唱會舉行到一半，還突然整個大停電，超恐怖的。」回想起這些的經紀人臉色不太好看，似乎十分害怕。

Alice 忽然冷冷地開口。「那是燈光師有問題。」

聽這種口氣，她八成在墨鏡底下翻白眼吧？

謝雅真不明白，她就不相信了啊，幹麼還要帶她來問事？這種被親朋好友拉來的最麻煩了。

「她好冷淡喔。」躲在一旁偷看的阿修偷偷推了推阿宏。

「這叫冷豔，懂不懂啊？冰山美人都是這樣的。」沒見過世面。兩人同時拿起手機想偷拍 Alice 照片。

「咳！」金勝在朝兩人咳了幾聲，提聲交代。「去泡茶。」

丟人現眼！這兩個越來越不像話了。

「不好意思，繼續、繼續。來，仙姑，請。」金勝在把場面抓回來，提醒謝雅真趕快開始。

她開口。「可以請妳把墨鏡拿下來嗎？」來通靈問事還戴墨鏡？

Alice 顯然不想照辦，偏頭看著經紀人。

「既然來了就試試看嘛，好啦，先拿下來。仙姑，不好意思，我們不懂規矩。」經紀人苦口婆心地勸。

總算，不情不願的 Alice 摘下墨鏡。

謝雅真閉上眼睛，雙手在膝上結出手印。

「這一、兩年，妳有很親的家人過世嗎？是個女生。」她閉著雙眼問。

通常，她通靈的方式是這樣的，首先會先和委託人確認靈體的身分、生前的一些事情，再和靈體溝通，並跟靈體確認委託人提出的事情，以確認靈體是自己在找的對象。

「有喔有喔，Alice 她母親去年剛過世。」經紀人眼睛一亮，馬上接話。

Alice 眼神始終看向遠方，沒有正眼瞧過謝雅真，顯然對求神問卜這種行為沒好感，若不是經紀人 Tony 煩到她受不了，她才不願意就範。

「她說話的聲音很溫柔，她要我告訴妳，她很想妳，叫妳不要給自己太大的壓力，好好照顧自己。」謝雅真轉述靈體對她說的話。

靈體想對她說話時，不必透過聽覺，可以直接傳達到她腦海中，就像心中會浮現的種種念頭。但同時間會有各種靈體想趁機說話，七嘴八舌的，她必須在眾多浮現的念頭中，找出哪一些是真正要溝通的靈體想說的話。同樣的，她想對靈體說什麼，也不必藉由什麼浮誇的儀式或是真的說出口，只要平心靜氣地傳達意念，對方就會知道了。

Alice 的目光從遠方拉回來，首度落到謝雅真身上。這是今晚她第一次表現出對通靈問事的注意——卻是不以為然地冷哼。

「就這樣？全世界都知道我媽過世，而且這根本不像她會說的話。」不過就是從報章新聞上擷取三言兩語而已。Alice 揚起五官精緻的臉，下巴一抬，反駁了謝雅真，又望向金勝在。「你們一點都不了解我媽。」

太過分了，這什麼態度啊？謝雅真張開眼，也抬高下巴。

「我有說是妳媽嗎？妳媽有在鎖骨上刺青喔？」

鎖骨上的刺青……什麼?! Alice 一怔。

不會的，怎麼可能？一定是剛好矇到，或是要套話的三流伎倆罷了。

Alice 眼裡閃過一抹不可置信，旋即又變回淡漠冰冷的模樣，一言不發。

「她的刺青很漂亮，是一根羽毛。」謝雅真不死心繼續講，非要 Alice 明白自己在說誰。

她才不是在胡說八道，她就真的看見了啊！

「Alice，妳家有這樣的人嗎？還是親戚啊？」經紀人半信半疑，湊到 Alice 耳邊。

「也有可能是朋友，我感覺妳們很親——」

「夠了！」Alice 臉色越來越難看，彷彿要承受不住。她像被踩到尾巴般地吼完，朝經紀人發脾氣。「Tony，如果你以為用這種方式就可以鼓勵我的話，那你就錯了！」

Alice 霍地起身，瞪著謝雅真與金勝在，怒道：「我今天根本不應該來這裡聽你們這些騙子胡說八道，浪費我時間！」

誰胡說八道？她才騙子，她全家都騙子！

「誰浪費誰時間啊？妳明明知道我在說什麼，為什麼要裝作聽不懂？」謝雅真跟著站起來，對著 Alice 的背影大吼。

別以為她沒看見她眼神中的閃爍，她明明說中了！

金勝在急忙制止她。「小真！」夭壽喔，這個囝仔的脾氣什麼時候才能改一改？

「本來就是啊！」她不服氣，說得更加理直氣壯。大明星沒禮貌，她也不用對大明星有禮貌。「我通靈一次有多消耗啊，憑什麼妳是大明星就要給妳特權？超過時間讓妳問事已經很好了，為什麼我說實話，妳還要懷疑我？自私又自大！」

「對，我就是這樣的人——」Alice 瞪著謝雅真。

她就是自私又自大，才會把事業擺在所愛之人前頭，才會讓自己後悔莫及……她就是這麼可恨又可悲，不需要誰來教訓！

說完，Alice 頭也不回地走出濟德宮。

「不好意思，她平常不是這個樣子的，是因為最近真的很不順……這是一點小小的敬意。」這要是傳出去，Alice 的形象就毀了！經紀人不停道歉，一邊從口袋裡掏出紅包，試圖塞進謝雅真手裡。

金勝在將紅包接過來，臉色卻很難看。好好的一筆生意，對方是有頭有臉的大人物，一個能為濟德宮做口碑的絕佳機會，就這麼毀了……

金勝在瞪著氣呼呼的謝雅真，越瞪越不高興。

「謝謝、謝謝。Alice！」經紀人趕緊追出去。

方才還吵吵鬧鬧的濟德宮，霎時又回復了寧靜。

波光粼粼的水面映射著濟德宮懸掛著的燈籠。

謝雅真頭頂著一個裝滿水的臉盆，跪在大殿前。

「仙姑，妳道個歉就沒事了，不要再跪了啦。」阿修心疼她，已經拿著掃把在她附近裝模作樣地掃了半小時。

「不關你的事。」她才不要道歉。

Alice 最近不順又怎樣？她從小到大都不順！

她雖然不是自願來當仙姑的，但也當得很認真啊，每天都在濟德宮和學校之間兩頭跑，累得半死不說，這麼認真幫人家通靈卻被當成騙子，她是哪裡做錯了？只不過是說實話而已，為什麼說實話的人要道歉？

「要跪讓她跪。」金勝在聽見這頭的動靜，哼道：「人都做不好了，做什麼仙姑？信徒沒有緣分就不要勉強，妳是在跟人家吵什麼？」

「她哪是信徒？她根本就是來亂的啊！」她哼回去。

「蝦密來亂的，當醫生可以挑病人喔？」實在有夠頭痛，金勝在走過來，試圖和她講道理。「那是Alice欸，妳想想看，難得一個大明星到我們廟裡面來，妳這樣搞下去，廟裡還怎麼做口碑行銷？」

「我說的都是實話，為什麼被處罰的是我？」大明星又怎樣？她又沒有說錯。她撇過頭。

仙姑、口碑……除了當仙姑和做口碑之外，她還剩下什麼？老是要她當一個好仙姑，做好仙姑該有的樣子，還說她不會做人……

可是她明明已經這麼努力了！

假如人生能夠重來，當初的她絕對絕對絕對不要讓大人知道自己看得見，那麼她就不會倒楣地被抓來當什麼仙姑，更不必這麼吃力不討好。

有人關心過她想做什麼、不想做什麼，喜不喜歡當仙姑嗎？

有人關心過她累不累、開不開心，生活應不應付得來嗎？

「小真啊，妳以為妳會通靈很了不起嗎？仙姑除了解決神鬼的問題之外，還要懂人心。妳有沒有真正去體會過別人心裡到底在想什麼？」忽然，金勝在嘆了長長一口氣。

謝雅真低下頭。

她不知道別人心裡到底在想什麼，她只知道金老師不知道她在想什麼。

為什麼從來沒有人在乎過她的想法，從來沒有人在意過她的感受？

她在濟德宮裡永遠都沒有名字，只是別人口裡的一聲聲「仙姑」，除了會通靈之外，她什麼也不是。

她必須懂人心，卻沒有人有義務要懂她，也沒有人想懂她……

她掀了掀唇，不知該怎麼表達自己的心情。

金勝在鼻子動了動，卻突然聞到一股異味。

「欸，你們兩個，有沒有聞到什麼怪味？」他問一直在旁邊裝忙的阿宏阿修。

「好像是從廚房傳來的。」阿宏跟著嗅了嗅。

「哇，有煙欸！」阿修急急忙忙跑向廚房。

「啊，我的餅乾！」

糟糕，完全忘了！謝雅真趕緊放下水盆，十萬火急地往廚房衝。

一進廚房，只見烤箱吐出一陣陣白煙，廚房裡煙霧瀰漫，到處是一股濃郁的焦味。

「快滅火！」

「先把烤箱門打開！」

「不對，先拔插頭啦！」

三人團團亂轉，手忙腳亂。金勝在提著滅火器衝進來。「閃開！」

滋——白色粉末唰唰唰地從軟管中噴出來，霎時間，牆上、地上全是乾粉，嗆得阿宏和阿修鼻涕眼淚全流出來，拚命咳嗽。

搞什麼東西？一下罵信徒，一下火燒厝，鬧夠了沒？

金勝在三兩下滅了火，看著亂七八糟的廚房，滿腔怒火越燒越旺，瞪著謝雅真。

「妳是怎樣？不把這間廟燒掉妳不甘願喔？」

她知道自己做錯事，一動也不敢動，只能任由金老師罵，身體僵硬得不得了。

可是，她也很委屈啊，她也被嚇壞，好怕濟德宮真的燒起來。

要不是臨時被抓去通靈，要不是大家都一直催她，要不是她被罰跪……

她不是故意的……

烤箱裡的餅乾都壞掉了，灑了一地，何允樂用過的毛巾也燒得黑了一塊，淒淒慘慘地躺在地上。

明明她比誰都難過。

不會做人、不會做仙姑、不會做餅乾……她什麼也不會，什麼東西也不是。

她咬緊下唇，眼眶裡有淚打轉，卻怎麼也不願意讓眼淚掉下來。

全世界都要和她作對。

「欸，小真，明天就是餅乾日了耶，妳餅乾做好了沒？」午餐時，和謝雅真一起跑到司令台吃飯的黃巧薇捧著便當問。

「我放棄了啦。」她的筷子頓了頓，望向遠方的神情看起來有些沮喪。

「為什麼？」黃巧薇嚇了一跳。前幾天明明很有幹勁的啊？「別放棄嘛，妳不會我可以幫妳啊！」

「沒用啦，我就不是那塊料。」她悶悶地回。關於差點把濟德宮的廚房燒掉，以及Alice來廟裡通靈的事情，一個字也不想提。

即使再努力，她就是做不好。做餅乾是，做仙姑也是。

就算認真通靈，也會遇到像Alice這種不相信自己的人。就算認真當仙姑，金老師還是覺得她做得不夠。就算認真做餅乾，餅乾還是會失敗。就算認真讀書，能用的時間那麼少，成績是能好到哪裡去？

她的生活中沒有一件好事。

謝雅真扒了口飯，看著寬闊的校園與天空，心情真是糟透了。

「從以前到現在都是這樣，只要我想當一般女生，過一般人的生活，全世界都會聯合起來阻止我……就像有個聲音在我耳邊告訴我，我不配擁有這些……」

一定是這樣，不然為什麼剛剛想烤個餅乾，就遇上Alice那種奧客，就差點把濟德宮燒掉？那條被燒黑了一塊的毛巾，彷彿在諷刺她，不該想當個普通人。

「沒有那麼嚴重吧？不過是餅乾而已，不做就不做啊……哎喲，妳幹麼啦？」突然講這種話，讓人很擔心欸。黃巧薇推了推她。

謝雅真苦笑。

是啊，不過就是不做餅乾而已。她幹麼啊？

不知道要幹麼的時候，還是去睡覺好了。

和黃巧薇一起吃完便當後的午休時間，謝雅真決定躲回棺材裡。

拖著沉沉的腳步，她垂頭喪氣地溜到話劇社社辦。

一掀開棺材蓋子，她嚇得又立刻蓋回去。

等等，她看見了什麼？那是幻覺嗎？看來她最近真的病得很重。

她蹲在棺材旁，小心翼翼地、躡手躡腳，再度將棺材打開一小角……哇啊，裡頭睡著的人居然真的是何允樂！

怎麼會這樣？這裡不是話劇社社辦嗎？何允樂怎麼會在這裡？棺材被何允樂睡走了，那她要睡哪？

她心裡有一百萬個疑問，可是看他睡得那麼熟，把他叫醒也不是，不叫醒也不是，愣愣的不知該如何是好。

感受到光線的何允樂掀了掀眼睫，醒了。「謝雅真？」

她手一抖，差點心臟病發。

「你怎麼會在這裡啊？」她瞬間後退了兩步。

「哈哈，我——」何允樂尷尬地笑了笑，正想說話，窗外驀然傳來一句大吼：「誰說你們可以不用午休的？到教官室等我！」

「慘了，是黃教官！」

怎麼這麼倒楣啊？這聲音聽起來超近的欸！糟糕，這下要躲哪？謝雅真立刻從地上跳起來，團團亂轉。

「不要出去，快進來。」事態緊急，何允樂反應也快。

她二話不說地跳進去，何允樂馬上將棺材蓋起。

等一下，現在是什麼情況？她現在是疊在何允樂身上嗎？總算意識到發生什麼事的謝雅真有點崩潰。

這個道具棺材是設計單人尺寸，他們兩人同時擠進來，她當然只能趴在何允樂身上，被他緊緊摟著。

怎麼會這樣？黑暗中，何允樂的呼吸就在自己頭頂，她能感受到他身上的溫度，心跳聲就這麼與他的重合在一起。

撲通、撲通……韃韃、韃韃……

社辦外的腳步聲越來越近，大門喀的一聲被推開，黃教官走進來，四處張望。

透過棺材縫隙，她和何允樂能看見黃教官的身影，兩人同時屏住呼吸。

黃教官的腳步聲在社辦內轉了一圈，毫無所獲，正打算離開，又折回來，一隻手探進棺材，準備掀開蓋子。

死定了！何允樂與謝雅真緊張得雙雙閉上眼睛。

「幹，剛剛你都不傳球，要是傳球就贏了啊！」

「你還好意思說咧。」一陣運球聲夾雜著聊天從社辦窗口經過。

「哪一班的？不要跑！」黃教官當機立斷地衝出去。

謝天謝地！何允樂與謝雅真同時鬆了一大口氣。

確定黃教官的腳步聲跑遠了，何允樂慢慢掀開棺材上蓋，觀望了一下，才完全將蓋子打開。

「沒事了，可以出來了。」

謝雅真立即從何允樂身上彈開，尷尬得要命。

他應該沒聽見她的心跳聲吧？她身上有沒有什麼奇怪的味道？她中午有沒有吃什麼奇怪的東西？嘴巴裡有怪味嗎？

腦子裡充滿亂七八糟的念頭，越想越恐怖，謝雅真決定先發制人。「你怎麼會在這裡啊？這裡是話劇社社辦耶。」

「沒有啦，我就是覺得這裡蠻好睡的，看沒人就躺進來啦。妳呢？妳午休來話劇社社辦幹麼？也是來睡覺的嗎？」何允樂不好意思地笑了笑。

還以為找到了個睡覺的好地方，沒想到一下就被發現了，真糗。

呃，這要她怎麼回答啊？說自己也是來睡覺的，好像有點奇怪，可她又真的是來睡覺的啊……

她臉色一陣白一陣紅，何允樂盯著她看，越看越奇怪。

「妳是不是身體不舒服？又想吐了？」

「沒有啦。」哪壺不開提哪壺！原地裝死可以嗎？她的臉色越來越精采了。

「學生會報告，一年一度的餅乾日，明天就要到了。請大家把握機會，把自己的心意傳達給對方，合作社的手工餅乾，一包只要六十九元喔！」

幸好，午休時間結束，廣播適時拯救了她。

「我回教室了，先走了，Bye。」既然她沒有不舒服，午休也已經結束，何允樂起身離開。

「喂！」她本能喊住他。

何允樂回過頭。「嗯？」

「我、呃……那個……」搞什麼鬼？叫他幹麼？總覺得好像有很多話想說，又好像什麼都不敢說。

現在為了上次吐在他身上的事情道歉會不會太晚？還是要稱讚他蒙眼投球很厲害？或是問他是不是和念文學姊很熟？

不對、不對，都不好。

啊，乾脆邀請他午休時來跟她共享棺材好了，他睡一、三、五，她睡二、四，大發慈悲讓他多睡一天……夠了，謝雅真，這真是有夠蠢的！

「我忘記要說什麼了。」想了半天，她決定把那些莫名其妙的東西都吞回去。

她為什麼不乾脆咬掉自己的舌頭呢？

「妳好不像話劇社的喔。」何允樂失笑。

她表情豐富，時常變來變去，一副就是腦子裡有很多念頭在打轉的樣子，偏偏轉了老半天，卻轉不出一句話來。

他原本還以為話劇社的人都很能言善道，不過，像她這樣傻傻的，好像也不錯，雖然呆呆的，卻有點可愛。

「走嘍，Bye。」他揮揮手，看起來神采飛揚。

可是謝雅真盯著他的背影，心裡一點也飛揚不起來，只有懊惱。

她是白痴。

金老師那個「姻緣百花香水」給她加持幹麼？她根本戀愛智障，到底能保佑誰？

04 配角

欠債還錢

白色布條上彷彿血跡潑灑般地寫著四個紅字，觸目驚心地掛在濟德宮前。

金勝在與阿宏、阿修三人呆若木雞地站在大門口。

「這什麼時候貼的？今天開門的時候明明沒看到啊？」阿宏率先回神。

「這一定是惡作劇啦！開什麼玩笑，我們仙姑那麼厲害，哪會欠錢啊？哈哈哈，很好笑耶！」阿修摸了摸頭，大剌剌笑了起來。

阿宏伸手巴他。「一點都不好笑。說你笨都不信，雖然仙姑很厲害，但是廟裡每天那麼多人來，你以為泡茶不用錢喔？燒香不用錢喔？還有那些神像、神桌，隨便都是幾十萬跑不掉。再來，辦活動、設計產品，通通都嘛要燒錢，你以為『大悲水』跟『姻緣百花香水』會自己生出來喔？」

「蛤？所以……金老師，我們真的欠債了喔？」阿修愣愣地看向金勝在。

「快去搬梯子來把布條處理掉啦，是要掛在這邊給人家看笑話喔?!」金勝在面色凝重，沒有回答阿修。

阿宏說得對，但濟德宮是他的責任，他會想辦法，不需要別人替他操煩。

阿修立刻將梯子搬來，阿宏快手快腳地爬上去，動手拆布條。

「這件事我會處理，你們這幾天注意一下廟附近有沒有什麼可疑的人，自己也要小心一點。」金勝在交代。

「好，金老師，你放心。」阿宏三兩下把布條拆下。

「還有，這件事不要讓小真知道。她只是小孩子，不要讓她胡思亂想。」

「什麼事不要讓我知道？」謝雅真的聲音突然從一旁傳來。

「嚇！」抱著布條的阿宏差點跌倒，連忙把布條胡亂塞進上衣裡。

阿修手一滑，腳趾頭踢到梯腳，疼得跳來跳去。「痛痛痛！」

「沒有啦。」金勝在立刻擋在謝雅真面前，讓阿宏、阿修趁機溜掉。

鬼鬼祟祟的，幹麼？她狐疑地看了看金老師身後，金勝在又上前擋了一步。

「我叫阿宏去繳電費啦，啊妳家裡的電費帳單收到了沒有？」金勝在轉移話題。

「還沒。」她捏緊書包肩帶，說謊了。

其實，前幾天她就收到電費帳單，但媽媽幫她辦的戶頭裡已經沒錢了，偏偏這兩天又連絡不上媽媽。要是讓金老師知道，一定又會先幫她墊錢繳費，到時候媽媽也會因為不好意思讓金老師墊錢，反而念她沒有及時通知……

她老是夾在媽媽和金老師中間，這個不好意思、那個不好意思，推來推去，害她有話也不能直說……

「這樣喔？那妳阿母這個月寄錢來了沒？」

現在要繼續騙下去還是說實話？她一時被問得啞口無言。

「這樣好了，剛開學比較多東西要買，給妳一點零用錢放在身上，不要亂花，知影謀？」金勝在從口袋裡掏出幾張百元鈔票給她。

「媽媽說不能拿。」她搖頭，忍痛拒絕。

吼，她不想收，可是她真的沒錢了，萬一收下又要被媽媽念……到底為什麼大人都要這麼為難人啦？

金勝在硬把錢塞過去。「妳阿母也說她不在的時候要聽我的，拿去啦！」

「喔……」她只得把錢放進口袋裡，疑惑地看了看金老師。

總覺得金老師今天好像怪怪的，是有什麼事情瞞著自己嗎？還是因為上次對她太兇了，今天才對她特別好？

「看什麼看？快去吃東西換衣服打坐啦。」金勝在揮手趕她，很怕被她看出什麼不對勁。

「好啦。」

「還有，我今天有事要先走，晚上廟門就給你們關嘿！」該來的躲不掉，他得趕快去籌錢才行。

「好。」神神祕祕的，不知道在搞什麼東西？

謝雅真狐疑地望著金老師走遠的背影，總覺得有點在意。

「聽眾朋友大家好，歡迎收聽音樂七八九，我是威爾陳……」

難得金老師不在宮裡，今天一定要挑戰最早回家紀錄，目標午夜十二點！

問事時間結束，謝雅真充滿幹勁，一邊聽廣播，一邊打掃。

在廚房裡清潔香爐時，看到擱在一旁的烘焙用具，她不禁有些出神，旋即又搖了搖頭。算了，看到何允樂時連話都說不好了，何況送餅乾咧！都差點把濟德宮燒掉了，還想怎樣？不要再妄想那些得不到的東西了。

她將用具收進櫃子裡，打消念頭，決定八輩子都不要再把它們拿出來用。

這時，廣播裡傳來的一則新聞吸引了她的注意。

「最近演藝圈實在不太平靜喔，我們的人氣歌手 Alice 驚傳身體不適，宣布要暫停一切演藝活動，甚至連下個月在小巨蛋舉行的演唱會也被迫延期……」

咦？是那個Alice？怎麼了，生病了嗎？跟那個鎖骨上有羽毛刺青的女生有關係嗎？雖然討厭Alice，但是聽見這種不好的消息，她心裡還是有點怪怪的，不是很好受，也不希望別人過得不好……

「仙姑，妳早點回去休息，很晚了，剩下的我們來就好了。」阿宏和阿修突然跑進廚房幫忙。

廣播裡的新聞也播報到下一則，沒有Alice的後續消息了。

「不用幫忙啦，我快好了。你們先走，門我來鎖。」她抬手趕人。

「好，那我們先回去，仙姑再見。」

耶，太棒了！她就快弄好了，已經是最後一個香爐了。

她迅速清理完畢，拿著抹布走到正殿，將最後一個香爐歸位擺好，眼角餘光卻似乎看見什麼東西一閃而過——

「是誰？」她回頭。

空蕩蕩的大殿裡安靜異常，卻隱約有一股視線。

是鬼嗎？

她閉上眼睛……沒有，殿上乾乾淨淨，半隻鬼也沒。

不是鬼，那就只能是人了。

「誰啊？誰在那裡？」她往前走幾步，東張西望，目光最後落在大門旁的蟠龍柱。

只有這裡可以躲人了。
一個戴著棒球帽的身影遲疑地從柱子後現身。
「請問……還可以問事嗎？」
雖然帽簷壓得低低的，身上是平凡的牛仔褲裝，沒有墨鏡，但這人不是剛剛廣播裡才提到的 Alice 嗎？
她今天一個人來，沒有帶經紀人。
「可是我們今天已經結束了。」有過上次的經驗，謝雅真拿著抹布，對著空氣揮了幾下，做好再被 Alice 罵一頓的心理準備。
她才不是在找她麻煩，是時間真的很晚了。
「喔……好，對不起，打擾了。」Alice 的神情看起來有些失望，卻是客客氣氣的，沒有為難，立刻就要走。
呃，怎麼回事？上次那個囂張大明星呢？劇本不是這樣演的吧。
「喂！」Alice 一客氣，她就心軟了，連忙喊住人。
Alice 停下腳步。
「妳是想要問上次那個羽毛刺青的女生對不對？」看她那副欲言又止的模樣，而且單獨一個人來，八九不離十。
Alice 點點頭。

「進來吧。」

她實在沒辦法對需要幫忙的人視而不見，再見了，十二點前回家的美夢……

Alice 跟在謝雅真身後走入濟德宮，在她面前坐下，放在膝上的手悄悄握緊。

她是下了很大決心才再度前來的。那天回去之後，她總會反覆想起這個小女生所說的話。理智告訴她，世界上並沒有通靈這回事；情感上，她卻希望有。

那個有著羽毛刺青的女孩，是她藏在心底最深的祕密，假若，所謂的通靈真有其事……她、她想試一試。

謝雅真燃起檀香，靜心結印，閉上眼睛，集中精神。她沒有換上白色道服，也沒有戴念珠。今天金老師不在，她可以以最自在的模樣通靈，就算沒有道服、念珠或任何法器，都無損她的通靈能力。

「她是今年年初走的。」謝雅真緩緩開口。

「嗯。」Alice 點頭，漂亮的雙眸漸漸睜大。

即使已經有過前次經驗，訊息如此準確還是令她感到十分震撼，既驚又喜，也有點畏懼。

或許，這是一種類似近鄉情怯的心情，明明希望能夠再一次和思念的人對話，卻又很害怕對方恨她、怪她、怨她……害怕接下來會發生的，卻也比誰都期待。

「喉嚨有開過刀嗎？」通靈中的謝雅真依然閉著雙眼，卻摸了摸自己的喉嚨，隱約感受到某種不舒服。

有時候會這樣，通靈時，由於頻率與對方漸漸同步的關係，也能漸漸感受到對方生前的身體狀態。

「是氣管癌。」Alice 沉痛地閉了閉眼，被回憶往事牽動的聲嗓聽來有些傷感。

記不清究竟是多久了，這病名刀鑿似地刻在心頭，總要反覆提醒她失去了什麼。

「她說她叫靖文，妳們高中玩樂團時就認識了。」謝雅真繼續轉述靈體的話語，說到一半，困惑地睜開眼睛，小心翼翼地、不太確定地問：「妳們……妳們在一起過？」

她應該沒有誤會吧？感覺好像聽見了什麼天大祕密，又不能表現得太過驚訝。

「在一起」嗎？

是啊，再多的歲月時光，再好的似水年華，再銘心刻骨的念想，最終都能簡化成「在一起」這三個字。

即使是現在，這份思念也從沒離開，始終與她在一起。

Alice 苦笑，點點頭，更加肯定眼前少女的能力，真能讓她與朝思暮想的靖文對話。

她從來不曾對任何人提過靖文，從來沒有。

原來真的是這樣……就算謝雅真再不懂世事，也知道大明星和同性戀情是不太見得了光。Alice 上次衝她發脾氣，大概就是不想讓經紀人知道靖文的存在吧？何況那天在場的人那麼多。

「妳以為妳會通靈很了不起嗎？仙姑除了解決神鬼的問題之外，還要懂人心。妳有沒有真正去體會過別人心裡面到底在想什麼？」

她突然覺得有點心虛，也有點內疚。

那天，她確實沒有體會 Alice 的心情，或許無意中也刺傷了 Alice……差一點點，就讓 Alice 失去了和靖文溝通的機會……

幸好 Alice 今天有主動來找她，她還有補救的機會。

她再次閉上雙眼，認真聆聽靖文的話。

「靖文要我告訴妳，她從來都沒有恨過妳，叫妳不要再怪自己了。她還說，她知道妳是因為工作，所以才沒有趕去見她最後一面……這也沒什麼大不了的啊，其實她也不想讓妳看到她病得很嚴重的樣子，好歹她以前是校花耶。」

說完，謝雅真笑了，Alice 也笑了。

「她的聲音好開朗，感覺是個很樂觀的人。」謝雅真的笑沒持續多久，話鋒一轉，有些遲疑地睜開眼睛，小心地盯著 Alice。「不過……她說，她很生氣。」

「為什麼？」

「她說，妳唱了之前寫給她的歌，可是狀況都很差，她真的聽不下去了，所以她才一直出現在錄音室和演唱會，想跟妳抗議……」

原來，靖文有聽見她唱歌……

原來，在她渾然不覺，自顧自地沉浸在失去靖文的悲傷中，靖文一直守候在身旁，為她的喪志而焦急……

「她在這裡嗎？她在這裡吧?!」Alice 突然抬起頭四處張望，嗓音哽咽，藏著一種遍尋不著的急切。

曾經，她以為靖文是她的翅膀，能夠帶領她到達任何想去的遠方。

可是如今，她站上了舞台，得到了全世界，最珍愛的那片羽毛卻已凋零，無法陪伴她翱翔。

她怎麼可以來不及見靖文最後一面——

失去靖文之後，她豈止失去全世界而已，她也遺失了她的聲音，遺失了音樂。

想回到從前和靖文並肩而立的那個小舞台，想再看見靖文的笑容，想伸手觸碰靖文身上那片細緻的羽毛……

好想見她，好想好想，為什麼她就是看不見……

「靖文，我一直想要告訴妳，妳對我來說非常重要！」怎麼也無法實現心願，絕望的 Alice 只好對著空氣，對著眼前的少女吶喊。

能聽見的吧？會聽見的吧？拜託靖文一定要聽見……

那些來不及訴說的話語，來不及傾吐的思念，來不及回憶的從前……好多、好多，只能千絲萬縷地化為這一句話。

Alice 沒有哭，謝雅真卻覺得她的神情比哭了還令人悲傷。

「她、她說，希望我可以抱妳一下。」謝雅真有些為難地站起來，一字不漏地轉達靖文對 Alice 要說的話。

她戰戰兢兢地上前，抱住渾身發抖的 Alice。

這是她第一次收到這樣的要求，雖然有點尷尬、很不自在，可是，她並不討厭。Alice 的體溫慢慢地透過擁抱傳過來，令她首度感受到當仙姑的「溫暖」。

原來，仙姑是有溫度與重量的。

「靖文，對不起，我好想妳……」Alice 忽然抱住她，彷彿終於懷抱住逝去的戀人，終於抓到汪洋中的浮木。「對不起……對不起……」

她無法自已地放聲大哭，好似用盡了全身的力氣要把悲傷與思念哭出來，好像只能這樣哭出來了。

謝雅真一下下地輕拍著她的背。

雖然明白她捨不得，但是每個靈魂都有歸處，時間已經到了。

「她要走了喔。」她低聲地對 Alice 說。

「她要妳好好照顧自己，別把她的死當作頹廢的藉口，不然她又要生氣了。」她放開 Alice，說出靖文最後的交代。

「等一下，妳再給我一點時間！」Alice著急地拉住她。「再給我一點點時間，拜託，靖文，再給我一點時間！」

然後，Alice在椅子上坐好，吸了吸鼻子，清了清喉嚨，倉促間試了幾個音。

她是想唱歌嗎？

意識到Alice想做什麼的謝雅真趕緊跑到濟德宮角落，將阿宏平時自彈自唱的那把吉他拿出來。

「謝謝。」Alice接過吉他，低頭調音。

這一次，她要將為靖文寫的歌唱好，不要讓靖文失望。

這是她能為靖文做的最後一件事——笑著送靖文離開。以她的歌聲，以她的樂音，紀念她倆飛揚燦爛的青春，祭奠這段遺憾銘心的愛情。

Alice緩緩開口，在吉他的伴奏下婉轉清唱：

想當初你愛著我，那有多溫柔；
現在你隨風而走，不曾回來過。
多年前我愛著你，不是誰的錯，是命運帶你來過，卻又把你帶走。

那空靈清新的歌聲迴盪在濟德宮裡，無比穿透，每個字每個音好像能直擊心臟，驀然間令謝雅真也感到難過，鼻頭有點發酸。

再愛的、再疼的，終究會離開；
再恨的、再傷的，終究會遺忘。
不捨得、捨不得，沒有什麼非誰不可*……

她想，Alice與靖文之間，一定經歷了一場轟轟烈烈的愛情吧？即使已經天人永隔，仍對彼此心心念念，誰也無法放下誰。

她倏然明白，原來Alice的歌這麼有感染力，是因為Alice有個很在乎的人，而她們始終無法真正在一起。

無論是性別的距離、螢光幕前後的距離、愛與恨之間的距離、生與死之間的距離……就算再怎麼捨不得，如今都是觸手難及。

「就讓自己慢慢成長、慢慢放下……」唱到最後一句時，Alice終於無法按捺情緒，淚水滑落臉頰，喉嚨裡發出濃濃哭音。

恍惚間，她似乎又回到了那個小小的舞台，回到了那段練團駐唱的歲月。

她身旁有個女孩，直勾勾望著她的雙眼總像是在笑，比誰都認真聽她唱歌，比誰都還要在乎她的每個音符……

而女孩即將離去，帶著她所有的愛情，成為一個永難忘懷的祕密。
那是她深深愛著的女孩，她的鎖骨上，有著能夠帶她翱翔的翅膀，只是再也無法陪伴她去遠方……

朦朧間，靖文站在Alice身旁，戀戀不捨地望著Alice。
她在Alice臉上留下一個輕柔的吻，半透明的身影漸漸逸散為光點，靜悄悄地消失在空氣之中。

謝雅真目不轉睛地盯著這一幕，心裡久久無法平復。
或許，Alice無法察覺靖文留下的吻，但是，當Alice唱完歌後，臉上浮現的笑容與靖文很像，一樣溫柔，也很遺憾。

「如果時間可以重來，妳會後悔變成大明星嗎？」鬼使神差地，謝雅真脫口問她。
會不會，假如當初她不當明星，就能和靖文好好在一起，也能見到靖文最後一面？
Alice想了想，搖頭，抹掉頰畔的淚，露出一個堅強又美麗的笑容。
「我從來不後悔那些已經做過的事，我只後悔那些沒有做過的。」
這是謝雅真第一次見到如此美麗的笑容。

＊〈不曾回來過〉，詞曲：陳鈺羲／演唱人：李千那

她怔怔地望著 Alice 那樣堅毅篤定的神情。這句話好像也是在對她說。

後悔……沒有做過的事嗎？

那她呢？

直到 Alice 離開濟德宮之後，謝雅真衝回廚房裡，拿出糯米粉、砂糖、紅豆，打開蒸籠——

她不要後悔。

啪——

一早，一個裝在透明包裝裡，顏色鮮豔、形狀漂亮的紅龜粿被拋到黃巧薇桌上。

「哇靠！謝雅真，哪有人餅乾日送紅龜粿的？妳以為大拜拜喔！」黃巧薇怪叫。紅龜粿底下的蕉葉還煞有介事地剪成心形，差點沒將她的下巴嚇掉。

「沒辦法，我就只會做這個嘛。」謝雅真聳聳肩。熬夜做紅龜粿一點也沒有令她的精神萎靡，反而振奮得很。

這是 Alice 給她的領悟，她也想和 Alice 一樣勇敢。

她要趁還來得及的時候，好好努力一次。

「真不愧是謝雅真，只有妳想得到，厲害！」黃巧薇豎起大拇指，一把拿起紅龜粿，作勢要咬。「謝嘍～～」

「齁，葉子被妳弄爛了啦！」她趕緊把紅龜粿搶回來，急急忙忙把蕉葉弄平。

「欸，妳今天穿裙子喔？不是吧，原來不只紅龜粿葉子是愛心，妳整個人都是一團愛心嘛。」黃巧薇拉了拉謝雅真的校裙，簡直像發現新大陸，笑得更厲害。

「不要理妳。」就算她整個人都是一團愛心，她也不要承認！謝雅真把裙角抽回來，彆彆扭扭地坐回座位。

「緊張齁？」

「哪有？上課啦！」

謝雅真目不斜視，專心盯著黑板，可是哪來的心思上課？

餅乾日是學校一年一度的大活動，她又是一年級，班上首度遇到這等大事，每個同學桌上、抽屜裡幾乎都放著餅乾，蓄勢待發，都在等第三節課下課。

她好想專心，可是她根本就不知道老師在說什麼，滿腦子都是等等見到何允樂時該說些什麼才好。

「我先走了！」好不容易捱到了第三節下課，黃巧薇如火箭般地衝出教室。

謝雅真拿著紅龜粿，深吸了一口氣，跟著離開教室。

走廊、球場、教室……一連找了好幾個地方都沒看見何允樂，真不知道他究竟躲哪裡去了？

吼，再找不到就要上課了啦。

才覺得懊惱，她就看見何允樂居然在隔壁棟的頂樓。

太好了！她飛奔下樓，又迅速上樓，握緊了手中的紅龜粿，氣喘吁吁地推開頂樓的大門——

映入眼簾的是何允樂與張念文緊緊相擁的畫面。

怎麼……會這樣？

他們擁抱得那麼緊，緊得把她肺裡的空氣全都擠壓出去了，讓她難以呼吸，手心和身上的汗好像全是冰的。

「同學，不好意思，我們是學生會，現在在拍校慶宣傳片，可能要麻煩妳離開。」

呃，什麼宣傳片？

她猛地回神，定睛一看，附近有反光板、攝影機，以及好幾個學生會幹部……

「對不起、對不起。」她趕緊退開，連連道歉，躲在樓梯間看。

旋轉、擁抱、擊掌——

「五月二十日，復中校慶，與你浪漫有約。」何允樂與張念文同時擺出 Ending Pose。陽光下的他們笑得燦爛。

真不愧是發爐二人組，沒有比他們更適合校慶宣傳片的男女主角了。

她為什麼會覺得胸口有點悶悶的……一定是剛剛跑太快了……

「卡！非常好！」

「大家辛苦了，我做了一些餅乾請大家吃，每個人都有喔。」氣質優雅的張念文宛如公主，大方得體地慰勞大家。

這時候，何允樂發現躲在樓梯間的謝雅真，對她揮了揮手。「嗨。」

他發現了，就是現在！

謝雅真臉蛋紅紅的，有點緊張，有點期待，又有點害怕，正想走過去，張念文卻拿了盒精美的餅乾走到何允樂身邊。

「阿樂，這是你的。」

「謝謝。」

「一起過來吃吧。」張念文拉著何允樂走到學生會眾人之間。

前進的腳步就這麼停下，再找不到踏出去的機會。

他們身旁圍繞著很多人。那些人彷彿是星，他們是月，如此登對而出眾。但每個人看起來十分開心，好像構築了一個只屬於他們這些人的小世界，沒有她謝雅真能走進去的空間，也沒有她能出聲的機會——

「讓一讓。」一個急著下樓的男同學從她身邊跑過，撞掉了她手裡的紅龜粿。另一個男同學接著踩過去。

「我好像踩到什麼東西……」

「有嗎？」

兩個人腳步沒停地下樓。

謝雅真安靜地彎身將地上的紅龜粿撿起，拍了拍上頭的灰塵，再次望向何允樂與張念文的方向。

她驀然領悟了一件事。每間學校都有兩種人，一種是主角，接受眾人的目光與仰望；另一種是配角，隨時呈現孤魂野鬼的狀態，很少有人注意……算了。

忘了餅乾日和紅龜粿吧，她黯然地下樓。

配角本來就不該妄想走進一個屬於主角的世界。

05 寂寞

進擊的巨人
海綿寶寶
羅密歐與茱麗葉
暮光之城
格雷的五十道陰影

話劇社社辦的黑板上寫了好幾齣戲碼，「羅密歐與茱麗葉」被大大地圈起來，其他的則被狠狠地打了個叉。

「大家注意，這次校慶我們決定表演的節目就是《羅密歐與茱麗葉》。」張念文拿著擴音器，興高采烈地宣布。

「蛤？為什麼是羅密歐與茱麗葉？」話劇社裡的三位宅男——小龜、胖達和鳥哥同時出聲抗議。

不演《進擊的巨人》，他怎麼利用身高優勢當兵長？小龜踩了踩隱形增高球鞋。
不演《海綿寶寶》，他怎麼利用身材優勢當男主角？圓滾滾的胖達不開心。
不演《格雷的五十道陰影》，還有哪個角色能襯托出他的霸道總裁風範？鳥哥推了推鼻梁上的眼鏡。
「我跟老師推薦的。老師，你也贊成對不對？」張念文轉頭問朱老師。
「念文的提議很好，老師認為莎士比亞的戲劇——」
「老師！」黃巧薇大翻白眼。「我們不是要演暮光之城嗎？」莎士比亞多無聊啊，而且幹麼只聽張念文的？
「學妹，就是因為我們話劇社每次都演這種怪戲，才會被說是怪咖社。」張念文瞪她。「你們提議的東西都很奇怪。」
「哪會？」
「才怪！」
黃巧薇和三宅同時抗議。
「總之，這次校慶表演節目就是《羅密歐與茱麗葉》，我們一定要拿到第一名！」排除眾議，張念文喊話。在她擔任社長任內，一定要風風光光、漂漂亮亮地贏一場！
「太難了啦，學姊，我們只是配角，哪比得過熱舞社跟吉他社？」演這麼無聊的戲就算了，還想拿第一名？翻白眼已經不足以表達黃巧薇的心情了。

張念文胸有成竹。「當然可以，只要我們的表演夠精采，觀眾一定會喜歡的。當然，還有最重要的——吻戲。」

「吻戲？」三宅眼睛一亮，瞬間來了精神。

「沒錯，吻戲。現在要向大家介紹新社員……」她手裡的擴音器突然轉了個方向，朝著話劇社門口。「阿樂，可以進來嘍！」

何允樂斜揹著書包，大方地出現在話劇社眾人眼前。

他的襯衫沒有紮進長褲裡，短袖捲了幾折，露出健康結實的手臂，姿態閒適，臉上仍是那股開朗燦爛的神氣。

「嗨，各位，我是高二的轉學生何允樂，叫我阿樂就行了。」說著，他對大家招了招手。

這人……不是應該好好待在棒球隊發爐嗎？

截至剛才都毫無存在感的謝雅真從棺材裡露出一雙圓滾滾的大眼睛，和黃巧薇四目相對，不可置信。

「我和阿樂是國小同學，我想以我們兩個人的默契……羅密歐，我就推薦讓阿樂來演。」張念文說得開心，手裡的擴音器彷彿跟她一起笑了。

「為什麼？」

「我反對！」三宅同時跳腳。天上掉下來的吻戲怎能平白無故讓給別人？

「欸，妳怎麼自己決定啊？」何允樂也嚇了一跳。他才剛入社，這樣不好吧？

「我沒有自己決定……老師，你也贊成我們兩個人演男女主角對不對？」張念文尋求朱老師的支持。朱老師向來很疼她，一定會站在她這邊的。

羅密歐與茱麗葉……

是啊，發爐二人組當然很適合演男女主角，不論走到哪裡都是閃閃發光，否則校慶宣傳片怎會選中他們呢？她對於這樣的結果毫不意外，悶悶地躺進棺材裡，專心當她的孤魂野鬼。

「念文的提議很好，老師認為這種以愛情為主體的戲劇，就應該要——」

「等一下！」黃巧薇高舉雙手。「老師，小真也想演茱麗葉！」都讓念文學姊牽著鼻子走怎麼行？吻戲？吻她妹！

「喂，我哪有啊？」謝雅真嚇得從棺材裡跳起來，驚出一身冷汗。關她什麼事啊？

「而且，角色應該要公平競爭對不對？」黃巧薇看向三宅，試圖拉攏幫手。他們一定也很想演男主角。

「對對對！」抵抗外侮，三宅異口同聲。

「我贊成，既然戲是大家一起演的，就應該一起決定。」何允樂附議。他今天才第一天來話劇社報到，就被特殊對待，不要說其他人了，連自己都覺得這樣不ＯＫ。

「是不是？」黃巧薇挑眉。不錯不錯，這傢伙很上道嘛！

等等，現在到底是什麼情況？就算要大家一起決定，她也沒有打算要競爭啊！謝雅真滿臉驚嚇。

「好啊，我沒意見。老師的看法呢？」張念文面上的不甘心一閃即逝，瞬間又恢復甜美形象。

「不然這樣好了，同學們今天回去之後，針對要演的角色準備劇本排練，我們下週進行票選，怎麼樣？」朱老師想了想，做出決定。

「好！」黃巧薇歡呼。

「好什麼好？我就沒有要演啊。」這到底是什麼超展開？謝雅真猛揍黃巧薇。準備劇本？排練？票選？

「哎喲，我會幫妳的，小真加油！」

黃巧薇帶頭鼓掌，眾人跟著拍手，何允樂也跟著拍，這件事居然就這麼定下了。

「幫個鬼啊！」她欲哭無淚。

「羅密歐啊羅密歐，否認你父親，拋棄你的姓，只要你發誓你愛我，我就不再做卡、卡拉……卡拉卡啥？卡普雷啦，吼喲，誰寫得這麼難念，比往生咒還難念！」

一身仙姑打扮的謝雅真四仰八叉地倒在濟德宮角落，崩潰地將劇本蓋在臉上。

「仙姑、仙姑！」阿宏的聲音由遠而近地喊過來。

「怎樣啦？我在忙。」她完全沒有打算將臉上的劇本拿開。

「有人卡到陰啦！」阿宏急忙地嚷嚷。

躂躂躂——

數道急促又慌亂的腳步聲從濟德宮外衝進殿內，夾雜著紊亂的喘氣與叫嚷。

「快點！這邊！」滿頭大汗的阿宏身後跟著一串人。

一位抱著孩子的爸爸，還有小孩的媽媽、阿嬤，三人心急如焚地往這邊過來。

「仙姑，看一下我兒子到底怎麼了？」

「拜託，仙姑拜託救救他！」

男人手裡抱著的孩子看起來約莫九、十歲，四肢僵硬、眼睛上吊，情況看起來不太樂觀。

「他第一次這樣嗎？」謝雅真在小男孩面前坐定，閉上眼睛。金勝在也趕緊過來查看情況。

「小凱已經這樣好幾次了，可是看了好多醫生都沒用。」媽媽著急得不得了。

「他平常都很乖，只是不知道卡到什麼陰，一發作就打自己……妳看，他身上都瘀青了。」阿嬤掀起小凱的衣服，露出一大片青青紫紫的背。

「真不知道妳這媽媽怎麼當的，好好的小孩被妳顧成這樣！」看見孩子身上慘不忍睹的傷，爸爸心疼不已。

小凱媽媽立刻回嘴。「你不用在這邊大小聲啦，最沒資格講話的就你！」

「為什麼沒資格？我是小孩的爸爸！」

「不然你來顧啊！」

「兩位、兩位，我們先不要那麼急，這件事仙姑會幫我們處理。」夭壽喔，都什麼時候了還吵架。金勝在趕快出言緩頰。

奇怪……謝雅真睜開眼睛，仔細看了看還翻著白眼的小凱，再看向小男孩背上的傷，總覺得哪裡不太對勁。

她再度閉上雙眼，掐緊手訣，比以往更加專注。

「仙姑，拜託拜託，救救我孫子！」

「我兒子到底怎麼了？」

「這是卡到什麼陰？」

家人們七嘴八舌，亂成一團，她皺緊眉頭，嘗試了好半晌，卻依然一無所獲。

「怎麼樣？」站在一旁的金勝在彎身下來問。

她看著小凱，若有所思。

「這有點嚴重，等一下我單獨處理。」

不管怎樣，先把這小孩帶開再說。

小凱被抱進那間她當作休息室的禪堂裡。

她倚在一旁，手裡拿著包零食，喀滋喀滋地吃餅乾。

「不要再裝了喔，你根本沒有卡到陰對不對？」

不管怎麼通，小凱身上都沒有靈，乾乾淨淨、完全沒有痕跡，哪裡是卡到陰？至於他身上的傷，十之八九是他自己裝神弄鬼，亂打一通……

「我在跟你說話……欸，要不要吃？」她遞了洋芋片過去，但小男孩不為所動，仍然盡責地做著眼睛上吊的表演。

有夠瞎，都已經把他家人支開了，還要演多久啊？

「你這樣把自己用得全身是傷不會痛嗎？」她蹲到小凱身旁，試圖當個善良溫柔親切可愛的大姊姊，對他曉以大義。「我跟你說喔，裝久了，鬼真的會來找你。」

「要妳管！死八婆！」她幹麼詛咒他？上吊的眼睛回復原狀，小凱決定不演了，惡聲惡氣地回話。

「欸，說什麼東西啊你？誰是死八婆，你這死小孩！」親切大姊姊扮不下去，她一秒鐘就被激怒了。「我警告你，我是給你面子才沒有拆穿你，你在這邊發什麼脾氣？」

要不是有過 Alice 的經驗，猜想小凱或許有什麼難言之隱，她才懶得理他。直接告訴他爸媽是騙人的，看他下次還敢不敢！

小凱摀起耳朵，以行動表達自己的不想聽。

「你為什麼要讓你家人這麼擔心啊？你阿嬤快被你嚇死了，你知不知道？」她蹲在小凱耳朵旁喊，就不相信他聽不見。

「我不聽我不聽我不聽。」小凱仍然摀著耳朵，念咒似的，想阻絕一切雜音。

「你以為我想管你啊？現在都已經這麼晚了，你這樣騙大家很好玩嗎？」來啊，要念咒是不是？要背往生咒跟他拚了也可以啊。謝雅真繼續念。

「我不聽我不聽我不聽。」小凱撇頭，跟她槓上了。

「你真的很無聊，裝神弄鬼浪費大家時間，我也想要早一點回家啊！」

「我不聽我不聽我不聽。」

「真是夠！」她洋芋片一扔，差點沒被氣死。「我跟你說，你再這樣鬧下去，今天晚上也不用回家了，就留在這裡，大家一起耗啊！我現在就立刻出去跟你爸媽說你很嚴重，得在這邊住幾天。」

「誰要陪妳這個死八婆住幾天啊?!」小凱摀著耳朵的手終於放下來了。

「那還是你要我出去跟他們說你是裝的？」

「……」小凱惡狠狠瞪著她，滿臉不甘。

「都不要是不是？很好，那我們一起出去，今天就當沒事了。我不跟你爸媽亂講，你以後也不要再亂來。」

小凱抿緊雙唇，一雙大眼睛骨碌亂轉，像是在評估這樁交易划不划算。

「怎樣啊？看是要留下來住還是要拆穿，你選一個。都不想的話，現在就恢復正常走出去，以後不要再裝神弄鬼了。」

可惡，討人厭的臭八婆！

小凱和謝雅真大眼瞪小眼，僵持了很久，最後，小凱才不情不願地點頭。

算他識相！謝雅真推著他走出去。

「小凱，你怎麼樣？」

「好多了嗎？」

「還有沒有哪裡痛？已經沒事了嗎？」

小凱的家人們一看見他神色正常、行動自如，馬上欣喜地圍過來。

看，有這麼擔心他的家人還不好好珍惜，果然是個死小孩。

真不知道這樣幫他瞞著家人，到底是好事還是壞事，她心情好複雜。

金勝在看著她的臉色，心裡很快就有底，湊到她旁邊，小小聲問：「假的？」

他從剛剛就覺得小真這囝仔怪怪的，什麼時候卡到陰需要單獨處理，還要把信徒帶回禪堂？現在看小真的表情也很不對勁，一定有鬼。

「嗯……」她點點頭。
果然。金勝在也跟著點頭。小真就是藏不住話，心裡想什麼都寫在臉上。
「老師，他是卡到什麼，怎麼這麼厲害？」確認兒子沒事，小凱爸爸朝這邊問。
「是這樣啦，你們運氣真好，碰到我們仙姑，事情一下就解決了。」總之，先讓信徒安心最重要，這他在行。金勝在大步走上前解釋。
「爸爸、阿嬤，雖然現在沒事了，但是吼，小凱年紀這麼小，就把他凌遲成這樣，實在很糟糕……阿宏！」他一彈指，阿宏立刻遞了個大塑膠袋過來。「這個你們先拿回去，裡面有金紙香燭、淨身的艾草跟辟邪的沉香，能洗的洗，能燒的燒，先壓一下。我會請仙姑問一下神明，看有什麼方法能夠化解。」
「好好好，謝謝老師。」小凱的阿嬤和父母親緊緊摟著他，拚命點頭，詳細記錄著每樣東西的用法。
真好……她看著家人圍著小凱的模樣，心裡酸酸的，竟然有點羨慕。
關於「家」，她仔細回想，大部分的畫面只有她自己一個人，孤零零的。
小凱假裝中邪都還有家人會急著帶他到廟裡來，對他噓寒問暖，忙著為他張羅……她呢？她身邊也有這麼關心她的人，會為了她著急嗎？

「您撥的電話將轉接到語音信箱，嘟聲之後開始計費，如不留言請掛斷。」

「媽，妳怎麼一直不接電話？」回到家，她打給媽媽的電話又轉進語音信箱了。

屋裡空盪盪的，她吐出的每個字都空虛無比地反彈在牆壁上。

她躺在伸手不見五指的房間裡，燈也不想開，覺得自己說話的聲音比語音信箱更像個機器人。

「妳下次什麼時候休假？繳電費的帳戶沒錢了……還有，我寄給妳的包裹，妳到底有沒有收到啊？都不回我……就這樣嘍，掰掰。」她黯然地按掉通話。

好久沒聽到媽媽的聲音了，也很久沒看見媽媽了……

雖然，她知道媽媽很關心她，但是，她們之間一直有著難以同步的時差，想說上幾句話，總是如此困難。究竟媽媽要什麼時候才會聽見她的留言，什麼時候才會知道，她很想她？

是不是，媽媽也像她一樣，這麼想念呢？

越想，她越覺得很孤單……

窗邊的風鈴倏地響了起來。

「阿嬤，我沒事啦。」她揉了揉眼，打開電燈開關。

對，她還有阿嬤。至少，不要讓阿嬤擔心。

「阿嬤，我今天不彈吉他了，念劇本給妳聽好不好？」

拿出劇本，她試圖振奮精神，大聲地念出封面上的字。

「羅、密、歐、與、茱、麗、葉。喔，羅密歐，為什麼你要叫作羅密——」念了沒幾句，她猛然頓住，突然間念不下去了。

為什麼羅密歐要叫做羅密歐，那，為什麼她要是仙姑呢？

到底，仙姑能拿什麼去爭茱麗葉？

臉蛋？身材？才華？氣質？這些茱麗葉該有的東西，她通通都沒有。

她唯一會做的事就是當仙姑，唯一擁有的就是信徒，偏偏這些和茱麗葉八竿子打不著邊。而她沒有的東西何其多，除了以上那些，甚至能包括陪伴她的家人，能聽她說話的人……

「阿嬤，妳覺得，我真的可以演茱麗葉嗎？」

深深吐出一口氣，她的嘆息與疑問被悄悄吞沒在夜色裡。

明明已經這樣過了好多年，早就該習慣，為何偏偏學不會？

什麼時候才能真的與寂寞共生，別對孤單大驚小怪？

畢竟她總是一個人。

「再見，再一吻，我就願意離去。」

「你就這樣離開我了？我的愛人、我的丈夫、我的情情情侶侶啊——」

謝雅真坐在操場的司令台上，拿著劇本和黃巧薇對戲。

「妳是孝女白琴喔？茱麗葉哪會這樣講話？」演不下去了！黃巧薇爆炸。

「生離死別的人不是都這樣講話的嗎？」莫名其妙，她在廟裡看到的都是這樣啊。謝雅真不服氣。

「妳也幫幫忙，這樣一點都不少女啦。」莎士比亞都要從棺材裡跳出來了。

「我就不會嘛！」那也不對，這也不行，到底怎樣才是茱麗葉啊？謝雅真絕望地倒在司令台上。

「不會就不要勉強啊。」一張甜美的笑臉突然闖入她的視野。

「學姊？」她差點心臟病發，趕緊坐直身體。

「你們有看到阿樂嗎？我和他約好在這邊對台詞。」張念文慢條斯理地問，身後還跟著兩名學姊。

「沒有。」黃巧薇和謝雅真同時搖頭。

「那好吧，妳們加油。」張念文身子一轉，要離開的腳步又轉回來，輕聲細語地叮嚀黃巧薇。「欸，學妹，妳不要逼人家演這種角色啦，妳這樣是在害她，知道嗎？」

她的聲音甜甜的，笑容也甜甜的，聽在黃巧薇耳裡卻刺耳得不得了。

「我哪有逼她，我覺得小真挺適合演茱麗葉的啊！」小真比學姊可愛一百萬倍！黃巧薇賭氣地想。

「真的嗎？」張念文的笑聲像串銀鈴。「小真，妳自己說，妳是認真想演的嗎？」

謝雅真一愣，還沒反應過來話題怎會一下跑到自己身上。

怎麼辦？雖說她是被黃巧薇趕鴨子上架，但念文學姊這樣問，她該怎麼回答啊？要是回答不想演，念文學姊又說黃巧薇是害她了怎麼辦？

「我、我……」

「怎樣？學妹，妳說啊。」

吼喲，學姊三人組好像要吃掉她一樣，謝雅真被望得一陣緊張。

「我……我想挑戰看看。」她低頭，支支吾吾，回答得很小聲。

「妳說什麼？」張念文沒聽清楚，朝她走近幾步，頓時令她更有壓迫感。

不管了，豁出去了！情和義，值千金！

「我說，我想挑戰茱麗葉！」她捧著劇本大喊。

張念文臉色一變，完全沒預料到她會這麼說。

這個謝雅真平時在話劇社裡毫不起眼，一頭短髮又拙又土，衣服總是亂糟糟的，說話也很沒氣質，不論站姿或坐姿都很沒形象，成天睡覺，憑什麼想挑戰茱麗葉？

「這樣啊，那很好喔，有競爭才好玩嘛，我也很期待妳的茱麗葉會是什麼樣子。」

隨便她，反正她再怎樣也是浪費時間而已。張念文很快揹起偶像包袱，優雅地走了。

「噗哈哈哈哈哈！」黃巧薇很不優雅地放聲大笑。

「妳笑屁啊！」都她害的啦！謝雅真猛打黃巧薇。

「哇靠，謝雅真，妳超有種的，妳有看到念文學姊剛剛的表情嗎？我快笑死了。」

「不要再笑了，我現在到底要怎麼辦啦？」她明明是想維護好友，為什麼變成像在挑釁念文學姊？

黃巧薇拍了拍胸脯。「妳要對自己有自信啊，而且妳有我欸。」

「有妳是能怎樣？」謝雅真更絕望了。這些麻煩不都是因為她才惹出來的嗎？有她簡直糟糕透頂啊！

「小姐，妳知道嗎？所有的青春校園愛情片裡，醜陋的女主角都會有一個時尚又美麗，像我一樣的好麻吉，幫女主角做個驚天動地的大改造。」黃巧薇得意地指著自己。

真是夠了。謝雅真回她一個驚天動地的大白眼。

「妳幹麼不相信我啊？想演好茱麗葉，先學習怎麼當一個女生吧！」

黃巧薇眼珠子一轉，心中已經做好盤算。

就是今天，Right Now！她一定要讓謝雅真脫胎換骨、重新做人！

06 選擇

一個鬼鬼祟祟的身影，低著頭，偷偷摸摸地接近濟德宮。

謝雅真穿著紅色上衣、一條藍白相間的裙子，頭上綁著同款髮帶，躡手躡腳地走入廟門。

她到底是發什麼神經才會相信黃巧薇?!

放學後被黃巧薇拉到她家換衣服就算了，還被修了眉毛、刷了眼影、塗了睫毛膏和口紅，害她全身不對勁，老覺得沿路每個人都在看自己，很不自在。

黃巧薇明明說是淡妝啊，應該不會被發現吧？

「哇，仙姑姊姊今天好漂亮喔。」

馬上就被廟裡的小女孩發現了，謝雅真夢碎。

明天一定要殺了黃巧薇！她頭垂得更低了，快步衝向禪堂。

夭壽喔，剛剛飄過去的那團法國國旗是小真嗎？金勝在手中的水果差點掉到地上。

「謝雅真，來來來。」

她都還來不及溜回去，就被金勝在逮住了。

「幹麼？」謝雅真小碎步走過來，從來沒有移動得這麼淑女過。不太敢抬頭，卻也不想顯得太心虛。

她又沒做壞事，不過是偶爾穿個裙子化個妝，為什麼要心虛？

原來不只身上是法國國旗，臉上也是。

金勝在盯著她化得花花綠綠的臉，越盯越火大。好好一個學生，打扮得花枝招展的像什麼樣？

「謝雅真，妳最近出頭很多欸，一下做餅乾燒房子，一下穿法國國旗，是怎樣？要把信徒都嚇跑是不是？」

什麼法國國旗，要不要這麼過分啊？她只是偶爾打扮一下，有需要這麼誇張嗎？學校隨便一個同學都比她浮誇。

「沒有啦，就學校同學幫我弄的啊，我們話劇社要演《羅密歐與茱麗葉》啦。」她盡量讓自己聽起來稀鬆平常。

「羅密歐，喔！為什麼你是羅密歐？」一旁偷聽的阿宏聽見關鍵字，調戲地勾起阿修的下巴。

阿修把阿宏的手拍掉，站得遠遠的。北七，沒看見金老師臉色那麼難看喔？

「廟裡的事情都忙不過來了，還跑去演什麼羅密歐與茱麗葉？妳是哪一國的仙姑啦妳？有那個美國時間，怎麼不去好好念經或念書？」

她不講就算了，越講金勝在越生氣。他每天光是煩惱濟德宮的債務就夠操煩了，為什麼這囝仔還這麼不懂事？

「我用自己的時間演話劇為什麼不行？我又不是沒有來廟裡當仙姑！」

她所有的「美國時間」不都泡在廟裡了？要不是還顧著濟德宮，她何必每天放學後都來這裡？就像今天，她明明也很想在黃巧薇家裡多留一下啊，還不是惦記著要回廟裡，只好匆匆離開。

每次都是這樣，她不能跟朋友去聽演唱會，不能去看電影，不能一起逛街，不能一起吃飯，就連打電話聊天都不能講太久，何況問事時手機還得關機，連Line訊息都不能讀……

她已經為了當仙姑放棄了那麼多，到底還要她做到什麼程度？而且就算她想把自己打扮成哪國國旗又怎樣！

「反正我做什麼事情你要反對，你只關心我有沒有念經有沒有打坐有沒有幫你賺錢，你從來都不關心我學校過得怎麼樣！」

做餅乾不行，演話劇不行，不管怎樣都不行，有誰在意過她想做什麼、會做什麼，心裡在想什麼？口口聲聲仙姑仙姑，她都已經快要搞不清楚自己到底是什麼了——

她頭也不回地衝出宮外。

「仙姑、小真……」阿宏和阿修嚇了一大跳，立刻想出去追人。

「讓她去啦！」金勝在喊住阿宏與阿修。

「老師……」

「讓她自己去想一想啦，肚子餓了就會自己回來了。」金勝在說著，眉頭深鎖。

他哪有不關心她，他不就是正在關心她嗎？

聯絡簿他簽，零用錢他給，怕她餓怕她累，是還有哪裡做不好？他要她念經讀書是為她好，要她當仙姑、為自己和她爸爸積福報，也是為她好，總比她胡搞瞎搞一些有的沒的，跟朋友看演唱會，演什麼話劇，浪費時間好太多了。何況，明白信徒心裡在想什麼，知道人際關係上該怎樣進退應對，對她更是百利無害，以後出社會多有用啊？但每次關心她都搞得一肚子氣，到底是她不受教還是他不會教？

他望著謝雅真消失的方向，嘆了長長一口氣。

煩死了！

謝雅真騎著腳踏車到處亂逛。

乒噹——砰——咚——

車輪猛然發出一陣劇烈噪音，車身一斜，撞倒了旁邊成排的腳踏車。

人在倒楣時就是這樣，嫌她還不夠衰就是了。

她認命下車，先將那排骨牌似地倒下的腳踏車一一扶起，弄得滿頭大汗，才想蹲下查看自己的腳踏車。

腳踏車怪怪的，是落鏈了嗎？

一抬頭，卻有個十分眼熟的身影，賊頭賊腦地在體育用品店門口張望……

小凱？他身邊沒有爸媽，也沒有阿嬤，一個人在這裡幹麼？

她尾隨小凱走進店裡，晃了一圈，走到貨架的最後一排，就看見小凱鬼鬼祟祟地將一顆棒球藏進口袋裡。

「小凱！」這個臭小孩，假鬼假怪還不夠，現在還來偷東西！

哇啊，怎麼是這個臭八婆？小凱拔腿就往門口跑。

「喂！」她急起直追。

小凱衝出店外，繞過一條馬路，跳過一條水溝，拐進一條巷子。

嘿嘿，被他甩開了吧？他得意地將偷來的棒球從口袋裡拿出來。

「你不知道我最在行的就是玩鬼抓人嗎？」謝雅真突然出現在巷子裡。

可惡！小凱轉身就跑。

「你給我回來！」她拽住小凱手臂，舉高他握著棒球的那隻手。「把球拿回去還喔，你根本就是想吸引大家注意對不對？」

「妳穿這麼醜，才是想要吸引大家注意咧！」

「說什麼東西啊你?!」

「快放開我，死八婆！」小凱猛力掙扎，又踢又踹，手中的棒球沒抓牢，咚咚咚滾走了。

「你才死小孩咧！知不知道你爸媽很擔心你啊？還當小偷！」是怎樣，要把他送去警察局才能學乖是不是？

「關妳屁事啊？妳什麼都不懂！」

「你！」

「小真？」

巷子口，何允樂撿起棒球，疑惑地看向這裡。

他遠遠就聽見吵架聲，總覺得這個聲音好像有點耳熟，走來一看，果然是謝雅真。

可是，她的穿著打扮和平常很不一樣，也從來沒聽過她這麼大聲說話……他不禁懷疑自己是不是認錯了。

「阿樂？」天啊，怎麼會在這種時候遇到何允樂？她剛剛吼得那麼沒形象，他全聽見了嗎？她更想掐死小凱了……

「球還我！」小凱趁機把她的手甩開，朝何允樂大喊。

何允樂將棒球拋過來。「接好。」小凱一把接住。
「接得不錯喔。來，我們ＰＫ一下。」何允樂拍拍肩上的棒球袋。
蛤？謝雅真和小凱同時呆住。
這是怎樣？是現在要去打棒球的意思嗎？

「接好嘍！」
下午的河濱公園，運動的人向來很多。
「兩好三壞了喔。」何允樂戴著棒球手套，俐落地接住飛來的棒球，扔給小凱。
「投手準備──」
「看我的！」小凱使盡全力，奮力一投──
「三振出局，Stike out！」何允樂跳起來，漂亮接殺。
「換我了。」
「好。」小凱興奮不已，滿頭大汗，臉頰紅彤彤的。
「捕手準備──」
小凱蹲低身體，穩住自己。

「決勝球！」何允樂展臂長投，小凱一舉接下。

「耶，三振出局！」小凱朝天空做出一個拉弓，開心得又叫又跳，和何允樂擊掌。

何允樂微笑著摸了摸他的頭。「棒球很好玩吧？」

這溫馨的畫面是怎麼回事？假裝卡到陰的臭小孩居然有這麼天真可愛的時候……為什麼她會在這個時間，坐在堤防的草皮上，看著何允樂和小凱打棒球啦？

這應該不是夢吧？她捏了捏自己的臉。

「小凱、小凱！」後方傳來呼喚聲，她回頭一看，居然是小凱的阿嬤。

「阿嬤！」小凱朝阿嬤揮揮手，轉頭看向何允樂的表情有點遺憾。

「哥哥，阿嬤又發現我沒有去補習班了，那我先回家嘍。」

「好，你快回家，改天我們遊樂場再PK？」何允樂蹲下來，朝小凱伸出拳頭。

「一言為定。掰掰。」小凱和何允樂碰拳，輕快地從謝雅真身旁跑過去。

這臭小孩，居然只跟阿樂說掰掰，把她當空氣……

「接好喔！」

她還在咕噥，一顆棒球突然飛過來，她手忙腳亂地接住。

「一起還球吧。」何允樂帶著一個明亮的笑容走到她面前。

「喔，好。」她拿著球站起來，拍了拍裙子上的灰塵，越拍越狐疑，總算發現哪裡不對勁了。

「欸，你怎麼知道球是偷的？」河濱公園就在遇見何允樂的巷子旁，他們陪著小凱一路走過來，她根本沒機會告訴他這件事啊。

何允樂聳聳肩，唇邊掛著一抹意味不明的笑。「你們吵架我都聽見啦。」不如讓她跳河吧……她剛剛根本是潑婦罵街啊，好崩潰。

不過……所以他陪小凱打棒球，是想解決她和小凱之間的爭執嗎？要是他沒有出現，不知道她和小凱還要僵持多久？

有點領悟的她睜著圓圓的眼望著阿樂。不知道為什麼，總覺得心裡有很多快樂的泡泡冒出來，有點高興。

將腳踏車後變速器往前扳，拉長鍊條，卡住齒輪……

一起到體育用品店還了球之後，何允樂居然還幫她修理腳踏車。

她蹲在地上，一臉驚奇又崇拜地看著他。

這人怎麼什麼都會啊？會打棒球，會修理腳踏車，還會哄小孩。

「謝謝你。」看著何允樂專注修車的臉好一會兒，她鼓起勇氣開口。

「不會，我也有騎腳踏車，修這個我很厲害。」

「不是啦，除了腳踏車，還有，小凱的事情……我完全搞不定。」總覺得很糗，她有點彆扭。

何允樂笑著看了她一眼，手上動作沒停，繼續拉動鍊條，調整位置。

「其實，我以前跟他一樣。」

「跟他一樣？」怎麼可能？小凱那麼欠扁。她十分懷疑。

「嗯，都是沒人陪的小孩。」何允樂笑了笑，低頭修車。

他說得輕鬆，可是……她感受到的卻不是這麼一回事。

沒人陪的小孩哪裡輕鬆？身為沒人陪俱樂部的資深會員，她比誰都清楚。就算嘴裡說得很輕鬆、無所謂，也絕對不是那樣的。

怎麼辦？這時候應該安慰他嗎？要說「我也是」之類的嗎？還是什麼都別說，免得越說越尷尬？

幸好，何允樂自己將話題轉開了。

「對了，他是妳的誰啊？我常在附近的電動玩具店看到他。」

「喔，他喔……他是鄰居的小孩啦。」總不能說是卡到陰的小孩吧？她才不想讓阿樂知道自己在當仙姑咧。

「這樣啊，我有聽遊樂場的老闆講，他們家好像出很多問題，他平常都是阿嬤在照顧的。」

「是喔……」難怪剛剛也是阿嬤來喊他回家。可是，那天小凱的爸爸、媽媽也有陪他來廟裡啊？她歪頭想了想。
「他一定很希望爸媽陪他吧？」哪個小孩不希望父母陪呢？何允樂拉了拉鍊條，說得有點感慨。
啊，該不會就是因為假裝卡到陰的時候爸媽會出現，所以他才一直假裝吧？
如果是這樣的話，那真的很可憐……正因為心裡的痛遠遠大於身體承受的痛，所以才會一而再、再而三的自殘吧？
她突然想起小凱傷痕累累的背，心情有點複雜。
她還罵小凱是想吸引大家注意，其實，就算小孩想吸引別人的注意又怎樣？就是因為得不到，才需要苦苦強求，不知道已經寂寞了多久……假如，他身邊的大人有好好關心他，他也不需要採取那麼激烈的手段，畢竟有誰會想把自己弄得渾身是傷？她什麼都沒弄清楚就指責小凱，好像有點太過分了……
「好啦，騎騎看。」何允樂轉動腳踏車車輪。
這麼神？聊個天就修好了？她踢開立架，跨上腳踏車，踩動踏板，車輪順利運轉。太好了，恢復正常了！她立刻多踩了幾下。
「謝謝你。」
「小心騎喔，再壞我不修了。」看她這麼高興，他忍不住調侃她。
「才不會咧。」什麼嘛，她開心地往前騎，總覺得今天好像魔幻得有點不可思議。

她居然可以和阿樂這麼自在地聊天了？雖然還是會緊張，心臟撲通撲通跳個不停，但起碼進步不少。

他們現在，應該已經算朋友了吧？

嘎嘰——腳踏車突然發出一陣刺耳聲音，車輪又踩不動了。

她低頭一看，發現好大一片裙角被捲進齒輪裡。

啊啊啊——怎麼會這樣？她拚命拉、使勁扯，怎麼都扯不動裙子，最後還將裙子一把扯破。

救命！她胡亂擺動雙手，想把裙子拉出來又怕走光，兩隻手根本不夠用。

天啊！她在做什麼？何允樂抬眼，就看到一截白嫩嫩的大腿和她慌亂無比的模樣，趕緊衝過去。

「啊啊啊，你別過來！」他跑過來幹麼啦？謝雅真更崩潰了。

何允樂終於意識到不對，趕緊轉過去背對她。「對不起、對不起！」

怎麼辦？他急中生智，迅速脫下自己的短褲，遞到後面給她，顧不得旁邊的路人正看著他倆偷笑。

「幹麼啦？」慌亂中，她只感覺到何允樂塞了什麼東西過來，卻看不清楚。

「快穿啦！」何允樂把褲子推近一點。

「喔……」居然是一件短褲？定睛看清楚的謝雅真還搞不清楚褲子是哪來的，慌張地接過，立刻就穿上。

「好了沒啊？」何允樂張開手臂擋在她身前，像隻護著小雞的母雞一樣，一邊被路人笑得很不自在。

「等一下！」褲管在哪？她的腳呢？她這輩子第一次發現穿褲子原來這麼不容易。

「快點……」何允樂對路人傻笑得臉都要僵了。

「好了好了。」她穿好短褲轉過身，心裡悲憤得要命，沒想到一轉過來，卻看見何允樂下半身的四角褲……

原來，這件短褲是他脫下來的喔？難怪，還有點溫暖……

喔，她又想隱形了。

現在這樣，到底是誰比較糗？

經歷了一片尷尬的混亂之後，她困窘得要命，不敢抬眼看何允樂，一路頭低低的，牽著腳踏車，和只穿著四角褲的何允樂走在長長的步道上，一起回家。

她沿路一句話也沒說，何允樂不禁有點擔心。「妳沒事吧？」

「對不起啦……害你沒褲子穿。」她尷尬地望著何允樂，根本不敢把目光往下移。

怎麼每次碰上他，都會發生一些丟臉的事啊？

「哈哈，沒辦法啊。妳裙子破這麼大，擋也擋不住。」何允樂拿起她置物籃中的裙子比了比。

「對不起啦。」他居然還笑得出來？她真的很內疚。

「唉呀，沒關係啦，很多英國的模特兒褲子也穿很短啊。」他一邊說，一邊擺出假掰的 Pose，手放在頭頂上，身體還站得斜斜的。

她忍不住笑出來。

「哈哈！超級名模！」看她終於笑了，他跟著輕鬆不少，腳步輕快地往前走。

太陽西斜，微風輕拂，一路的氣氛和心情緩和許多，她忍不住偏頭看他。「我可以問你一個問題嗎？」

「問啊。」

一直覺得她話很少，真難得她有問題。何允樂很有興味地看向她。

「你為什麼會想加入話劇社啊？」從他入社時，她就想問了。

「因為我想睡棺材。」

「蛤？」

「哈哈，騙妳的啦，因為演戲很好玩。」看她傻愣愣的樣子，真被自己唬住，何允樂又笑了。

「可是你棒球打那麼好，應該要加入棒球隊啊！」真是的，幹麼嚇她啊？她又好氣又好笑。

「拜託，又沒有人規定妳會什麼就要做什麼，重點是妳喜不喜歡吧？就像我爸說的，與其每天煩惱要做什麼，不如去想，做什麼事情自己會開心。」

他說得理所當然又堅定，可是她卻聽得模模糊糊、一知半解。

是這樣嗎？原來不是會什麼就要做什麼啊？從來沒人跟她說過這種話。

大家都說她帶天命，所以必須當仙姑，她也一直傻傻地當著仙姑，從來沒有思考過其他選項，更沒有思考過做什麼事情才會讓自己開心……

原來，其實她的人生還可以擁有其他的選擇嗎？原來，有人是真正做著自己喜歡的事嗎？總覺得，這種態度好令人嚮往喔……

她是不是也應該好好想一想，到底做什麼事情能讓自己快樂？

「妳看，這是我爸送我的。」提到爸爸，何允樂眼神發亮，把總是貼身戴著的項鍊從衣服裡拉出來，展示給她看。「這是土耳其的隕石塊喔，據說會帶來好運。」

隕石塊？她眼睛睜得圓圓的，好奇地盯著那條項鍊。

「你爸是做什麼的啊？」一般人可以隨便拿到隕石塊嗎？

「我爸他喔……他是冒險家。」何允樂將項鍊收回衣服裡，笑得神祕且得意。

又在玩她？她非常懷疑。「騙人的吧？」

「真的啦！」何允樂敲了下她的腦袋。「我爸在當無國界醫生，世界上哪裡最危險，他就去那裡，這就是冒險家。」

無國界醫生啊……真的好厲害喔！他一定很以爸爸為榮，聽他的口氣就知道了。

「那他現在在哪裡？」她也來了興致。

「我也不知道。」何允樂臉上的笑容驀然變淡。他靠在步道欄杆上，看著遠方逐漸下沉的夕陽，握緊胸前的項鍊。「但我希望他可以早點回來。」

看著眼前的男孩，她心裡突然一緊，好像他手裡握住的不是項鍊，是她的心。

早點回來？這種感受簡直熟悉得不能再熟悉了。

她也很希望媽媽能早點回來，而爸爸是早就回不來了。

她跟著何允樂一起趴在欄杆旁，全心地為他祈禱爸爸能早日回家。

他們之間，總有一個人的願望能實現吧……

落日餘暉將映在地上的身影拉得長長的，長得看起來有點寂寞。

07 反省

禪堂內，仙姑的白色道服和念珠整齊地堆疊在一旁。

謝雅真躺在榻榻米上，臉上蓋著那條心愛的燒焦小毛巾。

「羅密歐啊羅密歐，只要你發誓你愛我，我就從此不再做卡、卡拉普、卡雷……」

吼，到底卡什麼啦？不行，不能看劇本，看劇本就輸了！她眼角餘光瞄到道服，玩興一起，脫口：「不再做仙姑？噗哈哈哈！」

要是上台表演時真的把台詞改成這樣，朱老師和念文學姊不知道會不會嚇歪？是說，改成這樣也沒什麼不好啊。

「拜託，又沒有人規定妳會什麼就要做什麼，重點是妳喜不喜歡吧。」

對嘛，重點是她喜不喜歡。阿樂爸爸說得真有道理。

回想起那天碰到阿樂，雖然覺得糗爆，但也很開心，忍不住蹭了蹭臉上的毛巾。

但是……話說回來，她喜歡做什麼事情？

一直以為自己只能當仙姑而已，從來沒有想過其他事情，就連話劇社也是被黃巧薇硬拉進去的。她是真的喜歡演話劇嗎？

假如，和阿樂一起演「羅密歐與茱麗葉」的話……

「仙姑、仙姑！」阿宏在禪堂外急急忙忙地喊。

「叫啥啦？仙姑仙姑，都被你叫到生菇了！」人家胡思亂想得正高興，偏偏要來煞風景。謝雅真把毛巾往脖子上一圍，悶悶地走出去。

阿宏立刻衝上來。「仙姑，妳有沒有看到老師？」

「沒有，他最近不是常不在？」

金老師這陣子時常不在廟裡，這有什麼好大驚小怪的？

「找我有什麼事？」金勝在恰好從後門走進來。

「老師，他們又來了！」阿宏把金勝在拉到一旁，附在他耳邊悄悄地說。

「在哪裡？」

「前面。」

什麼什麼？幹麼一副不想讓她聽見的樣子？她正想走過去，卻被金勝在揮手驅趕。

「小真，老師等一下有事情要處理，妳先進去房間。」

「為什麼？」太奇怪了吧……金老師最近到底在搞什麼鬼？

「賣問啦，進去！」金勝在聲量變大，還用力把她推到禪堂，帶著阿宏往濟德宮大殿走。

「莫名其妙，兇屁啊？」

她就偏要看！她偷偷摸摸跑到濟德宮側門，鬼鬼崇崇地往大殿張望。

豎立著神像的大殿裡，站著三名身著黑西裝的男人，身材魁梧，渾身肌肉，一個比一個健壯。為首的男人理著平頭，即便穿著西裝，全身仍是一股難掩的肅殺氣息。另外兩個男人則是光頭，眼露凶光，嘴裡嚼著口香糖，兩頰一鼓一鼓地動著，好像隨時都要吐出口什麼。三個人殺氣騰騰，面色不善，在莊嚴寧靜的空間顯得異常突兀，搞不清楚他們為何會出現在這裡。

「各位帥哥，辛苦了。」金勝在一見他們，又是鞠躬彎腰，又是陪笑臉。「來來來，阿宏去泡個茶，吃點水果。」

「免啦！金老師，不要再裝了，說正經的啦，賣在這裡五四三！」平頭男人大手一揮，口吻兇惡。

金勝在臉色一變，低聲下氣。「帥哥，拜託，拜託你跟議員大人講一下，讓我寬限個幾天。」

「是要拜託幾天啦？之前講好總數是三百萬，你每個月還三十萬，啊現在是怎樣？已經好幾個月沒收到錢了！」砰，平頭男人重重地拍了下桌子。

怎麼回事？什麼三百萬、三十萬？難道這些人是來討債的嗎？金老師欠錢了？謝雅真躡手躡腳地溜進大殿，躲在一根龍柱後面，想要聽得更清楚。

平頭男人忽然開始打量起環境。「你這間廟開這麼久，到底有沒有賺錢？」

「拜託，再給我幾天，我真的有在周轉了！」真的，他每天都在想辦法，東奔西跑，四處借錢。金勝在連連彎腰，拚命求情。

「呵呵，你有在周轉？」平頭男人往地上吐了口口水，將供桌上的禮盒拿起來看了看，輕蔑地笑出聲。「這啥？喔，開運桃花水，甲厲害？」

「這個你有缺啦，拿去！」平頭男人把禮盒塞給其中一個光頭小弟，接著又拿起一樣供桌上的商品，問金勝在。「這咧？這又啥？」

「這是肥皂。」金勝在戰戰兢兢地回答，汗滴一顆顆地從額角滑落。

「平安發財肥皂？」平頭男笑得更不客氣了，拿著肥皂在胯下做出了十分低級的動作。「這是怎樣，恁爸拿這肥皂洗屁股，明天就會變成有錢人？」

說完，平頭男放聲大笑，將肥皂扔到金勝在臉上。

怎麼可以這樣欺負金老師？欠錢就欠錢，幹麼羞辱人啊?!金老師什麼時候這樣低聲下氣過了？

「喂！你們到底想怎樣？」她凶巴巴地衝進大殿裡。

「小真，沒有妳的事情，走開！」夭壽！這囝仔真的是天不怕地不怕，要是他們把氣出到她身上怎麼辦？沒看見其中一個光頭已經把鐵棍舉起來了嗎？

金勝在手忙腳亂地推開她，被她嚇出一身冷汗。

「仙姑，妳回去啦！」阿宏趕緊衝過來把謝雅真拉走。

「拍謝拍謝，囝仔不懂事。」金勝在不停鞠躬，真的很怕激怒這些凶神惡煞。

「你不要跟恁爸裝肖維！」

平頭男眼光一斜，兩個小弟立刻抄起傢伙，將供桌上的東西全砸了，桌子也掀了。

「廟是保人家平安的，你不要不知好歹！連這裡的神明都被你拖累，下次就沒這麼客氣了，知影嘸？」平頭男撂下狠話，拿起一疊金紙，兜頭往金勝在臉上撒。

其中一個小弟還拔了把齋醮用的令旗，插在金勝在背上，嘲笑地拍了拍他的肩。

「帶天命喔，帥喔！」

最後，一行人哄堂大笑，大搖大擺地走出濟德宮。

太過分了！她忿忿不已地看著這一切，簡直快被氣死了。

金老師才不會拖累神明，他把濟德宮和信徒看得比什麼都重要！那些傢伙一定會下拔舌地獄！

但為什麼金老師會欠這麼多錢啊？而且他都已經這麼窮了，幹麼還要給她零用錢，還要管她有沒有錢繳水電費？

吼，幹麼都不說啊？有煩惱大家一起商量啊！

「小真，妳看，這個月通通是赤字，再這樣下去不行啦。」

不對，她一愣，其實，金老師有跟她商量……

她老是覺得金老師沒有關心她，可是，自己又有好好關心過金老師嗎？

她每天到廟裡都是匆匆來、匆匆走，光顧著自己和信徒的事情就忙不過來，從來也沒管過金老師在忙什麼。仔細想想，金老師最近除了時常不在廟裡之外，在廟裡的時候也老是愁眉苦臉，唉聲嘆氣，她卻完全沒問過他一句怎麼了。

那些廟裡的支出、收入，她都沒放在心上，可她的禪堂裡永遠都放著吃不完的餅乾、點心……

她低下頭，心頭突然湧出一股愧疚。

滿地是碎玻璃、木屑、金紙……全都亂七八糟的。

謝雅真和阿宏在濟德宮收拾善後，已經回家的阿修也被叫來幫忙了。

「仙姑，我們清就好了，妳明天還要上課，妳先回去啦。」阿修蹲在地上撿金紙。

「沒關係啦。」她跟著一起撿。

「妳明天不是要去演那個茱麗葉嗎？妳不比了喔？」阿宏收拾到一半，忽然想起。

「比啊。」她疊了疊手上的金紙，回應得很無奈。「但我這樣子又不會贏。」

她連卡什麼挖糕都記不住，剛剛那些壞人一鬧，更是忘光光了。

何況金老師說得也沒錯，廟裡都這樣了，她還去演什麼羅密歐與茱麗葉……

「羅密歐啊羅密歐，為什麼你叫做羅密歐？」阿宏看著金紙，突然演了起來。

「像你這麼哭爸當然不會贏。」阿修吐槽。留著小鬍子的平頭喊什麼羅密歐，雞母皮都跑出來了。

阿宏不甘示弱。「你最會，那你演啊！」

「羅密歐啊羅密歐，敢愛你就來來來來來喔～～」演就演，誰怕誰啊？阿修清了清喉嚨，亂改台詞，高八度尾音拖得好長，手中金紙一撒，又俗又台。

阿宏和謝雅真爆出大笑。「來你個頭啊！」

剛掃好碎玻璃的金勝在從後面走出來，心情沉重，對小真和阿宏、阿修這端的歡樂氣氛充耳不聞，環視著濟德宮，嘆了口長長的氣。

這間廟，是阿爸傳給他的。

從前人來人往，不管辦什麼活動，人潮一定從街頭擠到巷尾，有夠風光。住在附近的鄰居不論大小事都會跑到廟裡來，就連吵架都會請阿爸去調停，大家都笑說阿爸根本是地下里長，很尊敬阿爸。

後來，是從什麼時候開始沒落的呢？

是從阿爸過世以後？從附近開了越來越多的廟以後？從現代人漸漸沒有信仰以後？還是從阿爸生了他這個不能通靈的兒子開始？

他多羨慕像小真這樣帶著生來就能通靈、有能力的人，不像他，天生沒有陰陽眼，只能靠自己後天學習。他學收驚、學風水、學各式各樣的儀式，背五花八門的咒語，花很多時間觀察信徒，連心理學的書都研究過，供奉神明供奉得比誰都有心。

結果還是搞成這樣……難道，濟德宮真的要毀在自己手上嗎？

這樣他怎麼向死去的阿爸交代？他明明答應過阿爸，要把濟德宮發展成數一數二的大廟……

唉，他抹了把臉，沒發現謝雅真在旁邊一直盯著自己看。

「金老師，對不起啦。我不知道廟裡的事，還一直給你添麻煩……」她鼓起勇氣向金勝在道歉。

「這跟妳沒關係啦。」唉，這囝仔實在是很綢直……他不想讓小真知道就是這樣，濟德宮是他自己的責任，不是小真的。「咳，妳不是要去演那個戲嗎？趕快去讀妳的劇本啊。」

「來不及了啦。」怎麼大家今天都要問她？謝雅真頭低低的，實在很不想面對。

「什麼來不及？不要那麼沒信心啦。妳記不記得妳小時候，廟前面一天到晚在演戲，妳還跑到台上去跟人家唱歌跳舞咧！」

那時候有多熱鬧啊，小真還小小一隻，都不會跟他頂嘴，多古錐。金勝在說得眉開眼笑。

「我有嗎？」有這種事？她睜大眼睛，覺得比看到鬼還恐怖。

「妳就有啊。那個戲班子什麼都會演，唱歌啦跳舞啦，還會現場 Rap 耶！」金勝在哈哈笑。

「對齁，仙姑，妳不會演可以用唱的啊，妳不是會彈吉他？」阿宏興沖沖地跑來出主意。

「什麼啦?!」才不要咧。她死命搖頭。

「不錯喔，用唱的。」阿修居然也附和

金勝在也來了興致。「好，就這麼辦！拿劇本來，我幫妳參考。」

「神經喔？不要啦，你們又不懂！」

可惜在興頭上的人是火車拉也拉不住的，才一眨眼，阿修已經把劇本拿來，阿宏也把吉他抱來，金勝在已經開始研究起劇本，她超想逃走。

「這劇本這樣寫……」金勝在邊看劇本邊笑，最後望著她搖頭。「啊妳又不是公主，也不是美女，要怎樣才能像上面寫的那麼有氣質……」

「拍謝喔，我就長這樣，不然你要怎樣?!」她自暴自棄地翻了個白眼。看劇本就看劇本，順便人身攻擊是哪招？就算把她砍掉重練也不會變成念文學姊啦！

「嘖嘖，說妳笨還真笨咧！妳也不會腦筋轉一下，誰說茱麗葉不能像妳這樣台台的？既然要演，我們就來給它 Rock 一下，對不對？」

金勝在看著阿宏和阿修，三個人同時點頭。

「來，給我一點節奏。」金勝在站起來，阿修立刻敲起木魚，阿宏拍起吉他。

你們不要把默契用在這裡啊啊啊——她好崩潰。

「不要你的姓，也不承認恁老爸，反正你也不願意，只要你愛我，羅密羅密羅密歐Yo～～羅密羅密歐Yo～～只要、只要你能夠真心發誓，去墓仔埔說你！愛！我！」

金勝在一邊打響指，身體隨著節奏擺動，居然即興來了一段國台語混雜的 Rap。

「你們這樣很白痴欸！」慘了，居然有點想笑。謝雅真努力板起臉色。

「什麼白痴？這叫做出奇制勝啦！來、來，劇本給妳，妳試試看啊！」金勝在把劇本遞給她。

她瞪著那份劇本，好像它是什麼毒蛇猛獸一樣。

「拿去試試看啦。」金勝在硬是把劇本塞到她手裡，自顧自地打起拍子。「來！五、六、七、八——羅密羅密羅密歐Yo～～」

「仙姑，快啦！」阿宏、阿修圍著她跳舞。「放下妳的偶包啦！」

她才沒有偶包咧……

「羅密羅密歐Yo～～」吼，實在是……被鬧到受不了，她只好跟著喊了一、兩句。

「只要你去墓仔埔歐Yo～～」阿宏和阿修樂壞了，和金勝在一起圍著她手舞足蹈，越唱越大聲。

神經！她嘴角抽搐，快要控制不住。

可是，這樣吵吵鬧鬧的，怎麼有點開心？

「只要、你去、墓仔埔、歐Yo～～」她情不自禁跟著唱和，一手拿著劇本，一手拿著金紙，身體自然而然地動起來，越來越起勁。

「羅密歐，Yo！」

「Check it out，Yo！」

她哈哈大笑，笑得眼淚都要流出來了。這個改編距離原本的浪漫故事越來越遠，但她記不起上一次這麼開心是什麼時候了。

好久、好久沒有這樣放聲大笑，果然，有煩惱的時候能夠一起商量，才是最好的。而且，台台的茱麗葉也不錯啊，債務什麼的，只要他們大家同心協力，一定也能找到解決辦法的！

月娘彎彎地掛在天邊，他們的影子在地上活潑地舞動，夜晚的濟德宮裡充滿了笑聲和音樂。

燈暗了又亮起，一襲雪白洋裝的張念文步伐翩翩地走入。

「羅密歐、羅密歐，為什麼你要叫做羅密歐呢？」她精緻的臉上充滿困惑，足尖輕點、身體一旋，動作優雅得如同精靈。「否認你的父親，拋棄你的姓，只有你的姓才是我的仇人。」她憂鬱的視線飄向遠方，連台詞都念得像唱歌一樣動聽。

學姊，這麼假掰的茱麗葉才是女性的仇人好嗎？台下的黃巧薇忍不住翻了個白眼。

「換個姓吧！就像玫瑰，即使不叫作玫瑰，它的味道也一樣芬芳。」張念文撿起地上的道具玫瑰花，凌空拋向觀眾席。

「給我！」

「我的啦！」

「滾！」

三宅居然為了搶那朵玫瑰吵起來。

「社長好棒喔！」

「女神念文！」

朱老師和女社員熱烈鼓掌。

黃巧薇的白眼已經翻山越嶺，敷衍地用手背胡亂拍了兩下。

「好，接下來是……誰啊？」朱老師搔了搔頭，根本沒記住謝雅真的名字。

太偏心了吧？黃巧薇惡狠狠地瞪過去，朱老師趕緊低頭看了眼社團活動紀錄簿。

「喔，謝雅真同學，預備，請走。」

小真，加油！一定要贏啊！黃巧薇暗自握拳。

不知道謝雅真的茱麗葉是什麼樣子？會不會像她自己一樣，老是在出糗？感覺應該挺可愛的。台下的何允樂調整了下姿勢，很期待。

燈光再次暗下，舞台後方的身影走到打亮的聚光燈前，無數道光線匯聚在她身上，清晰了她的模樣。

謝雅真穿著格子襯衫、牛仔外套和皮褲，戴著鉚釘手套，手裡還抱著吉他，驚呆了觀眾席上的一票人。

這身打扮是怎麼回事？8＋9要去開演唱會嗎？

「天啊！謝雅真，妳在幹麼?!」黃巧薇很想昏倒。

呵，自不量力。張念文唇角一勾。身旁的女社員們交頭接耳、竊竊私語。

她站定位，深呼吸了一口氣。

「喔，羅密歐，為什麼你要叫作羅密歐？否認你的父親，拋棄你的姓，只有你的姓才是我的仇人。」她撥動吉他琴弦，緩緩開口，伴著抒情的旋律，茱麗葉的台詞居然是用唱的。

觀眾席鴉雀無聲，顯然嚇得比剛才更加厲害。

有意思！何允樂目不轉睛盯著她，嘴角忍不住上揚。

「又不是手，又不是腳，又不是臉，又不是身上的四肢百節嘿——換個名字吧！」

她唱到一半，忽然琴身一斜，快速刷弦，樂風陡然變換為搖滾樂，何允樂差點大笑出聲。

「Check it out～～羅密歐啊羅密歐！哩喜挖A羅密歐，挖喜哩A茱麗葉，咱兩人注定來做伙！」

她又唱又跳，改編的台詞俗又有力，旋律既歡樂又搖滾，大家從震驚中回神，全都笑了。

「喔耶、喔耶，嘛咪嘛咪吽、羅密羅密歐！」她搖頭晃腦，越唱越嗨。

哇靠，連咒語都來了！

「噗哈哈哈哈！」三宅笑趴在地上，全場笑瘋，連朱老師和張念文都忍俊不禁。

「喔Yo，羅密歐，I Love You！喔Yo～～」

最後一個音，她高舉搖滾手勢，而後雙膝跪地，熱血地結束了這回合。

「謝雅真，妳好棒喔！」太有趣了！何允樂立刻站起來鼓掌，雙手比出大拇指。

「小真最棒！」黃巧薇跟著站起來。

「喔Yo！」三宅歡呼。

表演完畢，謝雅真抱著吉他，在舞台上大口喘氣。

汗水一顆顆沿著睫毛滴進眼睛裡，胸口撲通撲通地起伏，心跳聲震耳欲聾，每個細胞都亢奮得不得了——
她看著台下的人。所有的笑聲與掌聲都是因她而起，受她引領，原來，站在舞台上表演是這種感覺啊！
戲服上的餘溫還在，提醒她剛剛的一切彷彿是場夢境，卻又真實無比。
走下舞台，謝雅真換下戲服，內心仍有些震盪餘波，恰好與正準備上場的何允樂擦肩而過。
「小真。」何允樂攔住她，拿著道具鑼在她面前敲了一下，彷彿是個鼓勵。「妳剛剛的表演嚇到我了。」
「哈哈，我也嚇到我自己了。」她尷尬地抓了抓頭，自己都覺得很意外。
豈止是阿樂而已，她也從來沒想過自己會做出這種浮誇搞笑的表演。
她現在相信金老師說她小時候會跑到台上去又唱又跳的事了。在舞台上，她好像不只是她而已，還可以有很多面貌，有很多勇氣。
「我覺得很棒，我很喜歡這樣的茱麗葉。」何允樂摸了摸她的頭，朝她露出一個爽朗的笑容。
真的很棒嗎？等等，發生了什麼事？頭頂上有他掌心的溫度，他的手好大……

「等一下看我表演喔。」何允樂向她道別，轉身走向舞台。
難道，這就是傳說中的摸頭殺？
她愣愣地摸著自己的頭，恍惚地看著他的背影，嘴角不自禁上揚，居然有點想傻笑，嘿嘿……
嗡──手機突然不識時務地震動起來。
「煩欸，為什麼是現在啦？」從口袋中掏出一看，是濟德宮。謝雅真有點絕望地接起電話。
「小真，快快快！快回來啦！」電話那頭，金勝在急急忙忙地嚷著。
一定沒好事……她想看阿樂表演啊啊啊。
「我在忙，沒空啦。」
「是小凱啦！他出事情了啦！」
小凱？怎麼會？他不是已經答應她不再裝神弄鬼了嗎？
她將戲服一扔，慌慌張張往外跑。

08 領悟

「三師三童子、太上老君、天上聖母，諸神降駕，本師奉命，即時收你廖建凱三魂七魄——」

濟德宮內，小凱全身僵硬、臉色發紫，一邊發出淒厲的喊叫，一邊拳打腳踢，完全不受控制。

「快抓住他！快！」阿宏、阿修花了好大力氣，才終於壓住小凱手腳。

金勝在乘機衝上來，嘴裡念著咒語，手裡拿著香在小凱身上比劃，大聲喝斥。

「退、退！」

小凱卻張嘴怒吼，惡狠狠咬住阿宏手臂。

「哎喲，痛痛痛！快把他拉開啦！」阿宏慘叫。

「神明啊、媽祖啊，拜託拜託，救救小凱、救救我兒子……」小凱爸媽跪在一旁，雙手合十拚命祈禱。

嘎嘰——

腳踏車發出一個尖銳刺耳的剎車聲，謝雅真跳下車，隨手將腳踏車扔在門口，雷霆萬鈞地衝進來。

「仙姑，拜託，卡緊欸！這次很嚴重！」小凱爸爸看見救星，焦急地喊。

她滿身大汗跑過來。小凱正被阿宏、阿修拉住，小小身體不知道哪來的力氣，一陣又踢又踹，他的眼神完全不像個孩子，充滿憤怒、狂暴不已，而且誰也不認得。

她抹掉額角的汗，在小凱面前站定，閉起雙眼，集中精神——

「他又在演了嗎？」金勝在挨在她身旁，小聲問。

「什麼演？真的卡到了啦！」她睜開眼睛，衝去拿供桌上的淨爐。

「夭壽，我就知道！」

她急匆匆大吼：「架他過來！」不能再拖了，否則會傷了小凱的身體。

阿宏與阿修立刻按住小凱的肩膀，千辛萬苦將他壓制在椅子上。

「這不是你的身體，出來！他們不是你的爸媽——」

她一手捧著燃香的淨爐，一手按住小凱的天靈蓋，疾言厲色，渾身上下泛著不容侵犯的威壓。

「啊啊啊——」

討厭眼前這些煙！討厭眼前這個人！小凱極力抗拒那股脅迫自己的力量，發狂地掙扎，忽然張大嘴，奮力咬住她手臂。

「嚇！」血花星星點點湧出，疼得她霎時縮手。

阿宏趕忙拉開小凱。「仙姑，妳有沒有怎樣？」

「沒關係，壓好他。」絕不能讓這些亂七八糟的東西占著小凱的身體胡作非為！

「天上聖母作主，命你馬上退下！」她重新調整呼吸，集中意念，將全身力量貫注於掌心，用力朝小凱頭頂拍落。

「退！」

她腳掌重重一跺，髮絲飛揚，繚繞在她周旁的淨爐香煙恍如自有意識一般，隨著她的跺腳，倏地在空中狂竄起舞。

一股強勁的力量沖灌進小凱的身體，強硬地逼出了一團不該存在的黑影。

霎時間，小凱小小的身軀彷彿再也承受不住，眼白一翻、身體一軟，頹然倒下。

「小凱？小凱！」小凱的母親驚叫。

「快點，扶他進房。」金勝在指示大家將小凱抱進禪堂。

總算解決了……謝雅真大口喘氣，用手壓住被咬的地方止血。

驀然間，她感受到一道凝滯的視線。

兩個空洞的窟窿眼倏地與她四目相對，那燦燦微笑的嘴角直裂到耳際——

眼睫一下又一下地掀動，模糊的視線漸漸清晰。

小凱睜開雙眼，看見謝雅真盤腿坐在自己面前。

「爸爸、媽媽呢？」他抿了抿嘴唇，喉嚨好乾，身體也很難過。

「金老師在外面幫他們收驚。」她指了指禪堂外。

「喔……」

他記不清楚剛剛發生了什麼事。只記得自己好像很生氣、很生氣，卻沒辦法控制自己的身體，一直做著奇怪的事情……阿嬤很著急地打電話給爸爸、媽媽，接著，他被匆匆忙忙帶來濟德宮，就像以往每一次假裝卡到陰一樣。

只不過，這次不是裝的，是真的……

「來，起來。」謝雅真扶他坐起來，餵他喝水。「卡到陰很不舒服喔？」

「……嗯。」小凱虛弱地點頭。

「我跟你說喔，剛才附在你身上的啊，是一個沒有爸爸媽媽的小女孩。她說，她是要來陪你玩的。」她摟過小凱的肩膀，拍了拍他的背。

「陪我玩？」小凱睜大眼睛看著謝雅真。

「嗯。」她點頭，接著說：「鬼呀，是不會附在健康的人身體裡的，但是你常常心情低落，很像在邀請它們，它們就會住進來。」

心情低落嗎？他坐好，小小的腦袋偏向一旁，若有所思。

「以後不要再假裝卡到陰了啦，如果你真的很無聊的話，可以來廟裡，我陪你玩。」她伸手戳了戳他腦袋。

小凱眼神充滿懷疑。「陪我玩？妳會打棒球嗎？」

「哎呀，嫌棄我？我雖然沒阿樂哥哥那麼厲害，但要打爆你也不是問題好不好？」她揚了揚眉，小凱也跟著笑了，只是臉上的笑容片刻又溜走。

「以前……爸爸媽媽都會帶我一起去打棒球。」

那時候，真的好開心喔！小凱一頓，眼神空洞地望著遠方，不知在看些什麼。

「嗯？」這就是他特別喜歡棒球的原因嗎？謝雅真靜靜地等著。

「後來，媽媽說，爸爸交了新的女朋友，要我選跟誰住……」他的聲音低低的。眼前是從前和爸爸、媽媽快樂打球的畫面，又倏然一轉，取而代之的是無止境的爭吵、再爭吵……

爸爸、媽媽永遠都在吵架，誰也沒空聽他說話，誰也沒空陪他……

「我說，我誰都不要選，我想跟以前一樣……但是，爸爸已經很久都沒有回來了，媽媽也很少回來，只有我在打自己的時候，阿嬤才會叫他們兩個回來，帶我去看醫生、找師父……」

其實，他根本不想看醫生或找師父，也不需要別的小孩陪他玩，他只希望爸爸、媽媽能陪在身邊，三個人去打棒球，開開心心的……

可是，連鬼都知道他想要有人陪，爸爸、媽媽卻不知道……

「姊姊，爸爸和媽媽不會像以前一樣了……對不對？」他似乎突然懂了什麼，低下頭來。

原來，已經沒有他想看的畫面了……

「他一定很希望他爸媽陪他吧？」

阿樂的話突然跳進腦海。她輕輕摸了摸小凱的頭，不知說些什麼才好。

她怎麼會知道小凱的爸媽能不能像從前一樣呢？她甚至連自己能幫小凱什麼都不知道。她只知道，原來小凱那天偷的不只是棒球而已，還是他僅存的，關於爸爸、媽媽的，關於家的，被愛的記憶……

他和她一樣，都是被孤單壓垮的孩子，在還不知道孤單這兩個字怎麼寫的時候，就已經必須與之共生。

金老師說，當仙姑要懂人心，但是懂了人心，然後呢？

她到底能為小凱做些什麼？

「三師三童子、太上老君、天上聖母聖靈來加持，庇佑廖建凱元神光采。來，手伸出來，平安無事。」最後，在小凱和父母親離開濟德宮前，金勝在幫小凱慎重地做了一次收驚解煞的儀式。

她站在一旁，看著小凱垂得低低的眉眼，心裡亂糟糟的。

這次回去之後，不知道小凱和他爸爸、媽媽會變成怎樣？

不再假裝卡到陰之後，他和父母之間的聯繫會不會越來越薄弱，距離小凱想回去的從前會不會越來越遠？

「好了，這樣就可以了。今天回去之後——」

「等一下，儀式還沒結束！」她突然出聲喊住金老師，朝阿宏、阿修招了招手。「幫我拿一點淨符來。」

阿宏、阿修奔去拿她交代的東西，金勝在有些奇怪地瞅了她一眼。

「爸爸、媽媽，來，牽著小凱。」

她把小凱父母親叫來，要他們一人牽住兒子的一隻手，再接過淨符，過爐、點燃、放進裝著清水的碗裡，待火光熄滅後，捧著碗湊到小凱面前。

「輕輕抿三口，不要喝到喔。」她細心叮嚀。

小凱點頭，無精打采地照做。

每次找師父時做的事都大同小異，他都已經快會背了，有做沒做有差嗎？反正到後來什麼也不會改變。

她用指尖蘸了點碗裡的水，往小凱身上輕灑，接著向小凱的父母親交代。「回去之後，每個禮拜幫小凱這樣做一次，記住喔，要全家人一起做，符才會有效。」

「好，謝謝仙姑。」小凱父母點頭應好。

這囝仔在變什麼花樣？什麼時候淨符還要全家人才能一起燒了，他怎麼都不知道？金勝在望著她，越看越覺得有鬼。

「還有那個……小凱氣場比較弱啦，」她看了看小凱，他低著頭，垂著瘦弱的肩膀，整個人看起來更加單薄、落寞，本來還有點猶豫的口吻霎時堅定了起來。「你們假日有空就帶他出去走走，比如去打個棒球啊，做做戶外運動什麼的。」

打棒球？他沒聽錯吧？小凱低垂的頭突然仰起，黯淡的眼神瞬間發亮，一閃一閃地盯著謝雅真。原來這個姊姊有把他的話聽進去，和其他師父不一樣……

不要這樣盯著我啊，這種小動物般亮晶晶的眼神是怎麼回事?!

「全家人氣場旺，才不會有外靈干擾。」謝雅真刻意板起臉，說得慎重。

她想來想去，只有這是自己這個仙姑唯一能做的事。仙姑說的話，小凱的爸爸、媽媽應該會聽吧？

「好，我們知道。」

「謝謝仙姑，我們會。」小凱爸媽彆扭地相視一眼，握緊兒子的手。

「記得喔，要全家人一起。那就這樣，你們今天也很累了，趕快回家休息。」

「好，謝謝仙姑、謝謝仙姑！」兩人連番道謝，牽著小凱走出濟德宮。

趁著父母不注意的時候，小凱偷偷轉過身來，對謝雅真比了個大大的V。

假鬼假怪，這是把她當盟友了嗎？謝雅真好笑，揮手趕他。

金勝在將這一切看進眼底，雖然不是很明白事情始末，但畢竟是個行走多年的老江湖，從表情、動作，也能拼湊出個七七八八。

「對嘛，這樣妳才有個仙姑的樣子。」金勝在拍了拍她的肩膀，很是欣慰。

什麼鬼，這種不舒坦的感覺是怎麼回事？平時被金老師罵慣了，難得稱讚竟然感覺好彆扭，謝雅真渾身雞皮疙瘩都起來了。

而且，她明明就很討厭當仙姑啊，怎麼會因為當仙姑能幫助到人而這麼開心呢？

上次 Alice 的事情也是，這些事情都讓她突然覺得當仙姑也沒這麼糟糕，還是有很多因為當仙姑才能感受到的滿足與快樂，可是，她又不是很想承認……才不要讓金老師知道自己很開心咧！

她臉色忽明忽暗，嘴角悄悄牽起又立刻下垂，最後乾脆抿住嘴，表情看起來彆扭得不得了。

金勝在差點笑出來。這囝仔是怎樣啦？全世界都看得出來她心情很好。

趁著她心情不錯，他趕緊把老早準備好的一大堆佛珠、金紙和淨符通通拿出來，放到她面前。

「來，小真，我跟妳講，這些佛珠喔，每一串妳都要掛在脖子上，掛滿一個禮拜。還有啦，金紙和淨符也放一點在身上，隨身攜帶，知道嗎？」

「為什麼？」這些念珠項鍊起碼有七、八條！她滿臉驚恐。

「這叫做代客加持啦！」他就說自己很有才華，金勝在得意洋洋。「我跟妳講，仙姑戴過的法器，銷路一定會很好啦！記得要念經喔，七七四十九遍，把能量通通給它灌進去。這個月呢，把這些念珠賣完以後，我這個債務就可以清掉了。」

「吼唷……」到底是哪來的餿主意啊？她好崩潰，好想吐槽，可是回想起金老師被討債的模樣，又於心不忍。做人怎麼這麼難啊？

「記得喔，七七四十九遍喔。」金勝在興致勃勃地叮嚀，叮嚀到一半，突然想起些什麼，話鋒一轉。「啊對，妳今天去演那個羅密歐茱麗葉，結果怎樣？」

提到這個，她又想崩潰了。

「丟臉死了啦！」想到她開口唱第一句台詞時，觀眾席上鴉雀無聲的瞬間，真是悲憤得要命。

「丟臉喔？哈哈哈，怎麼會？」金勝在和阿宏、阿修都笑了。台台的搖滾茱麗葉明明很棒啊？

「但偶爾嚇嚇同學還蠻好玩的。」看他們笑得這麼開心，她也跟著笑了。

是真的很有趣，光是看朱老師和念文學姊被嚇歪的表情就很好笑，何況阿樂還說很喜歡她的表演。

「我就說嘛，出奇制勝。」金勝在打起拍子，一副又要高歌的樣子。

「羅密羅密歐Yo——」阿宏和阿修搖頭擺腦，立刻就玩起來了。

「你們是怎樣？要起乩了喔？」都幾歲了還這麼幼稚。她好笑。

忽然，金勝在眼角餘光捕捉到什麼，一把握住她手臂。

「夭壽，妳的手怎麼被咬成這樣?!」都瘀青還流血了咧！剛剛只忙著關心小凱，都沒發現她的傷口這麼嚴重，啊這個囝仔也不唉一聲是怎樣啦？

「快拿藥過來啦！」金勝在很緊張，趕緊喊阿宏、阿修。

「沒關係啦。」已經不痛了。她把手抽回來。不知道為什麼，突然覺得這樣被關心有點不好意思。

「老師，你藥放哪裡啊？」兩人在金勝在的座位旁東翻西找。

「找藥找不到，找錢你們就很行！」金勝在氣急敗壞地過去。

她噗嗤笑出聲，看著金老師三人為了自己團團亂轉的模樣，心裡好像湧出了什麼，一陣暖洋洋的。

會不會……其實，她並沒有自己想像中的那麼寂寞呢？雖然父母親不在身邊，可是她還有金老師，有阿宏阿修……他們老愛碎念她，可是又比誰都關心她。

就像小凱，他的爸爸、媽媽雖然已經不再相愛，但仍然很關心小凱，小凱出事的時候，會為了他忙得團團轉……

她好像有點明白，仙姑懂人心之後可以做些什麼了。

孤單的人，為了得到身邊人的關心，往往會做出一些傻事。

而仙姑真正的力量，並不是和靈或神明溝通，而是關心眼前的人，讓人連結在一起。讓他們明白，其實他們都不是孤單一個人。

黑夜即使漫長，也仍有幽微的星光。

羅密歐　何允樂

茱麗葉　張念文

神父　鳥哥

奶媽　黃巧薇

……

女僕A　謝雅真

……

演員名單一目了然地公布在話劇社黑板上，她的搖滾茱麗葉最終還是落選了。和她一起看著黑板的黃巧薇用手肘推了推她。

「欸，女僕A，妳大熱天的穿毛衣幹麼？神經病啊，三十度欸今天。」黃巧薇抹了抹額邊的汗，順便調整好頭上的哥德羅莉風蝴蝶結髮帶。

「我心寒。」她摸了摸藏在背心裡的那堆念珠項鍊，回答得很無奈。為了幫金老師還債，都噴一公升汗了。

「哈哈，心寒個毛啊？妳女僕、我奶媽，我們天生一對！」黃巧薇勾住她脖子，不正經地笑鬧起來。

「三八欸妳，誰要跟妳天生一對？」她推了黃巧薇一把，跟著哈哈笑。

雖然，落選這件事讓她有點沮喪，但她也開始發現，原來演戲是一件這麼好玩的事，不禁對校慶排演有些期待，就算是女僕又怎樣？

「各位同學，演出名單和劇本都已經確定了，大家對自己被分配到的角色應該都沒有問題吧？接下來呢，我們要繼續找場地排練——」張念文拿著擴音器宣布。

「沒用的啦，社長，我剛剛要來社辦前已經都看過了，每個好場地都被占走了啦！」小龜搶話，說得很悲憤。他們怎麼搶得過熱舞、吉他這些大社啊？

「吼，朱老師真的很沒用，叫他喬個場地也喬不出來。」鳥哥抱怨。

朱老師的軟弱真是始終如一，從高一到高二完全沒長進，身為高二學長的他已經領教過一年了，今年還是一模一樣。

「難道我們又要去垃圾場排戲了嗎？」

「我不要，那邊很臭。」

「誰要啊？」

「那不然怎麼辦？社辦又不夠大。」大家七嘴八舌地討論起來。黃巧薇和謝雅真相視一眼，聳了聳肩，沒有加入話題。

「好了啦，不要再吵了。」張念文揮舞著擴音器，對這種紛亂無比的情況很頭痛。

忽然間，何允樂眉飛色舞地從外頭跑進來。「各位！」

「羅密歐，你怎麼現在才來啊？」鳥哥瞪何允樂，說得有點酸。嗚，快把男主角的寶座還給他啊！

「別急，我找到一個可以排戲的好地方了！」何允樂興致高昂地宣布。

「真的假的？」小龜睜大眼睛。他剛剛明明晃了校園一大圈呀，最好是他這個熟門熟路的高二生找不到，人生地不熟的轉學生卻找得到啦！

「真的啦，相信我。」何允樂拍胸脯保證。

「阿樂，在哪啊？」張念文問。

「來，跟我走就對了，快點。」

大家一臉狐疑地看著何允樂，又看看張念文。

「走吧，去看看。」不然也沒別的辦法了。張念文拿起劇本往外走。

「那我們去拿道具。」其他社員紛紛收拾起東西。謝雅真和黃巧薇跟在後頭。

一行人繞過大半個校園，經過了操場、棒球場、活動中心，越走越偏僻，遲遲還沒到達目的地。

「好累喔，怎麼還沒到？」

「場地最好是真的很好啦。」

沿途吵吵鬧鬧的，好不容易等到何允樂停下腳步，映入眼簾的居然是一棟老舊昏暗的建築物，每扇窗戶的窗簾都掩得牢牢實實，大門緊閉，門扉上還貼著好幾張黃色符籙，看起來陰森森的。

「怎麼樣，這裡很不錯吧？」何允樂在建築物門口站定，神情得意。

獨棟建築，周圍都沒有人，想怎麼排練就怎麼排練，多棒。

怎麼會找到這種地方啊？陰暗、潮濕，建物周邊爬滿枯枝藤蔓，不用走進去就感覺得到陰氣濃重……這根本是整她吧？謝雅真環視四周，內心說有多崩潰就有多崩潰。

「阿樂，這是學校的鬼屋耶……」張念文實在很不想潑冷水，可是又不得不說。

「真的假的？」何允樂一愣，定睛看著眼前的建築物，從頂樓看到一樓，又從一樓看到頂樓，吞了口口水。

「真的。」張念文慎重點頭，有些恐懼地看向門口貼的那些黃符。

「欸，那我們進去探險好不好？」他跑到大門口，貼著門縫朝內張望，居然聽起來有點興奮。

探險？黃巧薇瞪大雙眼，詢問似地望向謝雅真。

謝雅真抿唇搖頭，嚇得黃巧薇立刻抓緊她手臂。

別開玩笑了你們這些凡人，仙姑說不行啊啊啊！

「不行啦！要是被教官知道怎麼辦？會被罵的。」張念文反對。

「別鬧，那有貼符耶。」鳥哥拿著道具長劍指向何允樂。他也反對。

何允樂看向鳥哥，很有興味地挑了挑眉。「幹麼？你會怕？」

「誰怕啊？要不然賭一百塊，賭你不敢進去。」鳥哥不服氣。

「那我加五十。」小龜參一腳。

「我再加五十。」胖達湊熱鬧。

「兩百喔，賭了！」何允樂白牙一閃，興沖沖的。

「欸，等——」

謝雅真都還來不及說些什麼，他已經把大門打開了。

哇啊！黃巧薇嚇得閉上雙眼，緊緊抱住謝雅真。其他人睜大眼睛，小心翼翼地盯著何允樂。

何允樂天不怕地不怕地走進去，東走走西逛逛，晃了一、兩圈，看看天花板又看看地板，神清氣爽地走出來。

「看吧，什麼事也沒有。兩百塊喔。」他得意洋洋地伸出手。

「嘖。」三宅憤恨地掏口袋。

咕咚——

突然傳來一聲巨響，差點把鳥哥嚇得魂飛魄散。

「什麼聲音?!」鳥哥拿著一百元的手不停發抖，小龜和胖達也緊抱著對方不放。

張念文左右看了看，找到音源，拿著擴音器對謝雅真大喊：「謝雅真，妳午餐沒有吃飽？」

是肚子在叫？

「靠，太扯了吧！」鳥哥爆炸。

「肚子餓可以叫成這樣，妳是雷公喔？」小龜吐槽。

「嚇死我了！」胖達驚魂未定。

咦？小真肚子餓？怎麼覺得這情況有點熟悉，是不是之前也發生過？

何允樂望著她，腦子裡似乎閃過什麼模模糊糊的念頭，卻又暫時摸不著頭緒，只好置之不理。

「走吧，我們進去。」他比了比鬼屋裡頭，想幫謝雅真解圍。

奇怪，肚子餓又不是什麼大事，但她都被笑到臉色發白了，不阻止他們怎麼行？

張念文不是很確定地問：「真的要進去喔？」

「現在是白天，我們人又多，有什麼好怕的？」

「這樣說也是沒錯啦……」她有點遲疑，但又無法反駁。

「那就對啦。」何允樂拍拍她的肩，接著又向三宅討賭金。「欸，你們，兩百塊快拿來啦！」

「吼！」三宅心不甘情不願地掏錢。

看何允樂這麼無所謂的樣子，誰還敢說怕，進去就進去！

09 末竟

「阿彌陀佛、阿彌陀佛，不好意思打擾了。」

話劇社一行人踩著樓梯，打開了手機的手電筒，一步步走入被稱作「鬼屋」的舊團部。標本、雕像、油畫、道具、各式各樣的活動器材……到處都充滿著這裡曾經熱鬧過的痕跡。

「欸，為什麼這裡會變成鬼屋啊？」何允樂走在前頭，東張西望，覺得這間鬼屋正常得不得了，不過就是很久沒人使用的樣子，憑什麼被稱作鬼屋？非常納悶。

「嘿嘿，這問我就對了！」鳥哥故意把手電筒放在下巴下方，照出慘白的臉。「聽說十年前，學校裡有個很討人厭的美術老師，叫邱老師。她的臉上有個奇怪的胎記，長得像鬼，不但同學怕她，連老師們也不喜歡她。」

「神經喔，幹麼因為人家臉上有胎記就討厭人家？」黃巧薇不平。

「誰知道啊？總之就是這樣。吼，妳不要打斷我啦！」鳥哥拿手電筒直射黃巧薇眼睛。氣氛是很重要滴！

「有一次，邱老師被同學惡整，好幾個同學趁她上廁所的時候，把她鎖在廁所裡，從外面潑水進去，不管她怎麼在裡面大哭大叫都不理她，甚至還在外面嘲笑辱罵她……後來，不知道她是幽閉恐懼症還是創傷症候群之類的，就變得有點神經神經的，行為越來越怪異。」

「而且啊，聽說曾經有個男人說要跟邱老師結婚，結果沒有，反而騙了她好幾百萬。」小龜接棒補充。「最後，這可憐的邱老師啊——」

「她就在這裡，上吊自殺了！」胖達伸出舌頭，做出吊死鬼的模樣。

「對對對。後來，學校就發生了很多奇怪的事情，沒有人敢再進來這裡。聽晚回家的同學說，他們每次經過這裡，都會在窗台看到一個全白的女鬼——呀啊啊啊！」

唰——何允樂突然拉開窗簾，嚇得大家放聲尖叫。

「幹麼啦？是大衛，不用怕。」何允樂放聲大笑，拍了拍窗台邊的白色大衛雕像。這大概是以前美術社拿來練習的吧。

「大衛咧，叫這麼親熱是怎樣？你跟大衛很熟喔？」被嚇壞的鳥哥惱羞成怒。

窗簾拉開，整間舊團部都明亮了起來。根本沒什麼好怕的啊！何允樂站在窗邊，深吸了一大口新鮮空氣。

「你們不覺得這裡風景蠻漂亮的嗎？」他指向窗外的景色，要大家過來一起看。樹木林立、綠蔭濃密，隱約還有陣陣花香，明明就是個很棒的地方啊？

「真的耶。那我們把這邊整理整理，應該還蠻適合排練的吧？」張念文走到窗邊瞧了瞧。空間明亮之後，就覺得這裡只是稍微亂了一點，沒有剛才那麼陰森森的了。

三宅和其他社員面面相覷，誰也不敢先應聲。

「學姊，妳真的要在這裡排喔？」黃巧薇不可置信地問。

張念文雙手一攤。「不然呢，妳想要去垃圾場嗎？其他人想去垃圾場嗎？」

「誰想去垃圾場啊？」

「……有道理。」

「可是……」其他人支支吾吾，顯然還很遲疑。

「唉呀，不用怕，所謂心無邪念不怕鬼，真正的鬼只住在我們心中。」何允樂信心喊話。

什麼真正的鬼只住在心中？真是好傻好天真的孩子……真正的鬼就在你背後啊……

謝雅真瞪著阿樂身後，背脊一陣發涼。角落裡那個慘綠色的身影不是鬼，還會是什麼啦？

「那就決定在這邊排練了喔，我們今天先把這裡整理一下，以後大家準時集合。」

「好！」

「快動手整理吧！」

謝雅真將目光從角落移開，跟著大家一起動手整理環境，突然很慶幸自己不只戴了一堆念珠，書包裡還有金老師要她隨身攜帶的紙錢和淨符。

放學後，她拿著書包裡的那些東西，拉著黃巧薇，偷偷摸到舊團部後面。

「小真，妳很慢耶，快一點啦！」替她把風的黃巧薇心驚膽戰，不停催促。在學校燒紙錢是哪招？要是被教官發現的話就糟糕了啦！

「好了，快好了。等一下啦，妳以為很容易喔？」她將折好的紙錢一張張扔進面前的火堆裡，拱手朝四周拜拜。

「童言無忌、童言無忌，我們只是要來排戲，沒有不敬的意思。」

舊團部裡真的有鬼，而且是自殺而死、陰氣特別重的鬼。

身為一個通靈人，她害怕的並不是那一段又一段關於鬼屋的傳說，而是闖入鬼屋之後，接下來會發生的事。

一定得保佑這些無心闖進鬼屋的同學才行。

她專心燒紙錢，嘴裡喃喃念著咒語，誠心地為話劇社眾人祈求平安，殊不知一切已被頭上的監視器拍下。

這一晚，黃教官拿著手電筒巡視校園。

他彷彿已有目的地走到舊團部，撿起一份遺落在地上的劇本，瞇起眼睛盯著封面上的姓名。

謝雅真

砰的一聲，課本、作業簿、紙錢、黃符、線香……早晨掃除時間，黃教官猛地將謝雅真書包裡的東西全倒出來，引出了教室內其他同學的驚呼。

「她每天帶這些東西來學校幹麼？」同學不可思議地盯著那些紙錢和符咒。

「這是怎樣？要在學校拜拜？」

「好奇怪喔，她不是只會睡覺嗎？」

「太變態了吧！」

剛掃完外掃區回來的謝雅真才走到教室門口，就聽見教室裡的的竊竊私語。怎麼回事？她走進教室，同學齊刷刷把目光轉向她。

黃教官直挺挺地站在她的座位旁，一桌物品亂七八糟，鮮黃色的紙錢和符籙特別刺眼，而她的空書包被扔在地上。

「到教官室！」黃教官插腰瞪著她。

為什麼教官平白無故要搜她的書包？是不能帶紙錢來上學？是在舊團部後面燒紙錢

的事情被發現了？還是偷偷使用舊團部的事情東窗事發了？

她被黃教官吼得一頭霧水，掌心裡全是冷汗。

「學校明文規定，不可以隨意到舊團部！說，是誰出的主意？」

到了教官室，她才發現被叫來的不只她而已，整個話劇社全來了。

張念文、何允樂、三宅、黃巧薇和她排排站在一起，每個人的臉色都很難看，誰也不敢先說話。

「教官，我們只是借用場地排戲而已。」何允樂打破沉默。

「排戲？這什麼東西？排戲需要這個嗎？」黃教官拿起從謝雅真書包裡翻出的紙錢，重重扔到他面前，破口大罵：「在學校裡面裝神弄鬼，燒紙錢作法！搞什麼？」

「我們沒有燒紙錢啊？」何允樂被訓得莫名其妙。

「教官，這些東西真的不是我們的。」張念文跟著強調。

「好，都不承認是不是？」黃教官氣呼呼地走到自己的座位前，將電腦螢幕轉過來，好讓他們看清楚監視器拍到的畫面——

舊團部後頭，地上燃著座以紙錢堆起的小山，而謝雅真站在一旁，虔誠地朝向天空拜拜，嘴裡喃喃念著什麼。

什麼?!她在幹麼？怎麼會？大家的目光紛紛投向謝雅真，充滿不可置信。

「謝雅真，說，妳帶這些東西到學校幹什麼？」黃教官走到她面前，嚴厲地問。

她……這麼多人同時盯著自己，謝雅真很想回話，卻不知道該怎麼開口，聲音好像卡在喉嚨裡，一個字都說不出來。

她能說什麼？

說舊團部真的有鬼，然後呢？為什麼她知道舊團部有鬼？因為她有陰陽眼？為什麼她有陰陽眼？她也不知道，生下來就這樣。

接著是不是還要說，她帶紙錢來學校是因為她在廟裡當仙姑，要幫忙加持商品？恰好因為舊團部有鬼，所以她就先拿這些紙錢來拜拜，希望保佑話劇社的大家平安？

說了，誰信？

就算他們信了，然後呢？

信了之後是不是就要怕了？怕了之後是不是不只怕鬼，也怕她？

恐懼、排擠、嘲笑、欺負……她不用想像都知道接下來的發展，從小到大都是如此，從來沒有例外。

「說話啊！妳背心裡面藏什麼？拿出來！」看謝雅真遲遲沒回話，黃教官更生氣了，指著她又是一陣大吼。大熱天的穿毛衣背心，一定有鬼！

「教官，小真穿什麼是她的自由，又沒有違反校規。」太過分了！何允樂站出來，忍不住也提高了音量。

雖然小真在學校燒紙錢很怪，但教官擅自去搜她書包也不對，現在還管人家穿什麼，太超過了吧？

「阿樂，不要說了啦。」張念文拉住何允樂，小聲制止他。

「拿出來！」下次再跟他算帳！黃教官惡狠狠地瞪了何允樂一眼，視線回到謝雅真身上。

背心裡還能藏什麼？不就是念珠項鍊嗎？

怎麼辦？看見紙錢、符咒都已經這麼生氣了，再看見這些念珠項鍊要怎麼想？她拿也不是，不拿也不是，心裡急得要命，卻不知該如何是好。

「拿出來！」黃教官在她耳朵旁大吼。

她咬住下唇，眼淚差點被吼出來。

這下，真的洗不清了吧？可是，再僵持下去，其他人不知道還要陪她罰站多久？

破罐子破摔，她伸手一扯，將背心裡那十幾條項鍊全都拉出來。

各式各樣的念珠、大的小的、綠的黑的，還有好幾條以紅繩綁著的平安符……

「謝雅真，妳到底帶這些東西來學校做什麼？妳在養小鬼作法是不是？」簡直病入膏肓、無藥可救！黃教官的臉瞬間黑了大半，瞪著她的眼神像在看個神經病。

張念文和其他話劇社員的臉色也不是太好看，有驚恐有疑惑，更多的是隨之而來的距離與冷淡。

「教官，小真她沒有惡意啦，她只是為了要安撫邱老師的鬼魂……」一旁的黃巧薇想解圍。

「什麼邱老師?!不要胡說八道！」

黃教官忽然好似被刺中了什麼，暴跳如雷，嚇得幾人縮了縮肩膀。

他們這些學生哪知道邱老師是誰？人都已經死了，還要拿她開玩笑，整天跟著什麼亂七八糟的校園傳說瞎起鬨！

「話劇社擅自破壞校舍，在學校裡裝神弄鬼，社團活動停止一個月，放學以後所有人留下來做勞動服務！」黃教官重重捶了下桌面，定案。

放學後，三宅在學校的資源回收場裡，苦命地撿著垃圾

「欸，小真她幹麼做那種事情啊？」挾垃圾挾到黃巧薇腳邊的空罐，鳥哥忍不住抬頭問她。

胖達跟著湊過來。「她養小鬼是真的嗎？」

小龜也圍上來。「那個邱老師是真的還假的？」

「我不知道啦！不要一直問我好不好？」黃巧薇瞪著他們三人，很沒好氣。就知道八卦，沒看見小真已經沮喪到一個人躲在回收場角落了嗎？她都不知道該怎麼安慰小真了，他們還在煩！

「講一下會死喔？妳不是她好朋友？」

「在那邊裝，小氣！」三宅抗議，吵吵鬧鬧的。

何允樂往謝雅真望了一眼。她周遭愁雲慘霧般，簡直能看見她的頭頂在打雷下雨。

「妳還好吧？」他走過去，拿起她身旁的清潔劑，隨意找了個地方坐下。

「我覺得教官真的很過分，他怎麼可以亂搜別人東西，這侵犯隱私權了吧？」他找話瞎聊，試著安慰她。

「你怎麼都不會問我為什麼要帶這些東西，為什麼要做這些事？」她小心翼翼地望著阿樂，很訝異他會主動過來找她說話，待她的態度和以前沒有什麼不同。

她那種謹慎又驚訝的眼神看得何允樂心裡一緊，隨之變得更軟了。

「妳想講的時候自然就會講了啊。」他噴了幾下清潔劑，很自然地聳了聳肩。

每個人都有自己不想說的事情，他也有很多不想向別人說的事情，沒什麼大不了。

只是……奇怪，喉嚨怎麼突然好像有點不舒服，怪怪的？何允樂清了清喉嚨，咳了兩聲。

「而且、咳，我相信妳一定有自己的理由，沒有惡意、咳咳——」他揉了揉喉嚨，想趕快驅散這種不舒服的感覺。

「……謝謝你。」她望著阿樂，由衷地道謝。大家都喜歡他果然是有道理的，他總是這麼體貼、溫暖……不過，他感冒了嗎？為什麼一直咳嗽？她仔細地看著他。

「不客、咳、咳咳咳——」喉嚨怎麼越來越癢了，好難受，好像吸不到空氣……手中的清潔劑掉到地上，何允樂摀著脖子，猛烈咳嗽。

她趕緊蹲到他身旁。「阿樂，你還好吧？沒事吧?!」

何允樂整張臉漲紅成紫色，根本說不出話來，痛苦地倒在地上。

「他怎麼了？」

「發生什麼事了？」

眾人終於發現不對勁，紛紛衝過來。

「我不知道……」謝雅真臉色刷地白了，不知所措地搖頭。

咳成這樣太不對勁了，張念文很著急。「把他扶起來，快點！」

「好！」鳥哥和胖達推開謝雅真，立刻架起何允樂。

「去保健室，快點！」

一群人十萬火急地衝出回收場。

砰——保健室大門被勢如破竹地推開，力道太大，甚至碰倒了門邊的醫療架上好幾罐藥水。

「阿姨，他身體不舒服！」鳥哥和胖達抬著何允樂跑進來，其他人亦步亦趨地跟在後頭。

「來，這邊。」護理師趕緊拉開布簾，問：「發生什麼事了？」

「我們在打掃，一回頭，他就突然倒在地上了。」鳥哥和胖達將何允樂放到床上，護理師立刻在何允樂腦後塞入枕頭，確保他呼吸道暢通。

「他曾經這樣過嗎？」護理師問大家。

「沒有啊。」

「我不知道。」大家紛紛搖頭。

護理師低頭查看何允樂的情況，眉頭緊皺

「他呼吸困難，要趕快送醫院，快通知他的班導。」

「好，我去通知！」黃巧薇飛快跑走。

「我來聯絡他家人。」張念文拿出手機。

護理師立刻打電話叫救護車，一時間，保健室裡忙得不可交。

怎麼會這樣？阿樂應該不會有事吧？

謝雅真驚慌失措地站在一旁，不知該如何是好。

躺在病床上的阿樂胸口起伏得好厲害，看起來很不舒服，她好擔心……

「……我覺得，他一定是中邪了。」

病床旁飄出了一個氣音，鳥哥偷偷推了推小龜。

「對啊，他剛剛不是都跟小真在一起？」小龜也偷偷回答。

「不要再講了啦！」他們到底知不知道他們的氣音很大聲啊？胖達若有似無地瞥了謝雅真一眼，又趕緊轉回去。

「為什麼？」

「幹麼不能講？就你能講喔？」三宅用氣音吵了起來。

她情不自禁後退了好幾步，腦子裡忽然嗡嗡作響，震耳欲聾。

惡意總是來得比想像中更快。

「……我覺得，他一定是中邪了。」

「他剛剛不是都跟小真在一起？」

又是這樣……每次都是這樣……

就因為她看得見鬼，所以一切都是她害的，她老是背負了無法擺脫的原罪。

她沒有傷害任何人，也不想傷害任何人啊，明明，她是想保護大家的……

話劇社全體社員，因擅自闖入校園禁地、破壞校舍，嚴重違反校規。

依本校學生獎懲辦法第六條第十項之規定，應予暫停社團活動、愛校服務一個月，以示懲戒。

「我覺得，話劇社那個女的一定有養小鬼！」

「對，而且聽說她家是開神壇的。」

「你們知道嗎？她每天晚上都會起乩耶！超可怕的。」

「聽說，昨天有個男社員被她作法弄昏，今天就沒來上課了耶。」

「天啊！」

「噓，不要再講了，她來了。」

「欸，她應該沒聽見吧？我們剛剛講這樣，會不會被她下咒啊？」

「你們看，她在看這邊了啦。好噁心……」

布告欄前的交談迴盪在穿堂裡。

謝雅真面無表情地往前走，已經懶得計較這些素不相識的人嘴裡吐出的話語究竟有幾分真實。

不要聽、不要感覺……

「妖尼姑！」

啪——一張黃符倏然貼到她額頭上。一個男同學迅雷不及掩耳地朝她衝過來，又嘻嘻哈哈地跑走。

「嘿嘿，我就說貼得到吧！」男同學和同伴擊掌，樂不可支。

她將符拿下來，面無表情地揉掉，繼續前進，努力說服自己不要有任何感覺。

社辦前，不知為何聚集著好多人，她不明所以地走過去，看見念文學姊和三宅學長、黃巧薇全都立在社辦門口，滿臉驚嚇，誰也不敢先走進去。

「誰做的啊？這也太過分了！」

「弄成這樣要怎麼排啊？」

「這麼亂根本就不能排戲啊！」

「我不想整理。」

「叫小真整理就好了。」

她的名字被反覆提起，充滿濃濃的不祥之感，彷彿已經能夠預見社辦裡慘不忍睹。

她深呼吸了一口氣，邁開步伐，破釜沉舟地走過去。

「小真……」走過黃巧薇身旁時，她試圖想拉住小真。

她跨入社辦，映入眼簾的是她的靈堂。

大大的「奠」字掛在牆上，白色蠟燭隨意插在各處，以衛生紙做的輓聯亂七八糟地懸掛於牆面和地板之間。

她的照片被印出來掛在牆上，精心地圍上花圈；到處都有以紅色噴漆留下的塗鴉，除了她的姓名之外，更多的是對她的詛咒與謾罵。

「那些人真的很幼稚，弄這些東西也很搞剛欸，吃飽太閒！」黃巧薇衝進來，一把將牆上的照片和輓聯拆掉。這麼壞都不怕有報應喔？她要詛咒他們一百零八遍！

謝雅真蹲下來，不知該怎麼形容心裡的感受，一陣頭暈目眩，只能跟著動手撕那些衛生紙，把她的「遺照」從牆上拿下來，好像連一部分的自己也死了。

不要聽、不要感覺……

「吼，這很難清理耶！」鳥哥和小龜走進社辦，不停抱怨。

「我們真的要被當成怪咖社了啦！」

「天啊，我的《魔法少女》……」都被噴漆噴到了啦！胖達心疼地撿起他的漫畫。

都是她害的……她垂下眼，一句話也不敢吭。

「謝雅真，妳知不知道現在外面傳得越來越誇張，妳要不要跟我們解釋一下，妳到底做了些什麼？」

張念文提著水桶走到她面前，重重擱下，灑出來的水花毫不留情濺在她的鞋子上。

「妳說話啊！妳知不知道妳現在這樣，真的讓人覺得妳很可怕？」她提高音量，真心覺得在社長任內遇到謝雅真這種社員很倒楣。

「學姊，妳講這種話也太傷人了吧？」黃巧薇擋在謝雅真前面。社辦又不是小真弄亂的，幹麼罵她啊？

「對不起……都是因為我的關係，害到大家，我會退社。」她拉住黃巧薇，吞了吞口水，好不容易才從乾澀的喉嚨裡擠出一句話。

不要再害巧薇，不要再害大家，只要沒有她就好了。

她活該是個通靈人，天生注定和別人不同，卡在陰陽之間，不陰不陽、不人不鬼，就像卡在學校和濟德宮之間一樣。

她怎會以為自己能過著普通人的生活，參加什麼社團活動？

「小真，這些事情跟妳沒關係，錯的是那些人，又不是妳把社辦搞成這樣的！」黃巧薇忿忿不平。

「真的沒關係嗎？阿樂都出事了。」胖達捧著漫畫，突然插入一句。

「對啊，要不是她在那邊招鬼，做一些奇奇怪怪的事情，我們會被惡搞嗎？」鳥哥丟下手裡的抹布，瞪著謝雅真，非常氣憤。

「欸，你講這什麼話啊！什麼招鬼？燒紙錢又怎樣，你們沒燒過紙錢嗎？」黃巧薇立刻挽起袖子，衝到鳥哥面前理論。

「燒是燒過啦，只是沒在學校燒而已。」小龜說得很酸。

「為什麼要這樣講？你們這些當學長的怎麼這麼沒義氣啊？」黃巧薇氣得快要瞪穿他們了。

「拜託，這件事情是她搞出來的，我們幫她掃已經很有義氣了。」

「對啊，要不是因為她，我的《魔法少女》會變這樣嗎？」胖達痛心疾首。

「喂！你們不要越說越誇張，檢討被害人是怎樣啊?!」黃巧薇快氣死了。

「妳才越說越誇張咧，誰是被害人？我們才是被害人好不好！」

「你們被害個毛啊？如果今天換作是你們的照片被掛在上面，你們會怎麼想？」

嗡嗡嗡的，每句話都強迫鑽進她耳朵，啃噬著她的心，她好累、好疲倦，一個字也不想再聽了。

「好了！不要再吵了！」

全部的人都被用盡力氣的她嚇了一跳，同時停下來看著她。

「真的很對不起……如果……我繼續待在這裡，這些事情就會繼續發生，我不想給大家添麻煩。」

謝雅真迎視著面前那些滿是情緒的眼睛，彷彿再也承受不了了，難得大聲的音量漸漸微弱，肩膀也漸漸垮下。

她向大家深深一鞠躬，難受地離開社辦。

「小真！」黃巧薇要衝出去攔人。

「不要去。」張念文抓住她手臂，搖頭。「讓她一個人靜一靜。」

「小真……」

黃巧薇轉頭怒瞪了三宅一眼，再望著好友已經看不到的背影，難過得不得了。

「妳還好嗎？我很擔心妳。妳為什麼不和大家解釋呢？」

手機屏幕一亮，黃巧薇的訊息跳出來。

她躺在舊團部的道具棺材裡，茫然地看著天花板，腦子裡一片空白。

真好，舊團部門口被貼上了「禁止進入，違者記警告」的公告，沒有人會進來，沒有人說話，沒有人會指責她，沒有人要她解釋，也沒有人會吵架。

「我跟妳說，小真她看得到鬼。」

「對啊，她每次都一個人對著空氣講話。」

「好恐怖喔。」

「她是鬼生的吧？我們不要靠近她。」

「她來了，快走快走。」

可是，那些從小到大伴隨著她的流言蜚語，那些被當成是「正常」的惡意與恐懼，從來沒有停止過，總在任何一個意想不到的時候跳出來，提醒她的「與眾不同」。

一轉眼，又只剩自己一個人了……她安安靜靜地閉上雙眼。

咕嚕——咕嚕——咕——嚕——

肚子叫聲索命似地響個不停，氣到她從棺材裡跳起來。

「妳可不可以不要再煩我了？我被妳害得還不夠慘嗎？」她忍無可忍地發火。只會來煩她是怎樣？嫌她被欺負得還不夠嗎？到底要怎樣才肯放過她？從小到大都是這樣，永遠都是這樣，有完沒完！

空氣裡，那個只有她能看見的始作俑者沒有回話。

風從窗邊吹進來，掀動了窗簾，搖曳了窗台邊的一束黃色鮮花。

鮮花……視線停留在花朵之上，久久不能移開。

她抹了把臉，頓時氣弱了，抿了抿唇，還想抱怨的那些話語全都吞回嘰咕響個不停的肚子裡。

是啊，她怎麼會不知道，那是生者的思念，是逝者未竟的心願，是只有如同她這般的通靈人才能窺見的祕密。

她想起Alice，想起小凱，想起濟德宮裡那一聲聲喚著的「仙姑」。

「……好吧。我幫妳吧。」她淡淡的嗓音被無人的舊團部吞沒，無奈的嘆息悄悄隱去了。

她不做，還有誰能做？

「明晚九點，舊團部見，故友找你。」

黃教官瞪著桌上的字條，左右張望，四下無人。

這是誰放的？他的心跳得很快，目光停在「故友」兩個字上，拿起紙條的手竟微微發顫。

是惡作劇？還是真的……來自故友的消息？

10 遺憾

豔陽高照，烈日將每個人的身上蒸出一層黏膩的汗，灼熱無比，也煩躁無比。

「吼，好熱喔！」掃掃掃，怎麼掃都掃不完，可惡的愛校服務！在頂樓掃地的鳥哥掀起制服搧風，怎麼搧都搧不涼。

「認真一點啦。」胖達把垃圾掃到小龜那裡。

「呿！你最認真。」小龜將垃圾揮回去。

「不要玩了，趕快掃一掃，趕快回家。」張念文瞪他們。

「我不想掃了啦，我說真的，熱死我了。」鳥哥撐著掃把，全身只剩抱怨的力氣。

「別鬧了啦！」張念文正要爆炸，遠遠突然傳來一聲熟悉的叫喚，吸引了他們的注意力。

「嗨，各位，我回來了！」

何允樂提著竹掃把，精神抖擻地往這裡跑來。

張念文和三宅訝異地望向他。「阿樂？」

何允樂朝他們揮手，笑容爽朗。「抱歉，這兩天嚇壞大家了。」

「你來這裡幹麼？趕快回去休息啦。」張念文擔憂地說。他那天倒下的模樣真的嚇到她了。

「你的身體還好吧？」小龜不放心地盯著他。

「你不是中邪嗎？」鳥哥疑惑。

「中邪？」何允樂挑眉，噗哧笑出聲，像是聽見多大的笑話。「白痴喔，沒有啦！醫生說我對清潔劑過敏，我也不知道會那麼嚴重。」

「清潔劑過敏?!」三宅異口同聲，爆出抗議。

「靠，太扯了吧？真的假的啊？」胖達不可置信。

「嚇死我們……」小龜拍了拍胸口。

「等一下，清潔劑耶，你在家裡該不會都沒有打掃吧？你這廢物媽寶，超廢！」鳥哥拿掃把戳他。

「哈哈哈！」何允樂拿掃把戳回去，小龜和胖達加入戰局，眼看著一場掃把大戰就要開始——

「不要鬧了！有力氣玩還不快掃地？」張念文好崩潰。這堆男生根本精力過剩。

「對啦，掃乾淨一點，把你這兩天沒掃的都補回來。」鳥哥故意扳起臉。

何允樂哈哈大笑，拿掃把掃鳥哥的腳。玩到一半，他突然抬起頭，左右張望，問：

「咦？小真咧，她怎麼沒有來？」
三宅一愣，手邊的動作停下，和張念文互看了一眼，一時間都有點心虛，不知道該怎麼說才好。阿樂沒有中邪，只是對清潔劑過敏，他們那天還怪小真……
「小真她退社了。」張念文清了清喉嚨。
「退社？為什麼？」何允樂看向他們，著急地問。總覺得他們的樣子有點奇怪，隱約有種不好的預感。
「就……小真在舊團部作法的事情傳出去，大家都以為她在養小鬼。」鳥哥頭低低的，看著掃把說話。
「她說她怕拖累我們。」小龜強調。
「我們問她到底為什麼要燒紙錢，怎麼問，她都不說。」胖達補充。
何允樂望著忙著解釋的三宅，不安越來越強烈。
「不好了、不好了！」驀然間，黃巧薇大驚失色地拿著手機衝過來。「小真傳訊息給我！她說——」
用講的太慢了，她直接把手機舉到大家眼前。幾人立刻湊上前看。
「鬧鬼的事情，我晚上會去解決。我天生就要負責處理這些事情，天生就是注定要跟鬼在一起……」

「注定要跟鬼在一起？什麼意思啊？」張念文問黃巧薇。每個字都是中文，但合在一起怎麼這麼難懂？大家你看我、我看你，誰也弄不明白。

「小真到底有什麼祕密？」何允樂跟著問。

「對啊，到底是怎樣？」三宅也一起盯向她。

「啊！不管了！」黃巧薇被看得壓力好大，也只好豁出去了。「小真她……她有陰陽眼啦！」

「啊？陰陽眼？」眾人面面相覷。

「對啦，就是因為她有陰陽眼，所以她一直在宮廟當仙姑，只是，她不想讓太多人知道。所以她燒紙錢，都是為了要安撫舊團部裡面的鬼啦。她有說過，自殺死掉的鬼都特別陰……」

「原來……舊團部裡真的有鬼喔？」奇怪，明明是大太陽，怎麼突然覺得好冷？胖達搓了搓手臂。

「你不要再說鬼了啦！」鳥哥拿掃把揍他。

「小真在廟裡當仙姑……所以，她是為了保護我們，才會在舊團部燒紙錢？」何允樂組織了一下，拼湊出事實。

他完全能夠想像小真因為不想拖累大家，主動說要退社時的模樣。

明明是想保護大家，最後卻落得退社的下場……她是個不善言辭的人，可是比誰都擔心造成別人麻煩。

因為他認識的小真，一直以來就是這樣。

明明自己身體不舒服地吐了，還要擔心弄髒他的制服；明明自己裙子破了，卻擔心他沒褲子穿；明明是小凱偷球，卻比小凱更著急……

不行，不能這樣放著小真不管，小真太委屈了！

「我要去找她。」何允樂轉身就跑。

「你去了也幫不上忙，到時候只會讓教官把這個當作要我們廢社的理由。」張念文一把攔住他。

「對啊，而且那裡有鬼耶！」胖達拚命搖頭。

「要是你真的中邪怎麼辦？我們救不了你喔。」鳥哥跟著阻止。

「那也不能讓她一個人承擔啊，她為我們做這麼多，現在該我們保護她了吧？」何允樂振振有詞。

「這……」鳥哥猶豫地吞了口口水。

「我們……」小龜和胖達眼神飄移，不太敢對上何允樂的目光。

「就算只是陪著她也好啊，反正我們都已經被說是怪咖社了，要笑，就讓大家笑個夠。誰要跟我去？」何允樂伸出手，義正詞嚴對大家喊話。

「我。」黃巧薇立刻將手疊上，和何允樂一起緊盯著大家。

吼，現在是什麼情況？到底要怎麼辦啦？三宅瞬間陷入一陣尷尬的天人交戰。

「我加入。」算了，既然當學長，一定要有義氣對不對？鳥哥深呼吸了一口氣，默默把手搭上。

「不要鬧了，有鬼耶……」小龜嚇壞，沒想過陣前倒戈的居然是鳥哥。

「敢不敢啦？」胖達也搭上手，推了推小龜。

啊啊啊，怎麼連胖達都背叛他了？小龜欲哭無淚，只能加入。

大家一起望著遲遲沒伸出手的張念文。

「好啦。」張念文嘆了口氣，有點無奈地覆上手。

話劇社，出征！

濟德仙姑，為您解決生命中的困惑、人生中的難題，誠心為您服務。

一疊色彩繽紛的紙張上印著浮誇無比的標語，猝不及防地落入謝雅真的視野裡。

這什麼東西？

手裡提著大包小包，正準備走出濟德宮的謝雅真拿起桌上那疊傳單，仔細端詳。

傳單上還有一個留著短髮、穿著白色道服的Q版人物，看起來很像她。不對，根本就是她……

「欸欸，小真，妳來得正好。來，妳看看這傳單印得怎麼樣？有漂亮吼？」金勝在得意洋洋地走過來。

「這是什麼？」她指著那疊看起來很不祥的傳單。

「啊就我們現在宮裡面 Business 這麼差，所以我印了傳單，準備讓阿宏、阿修拿去發。」

「是要去哪裡發？」

「到處都嘛可以發，妳學校也可以發。」金勝在興致勃勃的。

「我才不要咧！」她就是不想讓學校同學知道自己在當仙姑，才會搞成現在這樣……想起學校的事，她眼神一黯，心情實在很差。

「我跟妳講，雖然我們是做宮廟的，但是要跟得上時代的腳步。所以呢，我決定去報考EMBA，高階管理碩士學位班，呵呵。」金勝在完全沒發現她的失落，口沫橫飛，越說越得意。

「你都已經負債了還考什麼EMBA？」哪來的靈感啊？講一講還摺英文是怎樣？

「年輕化、專業化、科技化！妳看，我還拜託人家做這個通靈應用程式，研發成功之後，可以開始接外國的客戶和訂單……」金勝在獻寶似地點開手機裡一個APP，秀給她看。

「算了，隨便你，你高興就好。我要走了。」她已經懶得抗議了，更不想看什麼APP，反正說什麼都沒有用，而且，她現在還有更重要的事情要做。

「走？啊妳要走去哪？等一下就要問事了，妳拿這麼多香是要去哪裡？」金勝在一愣，才發現她手上提著很多東西，不只有香、有符，還有蠟燭和一大堆金紙。

「我要去學校處理事情。」她將那些東西甩上肩頭。

金勝在瞇起眼睛。「學校不乾淨喔？」

「嗯，學校裡有個自殺的，我要去幫她超渡。今天晚上我要請假。」她點頭，邁步就要走出濟德宮。

「等欸啦！妳腦筋在想什麼？」金勝在大手一伸，趕忙攔住她去路。「幫人家超渡對妳身體很傷，不要啦，這種賠本生意我們不要做。」

「生意、生意，你做什麼事情都要講到生意。」她忍不住埋怨。每次開口閉口都是這些，但她也不願意啊，要不是舊團部裡的鬼一直纏著她……

「沒有生意我怎麼養妳？再說，哪個學校不鬧鬼，妳見一個渡一個，是準備過勞死喔？」前陣子才覺得這囝仔稍微懂事一點了，怎麼現在又這麼不像話？金勝在提高音量，口氣比她更不好。

「那是我的學校。」她才不是見一個渡一個，不管怎樣，她今晚都一定要去！謝雅真斬釘截鐵地拋下這句，撇頭就走。

「妳給我回來！小真、小真啊——」

夭壽喔！怎麼老是講不聽？金勝在攔她不住，又急又氣。

夜色中，明月高懸，風吹得樹葉沙沙作響，銀白色的月光從窗戶灑進來，將夜晚的舊團部映照得靜默卻詭譎。

「奉天之命淨世靈，世間眾靈服天命，弟子謝雅真，誠心奉請——」

她將一束香高舉在額前，虔誠地對天敬拜。

好幾枝紅色蠟燭在桌上緩緩燃燒，燭芯發出隱隱約約的噼啪聲響；淨爐中的檀香將空氣薰出陣陣流動的香氣。她身穿白色道服，一身仙姑裝束，凝心靜氣，打坐結印，等候黃教官出現。

「小真！」倏然，一聲急切的叫喚劃破寧靜。

她嚇了一跳，才睜眼，只見何允樂帶著好多人跑進來，有黃巧薇、張念文，還有三宅……三宅身上掛滿了大蒜、十字架、符，手裡還拿著桃木劍等等亂七八糟的東西……

「你們來幹什麼？」怎麼回事？她急忙站起來。

看見他們比看見鬼更驚悚，他們根本不應該出現在這裡啊！

「我病好了，帶大家一起來幫妳！」何允樂高舉棒球棒，語氣激昂。

「不用啦，你們快回去，這種忙你們又幫不上。」她突然覺得頭好痛。他拿著球棒要幹麼？球棒是可以超渡鬼喔？

「幫不上，至少可以幫妳加油吧。」黃巧薇搖晃著手裡的道士鈴。

「對啊對啊！」三宅用桃木劍和十字架表達他們的決心。

到底哪弄來這些有的沒有的道具啦？「不用啦，快回去，不然等一下——」

「我不要！」何允樂打斷，說什麼也不讓她拒絕。「是我帶頭闖進來的，我也有責任。大家！我們一起幫小真加油好不好？」

「好！」眾人紛紛附和，鬥志高昂。

「好什麼好？你們在幹什麼?!」突然，門外傳來一聲大吼，三宅手中的桃木劍和大蒜嚇得通通掉到地上。

「叫你們不要裝神弄鬼的，還越搞越大啊！」黃教官走進來，看見滿屋的香和蠟燭、金紙，臉色難看得不得了。

「教官，我們只是想要幫邱老師——」黃巧薇鼓起勇氣解釋。

「還提邱老師？信不信每個人都記一支大過？把東西收一收，全都到教官室來，打電話叫你們爸媽來學校！」黃教官怒目瞪向每個人，扭頭走向教官室。

死定了啦……三宅內心暗暗叫苦，誰都不敢說話。教官怎麼會這時候出現，也太倒楣了吧？

「教官，其實，你很喜歡邱老師對不對？」謝雅真忽然在黃教官身後出聲。

黃教官的腳步一停，回過頭來瞪著她，眼神像是要吃了她一樣，臉色比剛才更難看而複雜，彷彿是混合了憤怒、被點破的窘迫與說不出的悲傷。

「邱老師跟我說，你以前有東西掉在這裡。」她迎視著黃教官。既然大家都已經知道她是仙姑了，既然學校流言都傳成那樣了，她還有什麼好怕的？而且，她是抱著要超渡邱老師的決心來的，她一定要辦到。

「就在窗台底下，真的，是你一直想找的東西。」她眼睛眨也不眨，沒有被黃教官嚇到。

可是除了她以外的人都被嚇壞了，真不敢相信平時那個小透明社員，總是連話都說不好的謝雅真，居然這麼有勇氣，敢這樣和黃教官正面衝突——

黃教官始終沒出聲，只是神情從怒氣騰騰中沉下來，好像他陷入了某個回憶當中，消磨了怒氣，浸入了痛苦，卻得壓著抑著。

他掃了謝雅真一眼，忽然轉過身，拿著手電筒往窗台下探照，一邊摸索著。

然後，他蹲下身體，撿起那枚卡在窗台牆縫裡的物品——那是他的勳表，他從軍以來的光榮印記，確確實實記錄著他的每個輝煌時刻。

學校裡的教官不只他一人，勳表上並沒有姓名，謝雅真怎麼會知道這是他的東西？怎麼會知道他一直想找這東西？而且，她剛剛還說他喜歡邱老師……為什麼？明明除了他之外，不會再有別人知道這件事……

他看著勳表，又看著謝雅真，來來回回看了好幾遍。

「妳說的是真的？」沉默了好一會兒，黃教官忽然出聲。他的聲音裡半是疑惑，半是渴望。

謝雅真用力點點頭。

「邱老師還在這？」

「嗯。」她再度點頭，目光若有似無地瞥了角落裡那團只有她看得見的影子一眼。

黃教官抿緊雙唇，一語不發，內心陷入一陣難以言喻的糾結。

怎樣，現在是高手要過招嗎？這難道是暴風雨前的寧靜嗎？教官信了嗎？還要處罰他們嗎？還要通知爸媽來嗎？還要記大過嗎？幾人心裡七上八下，忐忑得不行，死命盯著黃教官與謝雅真，連大氣也不敢喘一口。

「我可以跟她說話嗎？」過了好半晌，黃教官似乎終於處理好內心的困惑與掙扎，低低地要求。

「可以。」她神情嚴肅地回答，內心卻鬆了一口氣。

教官願意相信是最好的結果，至少，這樣她不會拖累話劇社的大家被處罰，也能順利完成邱老師的心願……

一盞、兩盞、三盞……燭光依次亮起，謝雅真將蠟燭發給每個人，一一點燃他們手中的燭火。

「她的氣場很陰，你們盡量維持住火光，別讓火熄了。」她坐到黃教官面前，交代站在一旁的大家。

大家相繼點頭，三宅光是為了讓手別抖就超級努力。

她深呼吸了一口氣，閉上雙眼，彎曲手指，開始通靈。

何允樂低頭打量她。她專注的臉在搖曳的燭光中忽明忽暗，看起來和平時不一樣，夜色為她增加了一股神祕感，微弱的光卻讓她的臉部顯得神聖、平靜，而且很……有一種讓人移不開眼的魔力。

「你跟邱老師……同事很久了。」她的眉頭微微皺起，轉述自己聽見的話。

黃教官點頭。

「但是，你們從來沒有說過話。」

黃教官再點頭，手中緊緊握著動表，平板的臉上看不出任何表情。

「邱老師說，每年忌日，你都會來這裡擺上一束鮮花。有一年，下大雨，你不小心跌倒了，動表掉了也不知道，她一直很在意這件事。」

「我以為找不到了……」黃教官低頭看著手中的動表。從沒想過自己為她做的這些事，她居然都看在眼裡……心裡說不上是難過多，高興多，還是遺憾多，後悔更多？

他嚴肅的神情出現一絲裂縫。

「其實，我一直很欣賞她，但是，那時候大家都排擠她，所以我什麼話都不敢講，甚至於……連站在她那邊，為她說一句話都不敢。」

說著，黃教官默默嘆了口氣。

謝雅真偏頭，仔細聆聽邱老師在腦海中的一字一句，睜開眼睛，疑惑地問：「邱老師說，那時候大家都很討厭她，她沒什麼值得別人欣賞的，可是為什麼你——」

「錯。」黃教官用力搖頭，搖得很急，像是要解釋給全世界。「邱老師是一個值得欣賞的人！她很好很善良，也非常細心，學校裡面的花花草草、小狗小貓，都是她下了班以後留下來照顧的。學校的環境之所以能維持得這麼好，都是因為她有一顆比誰都美麗的心。可是所有的人都不懂，他們只看到表面，惡意中傷她……」

他還很清楚地記得，某一次他值星，在飄著細雨的校園裡撞見的那一幕。

紛飛的雨中，邱老師撐著傘蹲在花台旁，將一隻淋得渾身溼答答的小貓從灌木叢裡哄出來。

她抱著那隻小貓輕聲安撫，對著小貓說話的神情好溫柔，臉上洋溢著他從來沒見過的笑。那時候，在雨中，全世界彷彿都因她而寧靜下來。

自從那天之後，他總是時不時地在校園裡尋找她的身影。澆花的她、修剪枝葉的她、餵貓的她、遛狗的她……

每個有她的畫面歷歷在目，從不曾隨著時間的推移而模糊。

「那個時候，要是我稍微勇敢一點，要是我肯站出去為她說話……也許……」黃教官握緊手中動表，緊得像要將它掐碎。

這些年來的每一分、每一秒、每一刻，他都在深深懊悔。

「教官……」何允樂盯著黃教官難受的模樣，很想說些什麼安慰他，卻覺得說什麼都不對，想了老半天也想不出適合的詞彙。總覺得，教官的眼裡好像有眼淚……

「邱老師，我錯了，上次我不該那樣說妳的……」沒想到小龜吸了吸鼻子，突然覺得自己超過分，居然先哭了。

「對不起！」胖達也跟著道歉。他之前還拿邱老師上吊的事情來開玩笑，幼稚！

等等，現在是怎樣，他也要跟著懺悔嗎？這發展太快，他跟不上呀！鳥哥捧著蠟燭的手又抖了一下。

「邱老師……她說……」謝雅真的眉頭微微皺起，聆聽了會兒，突然睜開眼睛，笑了。

「邱老師她笑了耶，第一次聽見她的笑聲……」

「怎麼了嗎？」黃教官聽起來居然有點著急。

「她說，她就要被超渡了，教官你講這樣的話是想讓她走不了喔？」她笑了起來，也被邱老師的幽默感染。「她還說，如果你真的夠勇敢的話，就趕快去找個新對象，不要再一直送花給一個老女鬼了啦！」

老女鬼？是嗎？黃教官苦笑。

可是，那個抱著貓的女孩，永遠在他的回憶裡鮮活著，絲毫沒有老去。

他甚至還記得她愛穿的那件碎花洋裝，她眼尾上揚的弧度，她臉上的胎記……

他瞪大眼睛，要很用力很用力，才能不讓眼淚掉下來。

「原來，邱老師不只很善良，還很有趣。」什麼老女鬼啊，還有這樣開自己玩笑的？何允樂笑出來。黃巧薇和三宅、張念文也跟著笑出聲。

「是，她是。」黃教官抬手抹了抹眼角。

謝雅真聽著大家的笑聲，看著黃教官，看著話劇社的大家，看著角落裡的那團暗影。暗影矇矓，看不真切，可是碎花洋裝依然，臉上的胎記依然，早已失去生氣，無法回應任何人的心意。

矇矓的邱老師緩緩地走到黃教官面前，伸出半透明的手，輕輕碰了碰黃教官胸口的徽章、臂章……好似有千言萬語，最終只能化為一聲又一聲聽不見的嘆息。

謝雅真靜靜地望著邱老師，為他們終於有個結局而開心，卻又有點酸酸苦苦的，說不出心裡是沉重還是輕盈，難受還是高興人，是不是真的很奇怪呢？面對陌生的東西，總是要先找好害怕的理由。
到底可怕的是鬼，還是人心裡的恐懼？
如果，大家都能多一點勇氣，願意接納跟自己不同的事物，可能這個世界會更美一點，像邱老師這樣的遺憾也就會少一點吧……

11 不捨

頂端的紅火星星點點，聚集成束，謝雅真雙手各執大把線香，高舉在頭頂，猶如雙劍交會。

紮穩馬步，凌空展香，白煙在她周身、頭頂，繚繞出幽渺圖形。

她姿態凜然，圍繞著舊團部梭巡誦經，一番超渡儀式過後，將手中的香與冥紙扔入鋼盆，隨著盆裡紅火燃盡，送走孤魂。

「都趕快回家吧。那麼晚了，不要在外面逗留，家人會擔心。」超渡儀式結束之後，黃教官送他們走出校門，出聲叮嚀。

「好。」

「教官早點休息。」大家揹著書包，手裡拿著球棒、桃木劍等傢伙，紛紛應聲。

「等等，教官，那……話劇社的社團活動呢？我們以後還可以來舊團部排練嗎？」

張念文遲疑了會兒，鼓起勇氣發問。

黃教官臉色為難，看來十分糾結。

大家戰戰兢兢盯著教官，非常緊張。

「好吧。」思考片刻，他終於點頭。雖然獎懲公告已經發布，但還是有能夠補救的辦法……就當作是謝雅真讓他和邱老師對話、超渡邱老師的回饋吧。

「太棒了！」話劇社眾人齊聲歡呼。

「好了，快回家。」黃教官揮手趕他們。

「謝謝教官！」

黃教官離開之後，小龜突然推了推鳥哥，以那個全世界都聽得到的氣音說：「欸，去跟小真道歉。」

鳥哥和謝雅真一愣，微妙地相視一眼，氣氛瞬間變得有點尷尬。

「不要啦……」鳥哥彆彆扭扭的。

何允樂推了他一把。「快去。」

吼，算了算了，誰教他這麼重要，派他當代表也是無可厚非。

「小真，對不起。我們不應該跟妳講那種話的。」鳥哥走到她面前，低頭鞠躬。其實，不用別人講，他也覺得很內疚，現在剛好有個台階下也算不錯啦。

既然鳥哥都起頭了，小龜跟著道歉。「我們真的誤會妳了。」

「原來妳才是真正的魔法少女……啊，不對，我知道了啦，妳是通靈少女！」胖達福至心靈，恍然大悟。

「通靈少女咧，你不要耍白痴啦！」烏哥揍胖達。

「很酷欸。」胖達哈哈大笑，一群人全跟著笑了起來。

何允樂順勢要求。「小真，回來話劇社吧，我們都需要妳。」

這才是最重要的，既然事情已經水落石出，教官不追究，話劇社又能恢復排練，她應該可以回來了吧？他不想看她這麼委屈。

「對啊，回來嘛！」三宅附議。

「回來吧！」黃巧薇加入。

「謝謝你們大家，可是……」雖然很感動，但是，之前事情鬧成那樣，就算大家能接受她回來，念文學姊恐怕也不會答應吧？

謝雅真忍不住摀著隱隱作痛的肚子，神情有些沮喪，身體也不是很舒服。看來超渡的副作用就要發作了。

大家紛紛把臉轉向張念文。

「都看我幹麼？」張念文被看得一陣尷尬，盤起雙臂，故作凶狠地瞪著謝雅真。「明天準時來排戲知道嗎？女僕Ａ。」

「社長英明！」

「女神好棒！」三宅歡呼怪叫。

她抿唇看著張念文，受寵若驚，很高興、很感動，但是，肚子好像越來越痛了……

幸好，現在天色已經很黑了，大家又都這麼開心，應該沒有人注意到她不對勁吧？再撐一下，一下下就好，她不想被任何人發現。

「我肚子好餓，我們大家去吃東西好不好？」太開心了！黃巧薇提議。

「我不去了，你們去就好。」她搖頭，勉強牽起微笑。

「為什麼？妳今天是MVP耶，一起去啦！」

「我有點累，想先回家休息了。明天見喔，Bye Bye。」為了不讓黃巧薇繼續慫恿，她趕緊揮手道別。

「好吧，那妳回家小心喔。」黃巧薇依依不捨，只得作罷。

「我要吃雞排！」鳥哥提議。

「不要，會胖欸！」一秒就被黃巧薇打槍。

「囉嗦欸，那要吃啥啦？」

這頭吵吵鬧鬧地熱烈討論，一旁的何允樂望著謝雅真離開的方向。不知道為什麼，總覺得有點不放心。

她離開的時候是不是臉色蒼白，一直摀著肚子？

好痛……

疼痛感漸漸蔓延，從腹部一路擴散到四肢。

謝雅真躬身抱著肚子，手心和額頭全是冷汗，步伐越來越小、越慢，好像快要走不動了……

撐住！都已經走過濟德宮了，再穿過後面那條涵洞，就到家了……

猛地一個踉蹌，她扶住牆壁蹲下，視線也逐漸模糊，連呼吸都變得費力。

「小真！妳怎麼了?!」

何允樂急匆匆地跑過來，蹲到她面前，臉上滿是擔心。

難怪，從小真在超渡邱老師的時候，他就覺得她的臉色不太好。不是自己看錯，是她真的身體不舒服……幸好他有跟過來。

「我沒事啦……」她推開何允樂，不想被人看見自己這種狼狽脆弱的樣子，尤其是阿樂。

「我送妳去醫院。」這樣一看，她的臉色蒼白得可怕。何允樂嚇壞了，有點手足無措，立刻要拉起她。

「不用……我通完都會這樣，休息一下就好了。」她有氣無力地拒絕，冷汗一顆顆地滴到何允樂的手背上，令他更著急了。

「妳確定？別鬧了，至少看個醫生吧！」

「真的不用。」她還是搖頭。

「都這麼嚴重還不用？」何允樂心急如焚。

「真的，這是老毛病，我習慣了啦……每次超渡完，我的肚子就會痛一、兩天，如果是自殺的話，就會再久一點。沒辦法，做仙姑……就是這樣……」她斷斷續續的，好不容易把話說完，神情看起來比剛才更虛弱。

做仙姑就是這樣？

又要看到鬼，又要肚子痛，還要被誤解，仙姑到底是什麼工作啊？

好想讓她好過一點，偏偏什麼忙也幫不上。

何允樂盯著她，又急又氣又焦躁，卻不知道該對誰生氣。

原來超渡會讓她這麼難受，怎麼她都不說，什麼事都一個人默默承受？她早告訴大家會身體不舒服，大家會比較顧著她，也不會在那起鬨要去吃東西了吧？真是……

他在手機上翻找話劇社的通訊錄，在地圖ＡＰＰ上叫出地址，三兩下設好路線。

「來，送妳回家。上來。」他拉著她起身，把她的書包掛到胸前，背對她蹲下。

她矇矓地瞪著眼前那堵寬闊的背，一時之間弄不明白何允樂要她幹麼。

何允樂乾脆靠過來，自顧自將她的手環過他的肩膀。

根本來不及拒絕，他已經揹好她站起來。

謝雅真疲倦無力地靠躺在他背上。其實根本也沒力氣拒絕。

好累……可是，好溫暖……

這樣趴在他背上，清楚感受到他每個步伐間的震動與搖晃。
躂、躂、躂躂——
真好，這麼不舒服的時刻，有個人陪著，這段路似乎也不像平時那麼漫長孤單了。
他的每一個腳步似乎是踏在她的心上，令她平靜也踏實。
可以吸入的空氣越來越多，她的呼吸漸漸開始規律，心跳漸漸沉穩。
夏天的夜晚，原來這麼舒服。有人陪伴回家的滋味，原來這麼溫柔……

何允樂揹著她，走了長長一段路，好不容易來到她家門口。
叮咚——按了幾下門鈴，都沒有回應，他在原地站了好一會兒，最後只好自己找出她書包裡的鑰匙，打開大門。
時間都已經這麼晚了，她的家人還沒回來啊……
他環顧了下屋子，不知道哪間房間才是她的，突然覺得非常為難。
一來，擅自進她房間好像怪怪的，二來要是跑錯房間又不好意思。想了想，最後只好輕輕地將她放躺在沙發上，小心翼翼地摸了摸她的臉，查看她的狀況。
沒有發燒，沒冒冷汗，臉色似乎稍微比剛剛好了一點。

這是睡著了吧？希望她能睡個好覺，趕快好起來，肚子不要痛太久。

何允樂將一件掛在椅背上的毯子拿過來蓋在她身上，準備離開。驀然間，一隻冰涼的手抓住他，嚇了他一跳。

「不要丟下我……」謝雅真閉著眼，模糊不清地囈語。

恍惚間，她不知道自己究竟看見誰，是爸爸？是媽媽？是何允樂？還是任何其他人？意識昏昏沉沉的，好像睡著了，又好像沒有……是作惡夢了嗎？

他回握她的手，本要離開的腳步猶疑不前。

這樣讓他怎麼放心回家？

他注視著她微微皺眉的睡臉，總覺得心裡翻騰了很多複雜的情緒，正在逐漸發酵，壓得他心頭悶悶的。

究竟，她這樣一個人默默扛下了多少事情？

她從不訴苦，是不是因為從來沒有說過，才習慣了什麼也不說？

何允樂靜靜地牽起她的手，默默在她身旁趴下。

時間彷彿暫停了，或是他不在乎時間了，只想在這裡陪著這個女孩。因為捨不得，捨不得她什麼都往心裡藏，捨不得她委屈。

寂靜中，窗邊的風鈴輕輕地唱著，月光幽幽地透窗而來，薄映著男孩曖昧的心事。

不知道睡了多久，終於被刺眼的陽光驚醒。

怎麼這麼亮？是她忘了拉窗簾嗎？

謝雅真睡眼惺忪地坐起來，揉了揉眼睛，左看看右瞧瞧，才發現自己居然躺在客廳沙發上。

是怎樣，夢遊？她一頭霧水地起床，抓了抓亂七八糟的頭髮。

咦？桌上居然還有三明治和奶茶，她夢遊還去買早餐喔？

不對，早餐旁壓著張字條，拿過來一看，上頭居然寫著：

早安，仙姑辛苦了。阿樂。

「阿樂？」她眨了眨眼，困惑地盯著字條。

阿樂為什麼會幫她買早餐？不對，阿樂為什麼可以在她家桌上放早餐？他怎麼會知道她家在哪，還可以自己開門進來？

太詭異了！她嚇得跳起來，萬分驚悚。

等等……昨晚，她和大家在舊團部幫邱老師超渡，接著她向大家道別，走路回家。

她肚子很痛，然後，阿樂突然跑來，還揹著她走……再然後呢？

謝雅真怎麼想都想不出個所以然，頭痛到不行，偏偏風鈴還在旁邊叮鈴亂響，嚴重打斷她思緒。

「阿嬤，妳笑什麼啦！」她忍不住抗議。

風鈴響得更加厲害。

對吼，問阿嬤就好了啊，阿嬤一直都在家裡，一定知道發生了什麼事。她突然心急了起來。

「不要笑了啦，阿嬤，快跟我說昨天怎麼了啦！」她著急地問。可是風鈴自顧自地亂顫，完全不理她。

「吼，阿嬤，妳快說，不要只笑不說話啦！」她被笑得又羞又急，隨手撈了個抱枕扔過去。

只是不知道為什麼，心裡竟然有點甜蜜。

仙姑辛苦了。阿樂。

從今而後，除了燒焦小毛巾之外，和阿樂有關的收藏，又多了一樣。

謝雅真換好校服，走出家門，嘴角無法控制地上揚，腦子裡不停上演各種小劇場。呵、呵呵……原來阿樂陪了她一整晚！

她用力拍了拍自己的臉，無法阻止自己傻笑。

怎麼辦？這樣去上學的話，可能會被黃巧薇當作神經病。呵、呵呵……咦？阿樂？

眼前一道騎著腳踏車的身影飛揚而過，不是阿樂還是誰？

太幸運了！動作快一點的話，應該還來得及和他一起上學吧，或許，還能順便向他道謝？

她興高采烈追過去，跑沒幾步，驀然有隻手臂粗魯地橫過來。她抬眼一看，竟然是上次來廟裡討債的其中一個光頭男。

「幹麼？」她瞪著他，全身緊繃。

光頭男人指著前方一輛黑頭車。「仙姑，這邊請。」

她目光跟著移過去，車窗正好搖下，赫然看見金老師坐在裡頭，旁邊跟著另一個光頭男。

怎麼回事？金老師這是被挾持了嗎？

如果她不去的話，他們是不是會對金老師怎樣？

她有點怕了起來，失望地望了眼何允樂離開的方向，腳步沉重地隨著光頭男人走向黑頭車。

車窗旁的風景不斷倒退，黑頭車一路行進，最後在一間殯儀館前停下。

停屍間大門滑開，一陣寒冷刺鼻的藥水味撲面而來。

謝雅真和金老師被一左一右地架著，走在停屍間狹長的通道上。

通道兩側那一格格的冰櫃看來陰森且寒冷，她越走越忐忑，實在不知道這些人帶她和金老師來這裡幹麼。

雖然她是仙姑，見過的鬼不少，但不代表她喜歡看屍體好嗎？

走了片刻，長廊盡處的門嘩一聲打開，兩名身材高大的男人站在室內，看來已經等候他們許久。

其中一個男人神態倨傲，年齡約莫四、五十歲，穿著整齊筆挺的三件式深色西裝，梳著俐落的油頭，眉心間的皺褶深得像能夾死蚊子，在在顯示出他的冷漠與威嚴。

「議員，人到了。」他們一走進去，西裝男人身旁的助理便畢恭畢敬地報告。

一看見被喚作議員的西裝男人，金老師的臉色瞬間僵硬，慌忙上前。

「議員大人不好意思，我欠的錢一定會還，啊無緣無故把我們帶來這……」

「我今天找你們來，是要問事的。」議員面無表情地回答金勝在，又冷冷地瞥了謝雅真一眼。

不早說，原來是要問事喔？好家在！差點被嚇死的金勝在鬆了一大口氣，得意洋洋地介紹起謝雅真。「議員大人，我跟你說，我們這個仙姑從小就帶天命，絕對神準，給你問啦。」

什麼啊？一放心就開始老王賣瓜了，要不要這麼浮誇？她睜大眼睛看著金老師。

「是這樣的，這位鴻爺是我們黨內的一位長輩。今天凌晨兩點多，他在醫院病逝了。」議員助理指著面前一具蓋著白布的遺體，對著謝雅真道：「我們議員是想要請妳問問看，鴻爺他還有沒有什麼要交代的？」

議員讓出了遺體前的位置，助理也跟著讓開，還比了個「這邊請」的手勢。

有夠像鴻門宴的……她看著那條為自己淨空的走道，覺得不祥。

看她一直沒動，金勝在開口催。「快點啊。」

唉……真煩。被強迫帶來這裡，被威脅著通靈，還被一大堆人盯著的感覺真討厭。

她不甘不願地走到遺體旁，努力安撫自己靜下心來，好好清空，接收訊息。

她閉上雙眼。議員始終緊盯著她，滿室寂靜，氣氛緊繃，連每個人的呼吸都變得清晰可聞。

「不是啊，他明明就是早上五點多在高爾夫球場死的，心臟病發，不是嗎？」過了好半晌，她終於睜開眼睛，疑惑地問。奇怪，怎麼跟講得不一樣？

「妳認真一點啦，剛剛不是說在醫院……」慘了慘了，這囝仔又在變什麼花樣？金勝在慌慌張張，背心全是冷汗。

「妳說得沒錯。」議員的眼神落在謝雅真身上，既像評估又像確認。他伸出手制止金勝在，接著轉過去向遺體深深行禮。「鴻爺，請原諒。」

搞什麼鬼，原來是故意試探她？太沒禮貌了吧！向鴻爺道歉不如向她道歉。她瞪著議員，有點委屈也有點生氣。

「仙姑，抱歉、抱歉，我們議員對靈異的事情比較謹慎一點。」議員助理主動向她陪笑臉，緩和氣氛。「其實，我們是想知道，鴻爺他這次發生意外，是不是有人在背後指使？」

啊？指使？她愣了愣，消化了一下才聽懂。

「他是自然死亡的。」神經，就說是心臟病發了，以為死亡筆記本嗎？她莫名其妙地回話。

「不可能，鴻爺的身體一向硬朗，怎麼可能突然間說走就走？」議員瞇起眼睛。

「啊人生不就是這樣？時間到了，人就走啦。」她被問得更加莫名其妙了。

「小真！」見議員一臉不悅，金勝在趕緊推了推她。

啊，好啦！她再問問就是了。

她沒好氣地抿緊唇瓣，再次閉上眼，專心傾聽。

「鴻爺他……他有交代，這次的選舉，不要參加對你比較好。如果你執意要繼續選下去的話，千萬要注意身邊的人。」片刻後，她睜眼，果不其然，對上議員充滿了不甘與懷疑的神色，顯然不願接受這個答案。

議員挑眉，嚴厲地看著她。「什麼意思？」視線若有似無地掃了周圍一圈，助理和光頭男人們渾身都驚出了一身冷汗。

「鴻爺走了，我通不到了。」每個靈能待的時間有限，無法強求。她搖頭，真的無能為力。

議員沉默了會兒，不知在思索些什麼，而後向助理使了個眼色。

「仙姑，等一下會有人送你們兩位回去。」助理意會，說完便隨著議員邁步離開。

「議員喔，以後如果你有什麼事情要問，隨時歡迎光臨。」金勝在對著議員離開的背影大喊。

也不知道議員有沒有滿意這次的通靈結果？希望有啦，議員有滿意，大家都好辦事，拜託拜託，媽祖保庇。

受不了，職業病又發作了，歡迎光臨什麼？最好別再來了！

她百般無奈地望著議員一行人離開的背影。

一直以來，大家都期望她用通靈能力幫助別人，但通靈真的每一次能為別人帶來好結果嗎？

她沒有答案。

12 悸動

白色廊柱布景一根根矗立在舞台上，色澤鮮豔的紅玫瑰攀著廊柱，奪目綻放。

「這是一個關於愛與死亡的故事。」穿著黑袍、扮演神父的鳥哥站在前方，胸前掛著十字架項鍊，手裡抱著聖經，神情肅穆。

「從前從前，有兩大誓不兩立的家族——蒙太古、卡普雷。」鳥哥繼續讀著台詞。

話劇社眾人站在後方，何允樂和張念文臉上都戴著神祕的半臉面具。

「我是蒙太古的代表——羅密歐。」何允樂走上前，拿下面具，帥氣一笑。

「我是卡普雷的代表——茱麗葉。」張念文走上前，拿下面具，甜美側頭。

「茱麗葉！」

「羅密歐！」

兩人發現對方，驚為天人，急速靠近，準備親吻。

「造反啦！」穿著女僕裝的黃巧薇衝過來分開兩人。

「WooHoo！」舞台上的大家歡呼，排開隊形。

「我是神父。」鳥哥拍拍手中聖經。

「我是奶媽。」黃巧薇俏皮地挺胸。

「我是羅密歐的好朋友——班弗里歐。」小龜探出頭。

「我是茱麗葉的未婚夫——帕里斯。」胖達舉高手中寶劍。

「我們是跑龍套的。」謝雅真和其他兩名學姊揮舞著劇名看板。

「歡迎收看——搞笑的《羅密歐與茱麗葉》！」搭配著俏皮活潑的配樂，大家同時高喊，完美的序幕就此展開——

「到底為什麼要做搞笑版的？這樣真的很不浪漫耶。」張念文崩潰。

何允樂在她面前打了個響指。「怎麼會？搞笑才是真正的浪漫！」

三宅也紛紛附和。「對啊，而且我比較喜歡這個版本。」

「不要啦，這樣真的很鬧。」張念文搖頭搖得快斷了。

「學姊，妳偶像包袱很大喔！」黃巧薇調侃。

「沒關係，不管哪個版本，妳都是我的未婚妻。」胖達深情款款地插嘴。

「矮額～」

「白痴喔！」大家哄堂大笑。

「好久沒來看你們排練了，氣氛很好喔。來來來，喝飲料。」大家玩鬧到一半，恰好朱老師提著飲料走進來。

「老師，你真的要讓他們把這齣戲演成搞笑版的嗎？」張念文立刻衝到朱老師身旁搬救兵。

自從圓滿解決了邱老師事件，話劇社也恢復排練之後，雖然大家都很開心，但何允樂不知道哪來的靈感，和三宅一起把劇本改成這樣，搞得很像歌舞劇，莎士比亞都不莎士比亞了啊！今天一定要讓朱老師好好阻止他們才行！

「阿樂的版本很不錯啊，老師看了都很想演耶。」沒想到朱老師難得認同。

張念文跺腳。「老師……」

「老師威武！」

何允樂和三宅碰拳、擊掌、歡呼樣樣來，他興之所至，轉頭過來看見謝雅真，朝她伸出手，努了努嘴。

她跟著笑，很有默契地伸出手和他擊掌。

他的溫度從掌心和指尖傳來，不只暖了她手掌，也柔軟了她的心，她綻開微笑，收在心裡的快樂與悸動藏也藏不住。

搞笑版的《羅密歐與茱麗葉》很好，演女僕也很好。

真的好喜歡現在的話劇社喔，也喜歡和大家在一起。

當然，更喜歡阿樂。

「欸，小真，阿樂是不是對妳有意思啊？」社團活動結束後，她和黃巧薇一起準備回家，黃巧薇突然推了推她，臉上帶著一種耐人尋味的笑。

「啊？」謝雅真愣住，一時之間沒聽懂好友在說什麼。

「我看他對妳很不一樣，妳不要裝嘍。」黃巧薇越笑越誇張了。

「什麼啦？」她皺起眉頭。

「他到底有沒有跟妳怎麼樣？」

「哪能怎麼樣啦？」

「他有沒有跟妳告白啦？」

她突然板起臉來。「黃巧薇妳再說，我叫後面那個女鬼跟著妳。」

「啊啊啊啊！」黃巧薇嚇得立刻抱住她。

「騙妳的啦，哈哈哈！」

「謝、雅、真！」黃巧薇追著她打。

兩人一路笑鬧奔跑，跑過轉角，謝雅真驀地停下，煞不住的黃巧薇硬生生地撞上她後背。

「痛痛痛！我的鼻子！」黃巧薇摀著鼻子跳來跳去，抬頭一看，原來是何允樂站在樓梯口，擋住她們。

「小真……妳、妳有空嗎？我有話想跟妳說。」何允樂望著她們，吞了吞口水，神情侷促，一句話說得坑坑巴巴，和平時爽朗大方的模樣大相逕庭。

這、這是怎樣？剛剛才 Cue 到告白，現在是真的要告白了嗎？怎麼可能？

謝雅真尷尬地看著阿樂，情不自禁地胡亂聯想，一顆心七上八下的，緊張得不知如何是好。

「有空！她超有空的！我先走嘍。」黃巧薇賊兮兮地將人往前推，一溜煙地跑了。

「黃巧薇！」她還來不及抗議，黃巧薇的身影早就遠到看不見了。

回過頭，感覺何允樂灼熱的目光緊盯著自己，欲言又止的，謝雅真低下頭，心臟幾乎從喉嚨裡跳出來。

五十三、五十四、五十五……

何允樂領著她，一路走向頂樓。她看著何允樂的背影，已經緊張到必須靠著數階梯來保持平靜了。

到底，阿樂找她要說什麼呢？

推開頂樓大門，何允樂找了張廢棄的課桌坐下，拍拍身旁另一張桌子，衝著她笑。

這是要她坐過去的意思吧？

謝雅真提著書包，忐忑地坐好，雙膝彆扭併攏，從來沒有這麼淑女過。

「妳那天揹起來，還蠻重的耶。」何允樂盯著她，突然拋出這麼一句。

沒辦法，實在太緊張了，一定要先說點什麼緩和氣氛。

「喂！」她一愣，氣呼呼地瞪他。她哪有很重？頂多就是一般體重而已啊。

「哈哈，開玩笑的啦！」何允樂鬆了一口氣。真好，總算比較自然了。

對了，既然他主動提起「那一天」，她也想起有件重要的事一直沒做。

最近遇到阿樂的時候，都是話劇社排練，身旁總有一大堆人，沒有這種兩人獨處的機會，當然也沒辦法好好地向他道謝。

「謝謝你的早餐。」終於可以了結這樁心事，她說話的語氣有點輕快，說完又馬上低下頭，總覺得很不好意思。

她就是……不想讓別人知道阿樂揹著她回家，更不想讓別人知道他陪了她一晚，還幫她買早餐，她想……獨占這個祕密。

這是只屬於她跟他的小祕密。

「不會。」何允樂搖頭，沒把這件事放在心上。他做了個深呼吸，提了一口氣，支支吾吾地開口。「小真，其實我是想問妳，可不可以……」

「什麼？」天公伯啊，她快休克了，說快一點啦，不要在這時候結巴好嗎？

她直勾勾盯著何允樂，連眼睛都不敢眨，就怕自己漏聽了什麼、漏看了什麼。

「可不可以……」

他喉嚨咕咚了好大一下，她也跟著嚥了好大一口。

「幫我通靈？」

終於把話說完了，何允樂一臉如釋重負。

「啊?!」

說好的告白呢……原來不是「可不可以當我女朋友」，而是「可不可以幫我通靈」……天啊，廢到笑，她已經搞不清楚自己究竟是想笑還想哭了。

「我想知道，我爸是不是還活著。」他忽然朝她坐近了一點，說得非常誠懇，也非常急切。

「什麼意思？你不是說你爸在當無國界醫生嗎？」算了，別管告白不告白，阿樂的爸爸也很重要。她跟著調整了下坐姿。

「我爸兩年前跟著醫療團隊去中東義診，後來失蹤了，整個醫療團都沒有消息。」何允樂看著她，盡量讓自己平靜地說出來。

「所以，你是希望我幫你通通看你爸還在不在？」應該沒有誤會吧？她歪著頭問。

「嗯。所有人都說我爸死了，我想知道是不是真的。」何允樂堅定地點點頭。

來找小真之前，他已經很清楚、徹底地思考過了。他想做這件事。

「可是，如果我通到的話，就代表你爸已經……」她想了想，小心翼翼地問。
「如果他是為了理想而死，我接受……我、我準備好了。」何允樂深呼吸，身體坐直了，重申決心。
這……總覺得有點殘酷，但，既然是阿樂的願望……
「好吧。」她從桌上跳下來，拉來兩張椅子，面對面擺好。
「我要怎麼做？」這就開始了嗎？何允樂突然有些慌張。
「坐著就好了。」她坐在其中一張椅子上，指著面前那張椅子。
何允樂走過來，聽話坐好，從來沒有這麼害怕過。很期待通靈通到爸爸，也更害怕通靈通到爸爸……
謝雅真閉上眼睛，集中精神清空自己的意識。何允樂戰戰兢兢地盯著她。
可時間一分一秒地過去，毫無所獲。她雙肩一垮，睜開眼，搖頭。「沒有通到。」
「所以，他還活著？」何允樂眼睛一亮。
「不一定啦……有時候會有這樣的狀況，像我爸在我很小的時候就過世了，可是我從來沒有遇過他。」她說得有點為難。真的不想潑他冷水，但是，該說的還是要說，以免給了他期望，又讓他失望。
「這樣啊……」何允樂的眸色立刻黯淡下來。
「對不起，沒有幫上忙。」

她小心又帶著歉意地看著他，心情卻複雜不已。很想為他做點什麼、幫他的忙，但這樣的忙要是幫上了，又讓她開心不起來。

「沒關係啦，如果真的通到的話，我真的很想給他一拳，有夠不負責任。」他放聲笑，聳聳肩，故作輕鬆，不想讓她因此內疚。

本來就是啊，這是他自己的事情，不想影響小真的情緒。

「走，帶妳去一個很酷的地方。」他神祕一笑，起身就往樓梯口走。

「啊？去哪？」書包，忘了拿書包啦！她回頭撈書包，慌慌張張地跟上阿樂。

五花八門的遊戲機台成排羅列在狹小昏暗的空間裡，快速更迭、繽紛多變的畫面，將機台前的每張臉孔映照得五顏六色。嘈雜又刺激的音效此起彼落，震得她耳朵不舒服，但這空間裡的人看起來卻相當快樂。

原來電動遊樂場是長這樣啊……她坐在何允樂身旁，看著他的機台螢幕，時不時左顧右盼，對於這裡的一切都很新鮮。

「Yes！過關！」何允樂高聲歡呼，伸過手和她擊掌。

「你說的就是這個喔？」她碰了碰他的手，指著眼前機台的畫面。上面寫著大大的遊戲名稱：「宇宙傳說ＬＹＳ」。
來這裡的路上，阿樂和她提到，他和爸爸都很愛玩一款遊戲，就是這個？
「什麼？」何允樂聽不清。
她只得提高音量喊：「我說，你說的就是這個嗎？」
「對啊。」想起關於父親的事似乎讓他很開心，忍不住微笑。他比了比畫面上的排行榜，得意地說：「第一名這個是我，第二名是我爸。」
好像小朋友喔，竟然這麼高興，她低頭偷笑。「喔。」
「怎樣，妳那什麼臉啊？很幼稚嗎？」何允樂故作生氣，彈了下她的額頭。
「沒有啦。」他彈得很輕，一點也不痛，反而有種親暱感。她笑得更開心了。
排行榜第一名是Ah Le，看得出來是「阿樂」的拼音。
但第二名這個Meteorite……
「Mete、Mete……這是什麼意思啊？」她念了幾次，念不出個所以然，指著上頭的英文單字問。
「就是這個啊，隕石，他的收藏之一。」何允樂把胸前的隕石項鍊拿出來。「我跟我爸最後一次ＰＫ的時候啊，我終於破他記錄，他才送我這個當獎品。而且他還放話說，下次他回來，一定要贏我的冠軍。」
「噗！」感覺阿樂的爸爸也很像小朋友耶，一定是因為這樣，所以阿樂才會活得這麼開朗、這麼討人喜歡吧。
看著阿樂笑得很愉快，她也跟著笑。
「但是……他再也沒回來了。」他聲音一斂，眼神黯淡了。
以前的回憶太美好，襯得此時的孤單很諷刺。他克制自己不要流露出太多情緒，但實在很難做到。
「妳看，這個繭是握搖桿玩出來的，我和我爸都有。」他伸出左手，讓她看自己的虎口。
她湊過去，果然看見他的大拇指和食指上都有硬繭，和握住搖桿的位置一致。
「阿樂……」她很想說些什麼安慰他，可是什麼都說不出來。
從前在宮廟的時候，由於她老是說錯話，金老師乾脆要她什麼都不要多說；久而久之，她也覺得自己就是不會安慰人，還是什麼都不說比較好，以免多說多錯。結果反而讓她越來越不會說話，不知道怎麼安慰別人，也不知道怎麼為自己說話。
何允樂搖搖頭，把那些灰心的念頭搖掉。
他是怎麼回事，和小真在一起，總是會不經意說出太多心事，大概是因為在她身邊有一種安心、自在的感覺吧？不知道為什麼，他總覺得小真和自己是同樣的人，一樣寂寞，一樣在等著家人，一樣藏了很多不為人知的心事。
「妳要不要玩玩看？」他心血來潮，朝她笑出一口白牙。

「蛤？不要啦，我不會玩，我從來都沒有玩過。」怎麼突然扯到她？她立刻拒絕。

「當仙姑很忙，沒時間玩吼？」

「嗯……」她幾乎被學校和濟德宮填滿，哪來的時間打電動？她隱約有點失落。

不出所料，和他猜的一樣。

「玩了就會了。來，我教妳。」何允樂彎身投幣。

啊啊啊，投幣也投得太快了吧？她驚嚇地瞪著遊戲開始的畫面。

「左手控制方向，這個發子彈，這個加速。」何允樂一一為她解釋每個按鍵。

「發子彈、加速。」她默背。

他比了比螢幕。「來，選一架妳喜歡的戰鬥機，看妳要哪一個。」

「按哪個？」

「這個。然後這樣就開始了。」何允樂伸手過來按了個鍵。

「哇！太快了吧？」怎麼戰鬥機已經開始飛了?!她手忙腳亂。

「這個要動，上下左右都可以。」他繼續教她操作。

「欸欸欸啊啊啊——怎麼會這樣?!」她損血了，為什麼？誰攻擊她？太多敵機了，看也看不清楚。

「小心炸彈！」

何允樂忽然環過她的肩，將自己的手直接覆在她手上，幫她操控，握著搖桿的那隻手也緊緊握住她的。

啊啊啊！這種姿勢，這種角度……他根本就是環抱著她呀！

他的頭髮緊貼著她臉頰，弄得她皮膚癢癢的，熱呼呼的呼吸就在她耳邊，讓她的耳朵無法控制地熱了起來……她只覺頭昏耳熱，臉紅心跳，損的血比戰鬥機還多，簡直要原地休克。

「妳要發射子彈，要射它。」何允樂全然沒察覺到手足無措的她，神情認真地帶她戰鬥。

「啊？喔喔喔喔，好。」她猛然回神，偷偷抬眼看他近在咫尺的臉，搞不清楚自己聽見的究竟是子彈發射聲還是心跳聲，整個人都被他的氣息籠罩，緊張得不像話，也開心得不像話……

呵呵，她又想傻笑了。

不行不行，這樣太智障了，要是被阿樂發現怎麼辦？太丟臉了！她悄悄吞下一抹笑，把這份幸福感好好藏在心裡。

快樂總是倏忽而過，感覺兩人只玩了一會兒，她要回濟德宮的時間就到了。

「打電動真的很難欸。」一起走回家的路上，謝雅真不甘心地做出結論。
「很快就會了啦，我那時候也學了一陣子。」何允樂手插在口袋裡，說得很輕鬆。
「很久嗎？」
「十年吧。」
「蛤？」她嚇壞。
「騙妳的啦，一下就會了。」哈，怎麼捉弄她這麼好玩？他好笑地看著她總是變化多端的表情。
「怎樣算是一下？」
「跟我去個幾天就會了。」
「是嗎？」她很懷疑地盯著他。
何允樂好笑地摸了摸她的頭。「真的啦！」
「咦？何允樂？」
迎面走來兩個男生，不懷好意地盯著他們，擋住他們的路。
他們身上穿的不是復興高中的制服，制服下襬亂七八糟的，沒有塞進長褲裡，書包也揹得鬆垮垮的，背帶抽鬚，上頭還別著鉚釘，看起來就不是善類。
「怎樣？很會把妹喔！」其中一個男生打量謝雅真，眼神讓人不舒服。
「你們認識喔？」她奇怪地看著這兩個男生，拉了拉何允樂衣角。

「以前同學。」他站到謝雅真身前，將她護在身後。「走開。」

其中一個男生看他這樣，輕蔑地嗤笑出聲。「喔，走開咧？這麼罩？教一下啊！」

「靠，人家以前棒球隊王牌，當然罩，我們這些候補的怎麼跟他比？」

「超秋的啊，以前電我們電很爽嘛！」

兩人一搭一唱，每句話都充滿酸味。

「我們走。」懶得理他們。何允樂拉起謝雅真的手，筆直往前走。

「喂！」這兩個人卻不肯罷休，伸手攔住他們。「現在就要走啊？最近怎樣？你老爸回來沒？」

「白痴喔，大家都知道他老爸早就不要他啦！」

「講什麼東西啊?!」就會拿這件事來取笑他，到底夠了沒?!

砰——何允樂忍無可忍，直接一拳將其中一個男生揍倒在地。

「喂！」另一人衝上來揪住他領口，何允樂腿一踢掀翻他，也順勢被帶倒，兩人立刻扭打成團，剛剛倒地的那一人也爬起來加入戰局。

謝雅真嚇壞，忍不住大喊：「阿樂！」

怎麼辦？勸架也不是，幫忙也不是，找救兵更不對，萬一被學校知道了，一定會被處罰的……

「好了啦，不要再打了！」她想阻止他們，卻找不到辦法，只能眼睜睜看著三個男生扭打進巷子裡。

何允樂像不要命似地揮拳，每一拳都像要置對方於死地。兩個男生節節敗退，沒幾分鐘就被他打得落花流水，嘴上倒是不停叫罵，撿起書包落荒而逃。

「幹林老師咧！」

「下次再找你算帳！」

「你爸早死了啦！」

兩人一下子跑得不見蹤影，留下何允樂氣喘吁吁地跌坐在牆邊，臉頰、嘴角全是傷，襯衫又亂又髒兮兮的，臉色一片陰鬱。

傷口被揭穿，劇痛無比，疼的不是身體，是內心看不見的傷口在汩汩流血。

「阿樂，你的臉……」她指了指他狼狽掛彩的臉，不知該說些什麼才好。

被人家這樣講，他心裡一定很難受吧？這時候，她真的好恨自己嘴笨。

「我沒事啦。」何允樂搖頭。

「你、你等我一下！」雖然想不到能說什麼安慰的話，至少可以幫他搽藥吧？

謝雅真抱起書包衝去最近的藥局，用最快的速度提了一大包簡單的藥品回來。

「忍耐一下喔。」細心地將優碘倒到棉花棒上，她坐到何允樂身旁，小心翼翼地為他上藥。

何允樂什麼也沒說，由著她胡亂搗鼓，想到剛剛那兩個男生講的話，心情糟透了。

「他老爸早就不要他了。」

「你爸早死了！」

這種話，他聽得太多太多……

嘴角突然傳來一陣刺痛，疼得他倒抽一口氣。嘶——

「對不起、對不起……」謝雅真拿著棉花棒，拚命道歉，不停朝他的傷口吹氣。搞什麼鬼？不會安慰人就算了，居然連搽藥也笨手笨腳的？她自厭得好崩潰。

「沒事，妳別忙了。」何允樂猛地轉頭過來抓住她的手，說的卻是全不相干的話。

「連我媽都覺得他死了，只有我不願意承認……自己騙自己……」

他望著遠方，扯出一個笑容，像是在嘲笑自己的傻。可是她覺得他的笑聲聽起來彷彿在哭，心頭一陣揪緊，難受得無以名狀。

沾滿優碘的棉花棒停在半空中，不知何去何從。她想，或許阿樂需要治療的不是臉上的傷口，而是心裡的傷。

只是無藥可搽。

晚霞將天空染得一片豔紅。何允樂拖著沉重的腳步回到家，發現玄關躺著一雙居然在這時間不該出現的高跟鞋。

唉，運氣真不好……

何允樂嘆了口氣，輕輕打開門，母親的聲音便從屋內傳來。

「小樂，你回來啦？」

「嗯。」他反手關上大門，頭低低的，想快步回房間，唯恐母親看見臉上的傷。

「你看我，老人痴呆症，要開會資料還忘記帶。」何母揚了揚手中文件，調侃自己，聽起來很愉快。她一身窄裙、套裝，顯然就是等等還要趕回公司開會的模樣。

「我跟你說，你喔……小樂？」何母還想叮囑什麼，發現兒子已經一反往常地走到房間門口。她一愣，走過去就看見兒子青青紫紫的臉。

「你又打架了？轉學一次還不夠嗎？」何母皺起眉頭，滿臉擔憂。

「是他們亂講老爸的事。」何允樂癟了癟嘴，一臉倔強。

「那也不能因為這樣打架啊。你看你——」何母心疼地摸了摸兒子的臉。「你沒事就跟我去教會啦，你看你多久沒去了……」

又是教會。他聽得耳朵都快長繭了，怎會不明白媽媽有多希望他陪她去教會，不就是藉由宗教信仰得到心靈支持，忘記傷痛嗎？自從爸爸下落不明之後，媽媽總愛叫他一起去。

他不要去，他受夠了！沒有人能要他忘了老爸，想都別想！

「妳想忘了他，但我不想！」他忿忿地咆哮，衝進房裡，砰地將門關上，感覺自己就要被累積許久的怒氣、不甘、委屈吞沒了。

「小樂！」

何母的聲音被擋在門外。

何允樂頹然地坐在床沿，無助地看向床頭櫃上的那幅全家福。照片裡的老爸勾著他的脖子，站在媽媽身旁，笑得那麼開心、那麼燦爛，笑得好像他永遠不會離開他們一樣。

他記得，拍照那一天，老爸和老媽一起來看他的棒球比賽。比賽結束後，他們甚至一起去吃了大餐，一起在河濱公園散了好長好長的步，一起聊了好久好久的天。

明明像是昨天才發生的事情，怎麼一轉眼，已經兩年了呢？

如今，他已經不在當時的學校，不在當時的棒球隊，老爸也已不知去向……

他抱住自己的膝蓋，低下頭，讓自己縮成一團。

他感覺自己被全世界遺棄了。

老爸、Meteorite，你究竟在哪裡？

晚上，絕不放過任何一個八卦的黃巧薇，硬是撐到了謝雅真午夜回到家，開開心心地撥電話給她。

「謝雅真，怎樣怎樣？阿樂是不是真的找妳告白？齁，好浪漫喔，快告訴我！」

她沒好氣。「告白妳個頭啦！」喪心病狂了這傢伙。

不過，她心裡煩得要命，能跟巧薇聊一聊也挺好的。

「欸，我跟妳說……」她在電話裡大致把今天遇到的事說了一遍。

「所以，妳什麼都沒跟阿樂說就回來了?!」黃巧薇在電話那頭高聲怪叫。

謝雅真忍不住把話筒拿遠，被吼得莫名其妙。「啊，對啊，不然咧？」

「謝雅真，妳白痴喔！妳是不會安慰一下阿樂嗎？」黃巧薇真是恨鐵不成鋼。愛情就是從這種大好機會裡滋長的啊啊啊！

「不是啊，我也知道，可是我就不會安慰人。」

她也很無奈，可是她想來想去，就是不知道該說什麼嘛……

「虧妳還是當仙姑的，都沒有安慰信徒的方法嗎？」

「有啊，找我們辦後事打八折。」

她如果有一天講話講到中風，都是被小真氣的！黃巧薇要崩潰了。

「那不然我要怎麼做？我就只看得到鬼啊！」她比好友更崩潰。

「謝雅真，這麼晚不要說鬼好嗎？妳就為阿樂做點什麼，鼓勵一下也好啊！」

「可是我最不會的就是鼓勵人……」她就一個鐵錚錚的安慰苦手啊，現在惡補也來不及了吧？

「啊，我媽發現我還沒睡了，先掛嘍，明天到學校再講。」黃巧薇大難臨頭地按掉通話。

吼喲，還沒幫她想到辦法就先落跑。謝雅真抱著枕頭倒在床上，一個頭兩個大。

安慰信徒？她哪有什麼安慰信徒的方法啊？

安慰信徒從來都是金老師的事，金老師可厲害了，黑的講成白的，死的說成活的，每個信徒都被他安慰得很好。

「要是阿樂的爸爸還活著就好了……」她看著阿樂之前留下的字條，越看越悶，愁眉不展。

她也好想像阿樂提供她溫暖那樣，給他支持與幫助……但是她到底可以做些什麼？怎樣才能安慰阿樂？

啊，她想到了！她有辦法！

她瞬間從床上跳起來，快樂地抓起錢包，衝出家門。

13 努力

控制方向、發射子彈、加速……經過整夜的奮戰，隔日早晨，謝雅真要死不活地趴在課桌上，腰痠背痛、睡眠不足，全身骨頭都快散了。

「幹麼？昨天想他想到失眠喔？」黃巧薇精神抖擻地跳到她面前。

「沒有啦。」她揉著痠痛不已的肩膀，好不容易才睜開一條眼縫。「欸，妳可不可以借我點錢？我昨天把錢都花完了。」

「為什麼？」黃巧薇瞪大眼。一睡醒就借錢，哪招？

「打電動。」她伸出手，做出握搖桿、按按鍵的動作。她可是整晚都在重複相同的動作，通靈少女都不通靈少女了，從今以後，請叫她「戰鬥少女」。

「不是吧？妳真的很誇張欸！」黃巧薇抓著她的手左看右看。她的手腕和虎口上都貼滿了痠痛貼布，太扯了。

黃巧薇還想再碎念她幾句，背後卻突然傳來一陣窸窸窣窣的交談聲，吸引她注意。

「欸，妳去啦。」

「不要啦，我不敢。」
「就問一下啊，有什麼好不敢的，難道謝雅真還會把妳吃掉嗎？」
「那妳陪我去。」
黃巧薇回頭一看，原來是兩個班上的女同學，不知道在她們背後鬼鬼祟祟討論些什麼。舊團部風波早就過了，還沒鬧夠啊？
「喂，幹麼？又想來貼小真符喔！」她挽起袖子走過去，擋在她們與謝雅真中間，一副母雞護小雞的模樣。
「不是啦。」其中一位女同學連忙解釋。「我們只是……只是想問小真一些……」
「一些感情問題啦！」另一個女同學補充。
「妳幹麼講出來啦？」兩個人扭扭捏捏、拉拉扯扯，一副含羞帶怯的模樣，真是讓謝雅真頭痛。
「吼喲，我現在沒空……」天啊，在濟德宮當仙姑還不夠嗎？現在連在學校也有人要找她問事？謝雅真無力地趴在桌上，摀住耳朵。
「好吧……」兩個女同學失望地準備離開。
「等一下！妳們先別走。」黃巧薇眼神滴溜一轉，驀然喊住她們，興沖沖地跑到謝雅真座位旁，湊到她耳邊。
「欸欸，我幫妳想到一個好辦法。」黃巧薇笑得賊兮兮的。

「啥？」她抬頭，望著好友亮晶晶的眼神和不知道在打什麼歪主意的表情，背脊一陣發涼。

「來來來，從這裡開始往後排，照著手上的號碼牌一個個排好。大家先把要問的問題想好，仙姑馬上為你們解答。」

不過才幾節課之後，原本空曠的校舍頂樓硬是被黃巧薇布置出了一番新氣象。幾張廢棄的桌子排得整整齊齊，上頭放了個大大的「隨喜奉獻」箱，投幣孔挖得超大，一副想吃很多錢的樣子。

桌子前擺放著兩張面對面的椅子，一張是給仙姑坐的，另一張是給問事的同學。不遠處則拉了條童軍繩，隔開排隊等待的同學，每個同學手上都拿了張號碼牌。這場面真是井然有序，相當有規模。

黃巧薇說，這叫做「保障信徒的隱私權」，為了確保同學的祕密不要被第三人聽見，她們可是很有格調的。

「你的正緣到了，要勇敢做自己，不要放棄你的學長。」閉眼通靈了好半晌，謝雅真睜開眼睛，對著眼前男同學緩緩說道。

「謝謝仙姑、謝謝仙姑，真是太感謝妳了！那我等一下就去告白！」男同學興奮得意得不得了。

臉紅耳赤了，喜孜孜地站起來，投了百元鈔票在隨喜箱裡，連走帶跳地跑下樓，顯然滿

「好，來，五號——」

「欸，等一下啦。」她拉住黃巧薇。

「幹麼？」黃巧薇一頭霧水地看向她。

「這樣真的好嗎？」雖然賺到電動本有點開心，但不知道為什麼，她又心虛……

「鼓勵一下同學多好啊，放心啦！」黃巧薇拍拍她的肩，轉頭又忙著吆喝。「來來來，五號同學，坐坐坐。」

黃巧薇臉不紅氣不喘地招呼同學坐下。

「同學，我跟妳說，寧可信其有不可信其無，我們這是自由樂捐，都要捐出去的。妳有什麼問題就問我們仙姑，她會盡量幫妳解答，要捐多少，就看妳的心意……」

捐出去？捐到電動遊樂場也算捐嗎？謝雅真突然滴汗，心虛感更重了。

「校園金老師……」她瞪著黃巧薇那巧舌如簧的模樣，毛骨悚然。

雖然隱約覺得這樣似乎有些不妥，但是……只要她努力練習打電動，就能夠破阿樂的通關紀錄，就能夠實現阿樂爸爸的諾言，也能鼓勵阿樂了。

好，不要胡思亂想，就這麼辦。為了阿樂，拚了！

「來來來，這個姻緣百花香水，用過的人都說有效。另外這個手工香皂，妳訂一箱百花香水，我就送妳兩盒！這個齁，是我們廟裡文創商品所有的目錄，妳拿著，如果有需要，就郵政劃撥過來，我們幫妳宅配……慢走慢走。」

連日來，不只黃巧薇十分忙碌，濟德宮裡的金老師與仙姑更是忙得不可開交。

「下班了，我走了。」問事時間一結束，謝雅真匆匆收好東西，揹著書包就要跑出濟德宮。

「啊這囝仔在趕啥？」整個禮拜都這樣，問她在急什麼也不講。啊她茱麗葉不是落選了，演女僕也這麼忙喔？金勝在不解地看著謝雅真的身影衝出門。

「我們哪知道？」阿宏、阿修被問得一頭霧水。金老師都不知道了，更何況他們？

電動遊樂場、電動遊樂場——誰都不能阻止她下班後去打電動！謝雅真急匆匆地往外走，前方突然出現一片黑壓壓的暗影，吞沒了她。

不是吧，這麼晚還有人來喔？居然還這麼多？

她心裡一跳，抬頭，發現來人竟然是上次把她和金老師「請」去殯儀館的那個議員，除了議員之外，議員的助理和光頭隨扈也全都來了。

這麼晚來做什麼？看到他們就覺得超倒楣的。她謹慎地後退了兩步。

「仙姑，不好意思，這麼晚還來打擾。」議員走上前，這次一反上回的嚴肅，臉上居然還隱隱帶著笑容。不過，這笑容反而令謝雅真覺得心底更毛，抓著書包背帶的手不覺地緊了幾分。

「議員大人？」夭壽喔，這時候出現，還帶這麼多人，該不會又是要來討債吧？金勝在內心七上八下，趕緊朝內喊：「阿修、阿宏，快去泡茶切水果。」

「不用麻煩了，我只是來問一件事情。」議員婉拒。

「議員大人，您問，請說請說。」金勝在不明所以，更緊張了。

議員往旁睞了一眼，助理立刻走上前，恭恭敬敬地交給金勝在一個信封袋。「老師，你看這個。」

金勝在將信封袋裡的東西倒出來，和謝雅真同時倒抽了一口氣。

袋內裝的是一個以紅繩綑綁的草人，上頭貼了張黃色符紙，大剌剌地寫著議員的名字——趙金火，下方還壓了張冥紙。

「這……這是有人下符咒。」金勝在不假思索地說。就算一般人不知道這東西的作用是什麼，光是看見也覺得夠觸霉頭的了。

「我們議員是沒在迷信這個啦，但是老師你也知道，選舉就快到了，議員收到這種東西，心裡還是會有疙瘩。想請教老師，不知道這要怎麼化解。」議員助理說明來意。

「要化解這個不難啦，就是要拜三牲四果、斬雞頭，再做一個紙人，燒它化解，這樣就沒事了。」
「這麼晚了，哪來的三牲雞頭啊？」謝雅真看了一眼牆上掛鐘，忍不住吐槽。
沒想到議員助理使了個眼色，連話都沒說，身後的隨扈們就立刻出去了。
這是怎樣？真的要立刻去弄三牲雞頭來喔？謝雅真眨了眨眼睛，和金勝在兩人有點尷尬地互望了一眼，不知道議員現在是什麼打算。
沒想到幾分鐘後，不只三牲四果來了，一隻活跳跳的雞也來了，在濟德宮裡胡亂拍著翅膀，咕咕叫個不停，把整個廟裡搞得雞毛凌空亂飛。
「仙姑，請。」大半夜被抓來的雞被放到供桌前，光頭男將菜刀遞給謝雅真。
啊——為什麼要把菜刀給她啊?!她接過菜刀，手抖個不停。
「來，脖子這邊劃一刀，血就出來了。」金勝在捧著碗，放在雞脖子旁準備。
吼，為什麼她居然要自己殺雞?!她又驚又怕，可是面前那麼多雙眼睛盯著她，不趕快殺完雞，她也別想去打電動了。
好，她鼓起勇氣走上前，慢慢地接近雞……
「咕咕咕——」
知道大難臨頭的雞拍動翅膀，居然直接朝她臉上飛去。
「啊啊啊！」她一邊閃躲，一邊拎著菜刀亂叫，菜刀差點揮到助理和隨扈，幾個大男人連忙往後閃，活雞滿場跑，襯著殿裡的神像與香火，整個畫面荒謬得不得了。

「阿宏、阿修，快去抓雞！雞要跑走了啦！」金勝在很著急。

「吼喲！你們大人真的很殘忍欸，為什麼一定要殺雞啦?!」她忍無可忍，揮著菜刀，受不了地大吼。

「規矩就是這樣子啊，紙人上面要滴那個雞血，幫當事人擋煞啊！」金勝在被她吼得莫名其妙，啊老祖宗傳下來的方法就是這樣啊。

「要滴也要滴當事人的血，關雞什麼事啦！」她不服氣，雞超倒楣，她也很倒楣。

「妳是在黑白講啥?!」當事人不就是議員嗎？光頭隨扈兇她。

「什麼啦！」她兇回去，還揚了揚手裡的菜刀。

「小真妳安靜啦。」金勝在嚇出一身汗。怎麼這囝仔老是天不怕地不怕？

一直默不吭聲看著的議員，忽然面色陰沉地走向她。

「仙姑，妳說得沒錯，要滴也是滴當事人的血。做任何事情，都需要付出代價。」議員神情凜然地說完，接過她手中的刀，迅雷不及掩耳地劃破自己手指。

鮮紅色的血珠不斷從指尖沖湧而出，議員連眉毛都沒動一下，彷彿感受不到痛，一邊從容不迫地將血蘸在紙人上。然後，嘴邊竟揚起幾分笑意。

「還有什麼要我做的嗎？」議員問。

金勝在連忙搖頭。「沒有、沒有。」

「仙姑？」議員轉而問她。

她跟著搖頭，看著他沾血的手指，被那股氣勢震懾了，一句話也說不出來。

雖然議員這麼有魄力，三兩下解決了這件事很好，但是，不知道為什麼，她總覺得這個人讓她很害怕……

她說不出來，能毫不猶豫地弄傷自己，是極有決心，還是不擇手段——

好不容易，送走了濟德宮裡的雞與議員之後，她拎著書包，風風火火地跑到了電動遊樂場。

現在管它什麼雞和議員呢，打電動最大！

書包一放，她坐好，投了幣，甩了甩手臂。

好，來了，Fighting！

她操縱搖桿，猛壓按鍵，閃避敵機，精準發射——

轟、砰、答答答！

熟練地來到最後一個關卡，每個細節都配合得恰到好處——

砰！Game Over，她的戰鬥機一秒鐘被 Boss 華麗解決。

「唉，怎麼這麼難啊？」明明就已經躲得很快了啊！她拚命甩手，手腕超痛，虎口磨出繭的地方更是疼得不像話。

「再來。」這次一定要成功！她拿出一枚十元硬幣，雙手合十朝天祈求。「觀世音菩薩、媽祖娘娘、關老爺，拜託祢們幫幫我！」

她雙手結印，投幣，拚了！

戰鬥機就位，重新起飛——

Yes！這次飛得很順，跟剛剛完全不一樣！她眼睛一亮，沿途過關斬將，堪稱是這週以來打最好的一次。

「有救了有救了！知道我的厲害了吧！」請神果然有用啊！她勢如破竹，直搗黃龍，轉眼就來到Boss面前，所向披靡刷掉Boss半條血。

「快快快，太好了，過關了過關了！」紅血了紅血了！

她已經準備好迎接勝利的歡呼，沒想到唰一聲，機台螢幕霎時暗了，等著她的是崩潰的吶喊。

「欸？欸！不是吧?!」她拚命搖動搖桿，拍打螢幕，死命按壓每一個能按的按鍵，可是機台文風未動。

「吼喲，打電動到底要請哪個神啦？啊，九天玄女！對啦！謝雅真，妳是白痴喔，有戰神不請戰神……」剛剛怎麼就沒想到？她懊惱地用頭撞控制面板，一連撞了好幾下，想死的心都有了。難得這次玩得這麼好……

「小妹妹，妳怎麼了？」

她實在撞頭撞得太引人注目，遊樂場老闆走到她身旁，很害怕地看著她。

「我的紀錄全都沒了啦……」她抬起頭來，額頭上全是按鍵形狀的紅印，一個個圓圓的，遊樂場老闆差點放聲大笑。

「紀錄？這還不簡單。」老闆拍了拍胸脯，笑得得意。

「啊？」她不懂。

「看妳最近天天來，很想破關喔？」

「嗯。」可是，她真的太笨了……她沮喪地點點頭。

「妳想要幾分妳說。」老闆蹲下來，將鑰匙插進機台。

「宇宙傳說ＬＹＳ」的畫面重新亮起，老闆移動游標，三兩下進了排行榜畫面。

不是吧？謝雅真吃驚地看著老闆熟練地修改排行榜上的得分與名次。

「所以……你可以這樣直接調喔？」這……冠冕堂皇的作弊啊！她顫抖著手指指向老闆，下巴簡直掉到地板。

「廢話，我老闆欸！」老闆哈哈大笑。

什麼嘛！早知道可以這樣，要她在面板上撞得頭破血流也可以啊。

她跟著老闆一起哈哈笑，覺得很荒謬的同時，更覺得鬆了一口氣。

第一名　Meteorite
第二名　Ah Le

太好了！今晚，她終於圓滿達成了任務。

排行榜上的 Meteorite 不停閃動。
何允樂不可置信地盯著螢幕，震驚不已，揉了揉眼睛，重新看了好幾次。
第一名是 Meteorite……沒有看錯，沒有拼錯。
老爸回來了？是他回來了吧！絕對是、肯定是！
他猛然抬起頭左右張望，幾乎以為老爸會從某個角落衝出來，大喊「Surprise」，然後給他一個大大的擁抱。
他忍不住拎著背包站起來。

邀舞、起身、搭肩、旋轉……優美的古典樂曲婉轉迴盪，話劇社正在舊團部裡如火如茶地排練。

「一、二、三，手拉長，退開，轉圈——」張念文雙手打拍子，指導大家跳舞。「對，很好，就是這樣。這場舞會的戲很重要，大家都要把舞步記好。一、二、三，再來一遍。」

三宅牽著舞伴努力踩著舞步，一道十萬火急的身影陡然衝進來，直直奔到端著餐盤的女僕A面前。

「小真、小真！回來了，我爸回來破我遊戲機紀錄了！」何允樂跑得上氣不接下氣，急著想和她分享這個好消息。他笑容燦爛，樂不可支，興奮地敲了她手上的餐盤好幾下，弄得乒乓作響。

「太好了！」她裝作什麼也不知道，看他這麼開心，她也好高興。

「而且我跟妳講，那傢伙超愛耍帥的，留下遊戲紀錄後就不見了，現在也不知道跑去哪。」一定是想故意製造神祕感，老爸果然還是這麼幼稚！他越說越亢奮。

「可能又去哪裡冒險了吧……」她笑得有點心虛。

「對，冒險！妳說得太對了！」何允樂伸出手和她擊掌，開心得又叫又跳，原地轉了兩圈。可這樣還不夠，他興奮得想分享給全世界知道。

他左右張望，衝到角落，將自己的手機接到正播放音樂的音箱上，硬生生地將華爾滋樂曲換成搖滾樂。

咚、咚、咚——節奏強烈的重低音響起。

「各位觀眾！Party Time！」他跳到舞池中間，高聲大喊。本來還在跳華爾滋的社員都嚇了一跳，瞪大眼看著他。

「他……他吃錯藥了？那麼開心幹麼？」鳥哥嘴角抽動，簡直像看到神經病。

「沒關係啦，這樣比較好玩啊。」小龜哈哈笑。

「對啊，反正我也不想跳華爾滋。」胖達說出了埋藏許久的心聲。

「哈哈，我也是！」眾人心有靈犀地附和。

「你們又在鬧了！」都已經變成搞笑版了，現在居然連華爾滋也不放過！張念文再度崩潰。

「這部戲死太多人了啦，舞會就是要開心對不對？」何允樂一邊說，一邊踩起輕快的舞步。

「對！」三宅附議，瘋瘋癲癲地跟著何允樂一起跳著滑稽好笑的舞。

大家瞬間笑鬧了起來，張念文想制止也沒辦法，舊團部的屋頂簡直被掀飛。

一片歡欣中，黃巧薇偷偷湊過去謝雅真旁邊，戳了戳她手臂。「欸。」

「幹麼？」

「我剛剛都看見了，你們兩個搞曖昧喔。」整個社團的人都在這裡，他們兩人還說什麼悄悄話啊，以為別人都瞎了嗎？

「哪有？」她推開黃巧薇，卻忍不住跟著笑。

「喔，妳不好意思捏，噁心！」黃巧薇注意到她微微泛紅的臉頰，笑得更曖昧了。

兩人談話間，在舞池中央玩鬧的何允樂恰好轉了大大一圈，就這麼轉到她面前。

一發現她，他便咧開笑容，彎下身，朝她做了個邀舞的動作，整張臉彷彿瞬間亮了起來。

呃？這是怎樣？是要找她跳舞嗎？怎麼辦？心跳得好快……

她僵住，一時間不知道該怎麼回應。黃巧薇翻了個白眼，一把將她推向何允樂。

啊啊啊——她毫無防備，重心不穩，整個人往前摔。何允樂歡樂地接住她，拉著她的手旋轉、放開又拉近，真和她跳起舞來。

謝雅真驚慌失措、手腳僵硬，不知該怎麼做才好，只能跟著他的動作。她完全不會跳舞，也不習慣在眾人面前表現自己，但阿樂看起來好快樂，笑得眼睛都瞇瞇的，好像渾不在意自己跳得是好是壞，就是全然地放鬆、享受……她看了看他的眼，想試著跟他一起快樂。

何允樂現在分不清楚，是熱舞讓自己的心跳得這麼快，還是眼前的女孩？雖然，和她有過好幾次的近距離接觸，可是他直到此刻才發現，原來她不只個子小，臉很小，手也小小的。而且，她的手好嫩好柔軟……原來，這就是女孩子的手……

突然間，掌心傳來一陣奇怪的觸感。他停下舞步，疑惑地舉高她的手，反覆查看，她的左手虎口上，居然有著和他、他老爸一樣的繭……

慘了，糟糕了！謝雅真趕緊把手藏到身後，充滿大難臨頭的預感。

阿樂他……他該不會發現了吧？

「妳的手……」

那是時常握搖桿才會摩擦而生出的繭，而且只有像宇宙傳說那種大型機台電玩才有可能，平常家裡的電玩主機都不可能弄出這種繭。

她明明說她因為當仙姑很忙，沒時間打電動……怎麼會？

何允樂愣愣地看著她，腦中有個可怕的念頭逐漸成形。

「妳……是妳……不是我爸，對不對？」他的聲音微微發顫。

若不是她，老爸怎會留下個紀錄之後便毫無消息，就連媽媽都不知道老爸回國了？

若不是她，又怎會在短短時間內讓手上磨出硬繭？

阿樂，你聽我說，我可以解釋……她怔怔地望著阿樂，可是聲音全卡在喉嚨，一句話也說不出來。

其實，何必問？她的表情已經說明一切。而且如果不是她，她何必將手藏到背後？

何允樂感覺胸口迅速冷了下來，好像被人當頭潑了盆冰水。她一向藏不住情緒，如今清楚寫在臉上的慌亂與愧疚令他難堪至極，更顯得剛才輕易相信的他真像個笨蛋……

虧他還想在第一時間和她分享，明明今天沒有羅密歐的戲，他就直接衝來舊團部找她，滿腦子都想著要趕快告訴她這個振奮人心的好消息。

她是抱著什麼樣的心情看著他？是不是覺得他很傻，這麼容易就騙過去了？剛剛的他有多高興，此時就有多可笑……算了，他的心情不重要，重要的是他爸爸，那是他老爸啊！她怎麼可以製造一個美好的假象來欺騙他？她真的以為他是白痴，真的以為這樣他就會開心?!

「……妳怎麼可以拿別人的生死開玩笑？」他忿忿不平地看著她，眼底全是怒意，腦子亂哄哄的，沒辦法冷靜，沒辦法和她待在同一個空間裡，就連多看她一眼都是難堪的折磨。

他掉頭衝出舊團部。

「怎麼了？還沒跳完耶。」三宅面面相覷，一頭霧水。

謝雅真呆若木雞地站在原地，不知如何是好，手心、後背，全是冷汗。

怎麼辦？

她傷了阿樂，她把一切全搞砸了——

14 謊言

「紫水晶帶財，放辦公室西北角正確，不過內部挖了一個大洞，代表寶庫空虛……議員你放心，這個交給我，我會幫你找個磁場更好的，讓你寶庫圓滿。」

週末假期，金勝在手裡拿著羅盤，在趙金火的競選總部辦公室內逐步走動，一一確認每個方位的擺設。

謝雅真一身仙姑打扮，被金勝在抓來出任務，陪在競選總部裡罰站。

「仙人掌帶刺……議員，仙人掌帶刺就不應該放窗邊，這會幫你引起很多口角爭執，把它放旁邊去，不然對官運不利……」

「議員，時間差不多了。夫人還在醫院等您。」助理湊過來，做了個抱歉的手勢中斷金勝在的話，低聲提醒議員。

「老師和仙姑在幫我看風水，你幫我跟夫人說一聲，我忙完馬上過去。」議員頷首。「老師，請繼續。」

「好、好，那我講快一點。另外，這個屏風……」

謝雅真有一搭沒一搭地聽著金老師說話，心思飄得老遠，輾轉想著要怎麼向何允樂解釋，無精打采。

正覺得有點無聊，驀然間一縷不乾淨的氣息閃過，髒惡得令她皺了眉頭。好像感覺到什麼……

是什麼東西？小小的、黑暗的、尖銳的、凝滯的、充滿惡意的……

她皺著眉頭閉上眼。

不一會，她睜開眼，視線逐次掃過辦公室的擺設，走到角落的一盆盆栽前，翻動土壤，稍加撩撥，取出了一捆以符紙包覆著的鐵釘。

「小真？」金勝在注意到她的動作，連忙走過來，取走她手中的東西，大驚失色，眉頭皺得緊緊的。

他趕快把這捆東西拿給議員看。「議員。」

「在開運竹這裡拿的？」議員看向謝雅真。

她點點頭。

「議員，這個很嚴重。這是七釘煞，比上次那個草人還厲害，會招來厄運，馬上就會出代誌。」

「可惡！對方居然耍賤招！」議員聽完，怒擊拍桌，咬牙切齒，恨不得將對方生吞活剝。

「仙姑，有沒有什麼辦法，可以讓我狠狠地反擊？讓他從今以後都站不起來，一敗塗地！」

「我只會通靈，哪有什麼辦法？」

「沒有啦，她知道、她知道，我跟她講一下。」夭壽囝仔，金勝在差點又被她嚇死，趕緊把她拖到旁邊，用氣音急匆匆地喊：「妳在說什麼啦?!」

「害人的事情我不做，而且是他自己說不迷信的。」她理直氣壯，半點不讓。狠狠反擊是怎樣？當仙姑怎麼可以害人？

「沒有要害人啦！我跟妳講，政治人物都迷信，權力越大越迷信，怎麼可能不迷信？」他真是頭痛，望著少女倔強的模樣，突然有了靈感，伸手把她胸前的念珠項鍊拿下來。「這個借我一下。」

「啊？」還搞不清楚金老師要做什麼，她的念珠已經被獻寶似地進貢給議員了。

「議員，來，這是仙姑貼身戴的念珠項鍊，有七位高僧加持過，可以幫你擋煞護體，元神光采。」金勝在畢恭畢敬地將念珠放在掌心裡，雙手捧給議員。

「有這麼神奇？」議員挑眉，半信半疑。

「非常時期用非常手段。議員，我跟你講，這個念珠你戴著跑行程，然後咧，我們宮裡面會幫你誦經祈福保平安，雙管齊下，包準你步步高陞，平安順利！」

「議員，寧可信其有，不可信其無，就請金老師跟仙姑幫忙我們吧。」助理幫腔。

「既然這樣……要麻煩仙姑，這次一定要鼎力相助。」議員神色堅決地望向她。

搞什麼啊？所謂的騎虎難下八成就是這樣吧？

她只能勉為其難地點頭，內心的白眼簡直要翻過太平洋。

「吼喲，你又騙人！」

和金老師一同離開議員辦公室之後，謝雅真一坐進計程車裡就發難。

什麼七位高僧加持過，真是什麼亂七八糟的都能瞎扯！

「我跟妳講，這個世界上不是只有通靈就能夠解決所有的事情。」金勝在老神在在，掏了掏耳朵，沒放在心上。

「你每次都這一套！」她就是很不喜歡金老師這樣騙人，每件事都講得天花亂墜，把信徒唬得一愣一愣的。

「這叫善意的謊言，知道嗎？妳講他想要聽的話，讓他安心。人若心安，事情自然就順了。吸引力法則，有沒有聽過啊？」

善意的謊言？她一愣，這個詞簡直是撒在自己傷口上的鹽一樣。

是啊，她當初就是這樣想的，才不顧一切地想破了阿樂的通關紀錄，把自己的手磨出繭來，甚至還花光所有的零用錢。

可是，看看她最後把事情搞成什麼樣子？事實證明，善意的謊言根本就行不通啊……姑且不論她當下就被阿樂揭穿，長遠來看，無論阿樂爸爸是生是死，紙終有包不住火的一天。她瞞得了一時，能瞞得過一世嗎？

而且謊言究竟要怎麼說、怎麼塑造才能算是善意？善意的謊言難道就不算謊言，不該被追究嗎……

「那如果善意的謊言被拆穿了怎麼辦？」她忍不住問。

「就道歉啊，不然咧？」金勝在聳了聳肩，旋即又得意地笑了起來。「我跟妳講，那是說謊的技術不好才會被抓包，呵呵。」

說謊的技術不好……是嗎？

她眼神空洞地看向窗外，摩挲著虎口上的繭，悶悶地嘆了一口氣。

道歉了之後……阿樂就會原諒她嗎？

「阿樂，對不起。知道你很在意爸爸的事，以為這樣可以鼓勵你，讓你振作起來，我真的太糟糕了……

其實，我是想跟你說，不管你爸爸現在在哪個地方，一定都希望看到你開朗的樣子，我也是。希望你不要再生氣了，真的真的很對不起。」

信箱裡的語音留言聽起來有點失真，和她平時說話的聲音不太像……
他按掉手機，沒去數這是她的第幾通留言了。
其實，他也不是不知道。甚至，他能想像她是如何在少得可憐的空檔中勤練電玩，如何快速將自己的手折磨得生繭，畢竟他比誰都清楚她有多不會打電動。
只是……
他將手機放回口袋裡，腳步煩躁，顯得有些心煩意亂。
「我回來了。」他推開家門，才走進玄關，便聽見低低的嗚咽抽泣聲。
媽媽坐在餐桌前，臉埋在掌心裡，雙肩不停顫抖，嚇了他好大一跳。
「媽？妳怎麼了？」他趕緊衝過去身，神色慌張，唯恐媽媽有個什麼閃失。
何母抹掉頰畔的淚，將攤放在桌上的幾張信紙遞給他。
「小樂，你爸寫信回來了。」
老爸？真的？他瞪大眼，不可思議，腦中警鈴大響，小心翼翼地接過信紙。
該不是又有人要開他玩笑吧？
給我最帥氣的兒子：
失聯已久，現在很平安。
我們醫療團被挾持了近一年，但請你放心，我毫髮無傷，只是去支援當地的工作，唯一難過的是無法和外界聯絡，現在終於被轉移到安全的區域。離戰爭太近，身邊隨時有人倒下，根本沒有時間害怕。如果死後真有亡靈，一定會後悔活著時，沒有好好珍惜所愛。

我承認，我從來不是個好爸爸，也曾經傷過你媽的心……

但是，小子，我要回家了。

我有收集到新的石頭，等著回來送你。

你一定還在等我破紀錄吧？

老爸 Meteorite

是老爸的字跡沒錯，也是老爸平時說話的口氣……

他反覆讀著信上的內容，伸出手指撫摸著上頭的字，不知該怎麼形容內心的起伏，只覺得身體裡的每個細胞都膨脹得快要爆炸了。

何母將隨信附來的照片也塞給他，他定睛一望，是老爸抱著受難女童的照片。

那個地方看起來環境很糟，塵沙漫天，女童的身形也十分瘦弱，和老爸兩人的衣服都是又破又舊。可是，洋溢在他們臉上的笑容卻是那麼貨真價實、無與倫比，那麼燦爛，那麼……令人感到生命可貴。

可惡、可惡……老爸你怎麼還是這麼帥！

「那也要你贏得了我啊……」

笨蛋老爸，你還活著真是太好了！何允樂鼻子一酸，眼眶一熱，連忙抬手用袖子胡亂抹了幾下。

「傻兒子，哭什麼哭？這下你開心了嗎？」何母一邊調侃他，一邊又情不自禁過來摟他。想到一家人終於能夠團圓，兩年多來的等待全都值得了，眼淚便越掉越兇。

「我才沒有哭咧！」他捧著爸爸的信，和媽媽抱在一起又哭又笑。

開心之餘，腦海中倏然浮現了一張無辜的、楚楚可憐的臉。

阿樂，其實，我是想跟你說，不管你爸爸現在在哪個地方，一定都希望看到你開朗的樣子，我也是。希望你不要再生氣了，真的真的很對不起。

他要去找小真！

他要和那個比誰都關心他的女孩，那個被他指責的女孩，那個拚命跟他道歉的女孩，分享這個天大的好消息。

然後告訴她，其實，她留言裡說的他都明白，只是一時間沒辦法接受；他真的沒有怪她，很珍惜她為他所做的一切。

也，很珍惜她。

供桌上沒有供品，香爐裡沒有香腳，花瓶裡也沒有鮮花……

打烊時的濟德宮少了平日往來的人潮，顯得有些蕭索寂寥。

「仙姑，妳今天不趕時間喔？」已經很久沒在打烊時看見仙姑了。正在大掃除的阿宏擦拭好供桌，疑惑地問著坐在大殿上的謝雅真。

手機裡，也沒有未讀的訊息……

她搖搖頭，失魂落魄的。不必再去電動遊樂場之後，一時間竟覺無處可去。

她悶悶地玩著書包肩帶，無神地盯著地板發呆。

電視機裡傳出的聲音吸引了阿修的注意力，拎著掃把從門口跑進來。

「新北市第三區議員選情出現重大的逆轉，原本勝券在握的無黨籍候選人吳偉格最近遭週刊踢爆，與女助理發生不倫戀情，被女助理的丈夫控告妨害家庭，民調重跌十個百分點……」

「老師、老師，你看新聞！」阿修興沖沖地跑去喊金勝在。

「有什麼好看的啦？啊不就新聞？」正在苦讀ＥＭＢＡ參考書的金勝在意興闌珊，

勉為其難地拿下老花眼鏡，看向新聞，眼神瞬間一亮。

謝雅真也悄悄瞥來一眼。

「由於對手重挫，原本選情低迷的候選人趙金火，民調則是逆轉爬升，甚至小幅領先。他於稍早召開記者會……」

「齁！聖母保庇，顯靈了、顯靈了啦！哈哈哈！」金勝在樂壞了。

「很準欸，我們仙姑真正有厲害！」阿修附和。金老師說仙姑有給議員一條念珠項鍊，一定是那條項鍊發威了啦！

欸，根本不關她的事，阿修嚷得這麼大聲，她越聽越心虛，也越心煩意亂。

她抱起書包準備回家，經過電視機前，畫面上正是趙金火的記者會。

「對於我的競爭對手吳先生這次做出這麼離譜的事情，我個人深表遺憾。」

「其實，吳先生是個非常有實力的候選人，只可惜他忘了一件事情，就是——人在做，天在看。我們政治人物不管做任何事情，都要記得一定要對得起天地良心。」

「欸，小真、小真。」看她走過來，金勝在喜孜孜地朝她招手，滿臉得意。「妳看，我有沒有跟妳說，人若心安，事情自然就會順。吸引力法則，有沒有？」

「我只堅持，做對的事情。」

趙金火指著自己競選總部上的標語，高聲宣示。他西裝筆挺，容光煥發地出現在鏡頭前，侃侃而談，說得鏗鏘有力，記者會席上響起如雷掌聲，好像也在幫金老師鼓掌。

什麼鬼？太不可理喻了，那個在電視上說要對得起天地良心的人，前幾天還嚷嚷要打倒別人，一副想將對方碎屍萬段的模樣；口口聲聲說什麼吸引力法則，張口就是胡說八道的金老師，居然還真的騙出了好結果？

「我要回家了。」她臉色鐵青，快步跑出濟德宮。

眼前這一切令人厭煩透頂，又荒謬得要命。

「仙姑慢走。」阿修愣愣地看著她跑走。仙姑剛剛不是還跟阿宏說不趕時間嗎？怎麼現在又趕起來了？

「她今天是怎樣？整天無精打采，脾氣又大。」金勝在同樣一頭霧水。

「我哪知道，會不會是那個來了？」

「不要黑白講啦，我們是文明人，不要性別歧視，快去掃地啦！」金勝在拿著參考書把阿修揍回去打掃。

這下成了！想起剛剛的新聞畫面，他越想越樂，今晚作夢也會笑。

皎潔的月亮掛在遠方的山頭上，月光透過樹葉的縫隙灑落，將整條街道映照得斑駁破碎，銀光點點。

謝雅真孤伶伶地走在路上。總覺得，今天的涵洞走起來比平時更長。

清風徐來，夏天的夜寧靜如水。上次，阿樂還揹著她回家，對她的關心溢於言表；如今，她是形單影隻，孤身一人，而且可能再也無法得到阿樂的原諒。

心裡空蕩蕩的，好難受。

嗡——口袋中的手機驀地震動，她拿起一看，心忽然怦怦跳。竟然是阿樂！

手機險些拿不穩。

明明一直在等待阿樂的回應，真的等到了，卻害怕得不知所措。既想趕緊和阿樂把話解釋清楚，又擔心他是要打電話來罵她……

她手上還拿著電話不知該如何是好，抬起頭，就見涵洞另一頭站著一個熟悉的高大身影。

……阿樂？

怎麼會？是湊巧，還是專程來等她的？有可能嗎？等等，該不會阿樂其實是來罵她的吧？

她愣愣地拿著手機，腳步凝滯，一時間居然不知該不該向前……

嘟——

手機再度轉入語音信箱，遲遲無人接聽。

怎麼會這樣？她是提早回家，已經睡了嗎？還是……也生他的氣了，不想理他？要再撥一次電話？還是明天到學校再去找她？這幾天，他都沒有回覆她的留言及來電，她是不是就像這樣的煎熬？

何允樂按掉通話鍵，腦子裡胡亂轉過許多念頭，總覺得忐忑，又對她歉疚，很想立即找到她，好好當面把話說清楚。

再打一次電話好了，最後一次。

他拿起手機，正要再撥，頭一偏，突然發現涵洞那頭有個心心念念的嬌小人影，同時也拿著電話，怔怔地望著這裡。

小真？他眼神一亮，大跨步朝她走去。

啊，怎麼辦？看阿樂這個衝過來的氣勢，八成是要來揍她的吧？

謝雅真第一個念頭居然是逃跑，可看著何允樂的身影逐漸逼近，想也知道自己跑不掉，她索性豁出去，乾脆閉起眼睛。

來吧，最多是揍幾拳而已，她應該挺得住。

「小真，妳看這個。」沒想到何允樂的腳步停在她面前，預期的拳頭沒有落下，反而在她手裡塞了幾張疊得工整的信紙。

「這？」她一頭霧水地睜開眼，傻傻地看著手裡的東西。

「我爸寄來的信，打開看。」他說話的時候，整張臉彷彿都在發亮。

信？她瞪大眼，真的聽話把信紙打開，一字一字地讀，越讀眼睛瞪得越大，不敢相信這封信來得居然這麼巧。

「太好了，你爸沒事！」她又驚又喜，為他高興。真的真的太好了！無論阿樂有沒有打算原諒她，這都是一個好消息，讓她鬆了好大一口氣。

「只要碰上和我爸有關的事，我就會變得特別敏感。其實，妳在留言裡說的那些我都知道，我也不是真的生妳的氣，只是……我一時間打擊太大，不知道該怎麼面對妳……小真，對不起。」他很內疚，覺得自己上次實在對她太兇了，那樣衝她發脾氣。

「不是，我才要跟你說對不起，我不應該拿別人的生死開玩笑……你說得沒錯。更何況，我還是個仙姑……」她拚命搖頭，越說越小聲，頭低低的，不敢看他。

「對喔，妳是仙姑欸。」他故作生氣地搥了她手臂一下。

她嚇了一跳，抬起頭，對上他笑意盈盈的眼，亮燦燦的，驚覺他是在尋她開心，終於放下心來，這幾天的不安、內疚一掃而空，情不自禁跟著他笑。

何允樂忽然彎身直視她，一張俊秀陽光的臉和她的靠得很近。

「我知道妳是想鼓勵我，而且妳看，現在我們有一樣的繭了。」他張開虎口給她看，見她傻愣愣的，又笑著戳了戳她的額頭。

「還好我們把誤會都解開了。就像我爸說的，人如果死後有亡靈，一定會後悔活著的時候沒有好好珍惜身邊的人，對吧，仙姑？」

幸好，爸爸及時提醒了他這件事，不然，有朝一日，他一定會後悔當時那樣對她，也會後悔辜負她的心意。

「嗯……」謝雅真摸著被阿樂戳了一下的額頭，想起濟德宮內的信徒，想起Alice，想起小凱，也想起黃教官，想起邱老師……

「大部分活著的人，都過著自己不喜歡的生活，等到死了之後才來後悔。但是，生命卻很短暫。」總覺得因為當了仙姑，更能看到人生百態，也更覺得生命短暫。

阿樂爸爸說的沒錯，真的很有道理，她認同地附和。

「那……我們都應該更珍惜身邊的人。」他盯著她若有所思的臉，走到她面前，忽然低下頭，直視她的眼。

這個個子小小的女孩，眼睛圓滾滾的，像小狗一樣單純，不太會說話，遇到什麼事情都往心裡放。可是，卻會為了他努力學著打電動，把一雙好好的手磨出繭來，甚至被他遷怒也半句不吭，滿心只想著向他道歉。

光是這樣注視著她，就覺得內心被某種柔軟的情緒填滿，非常感激，也非常慶幸。謝謝爸爸還活著，也謝謝她的陪伴，謝謝她那些應該被人珍而重之的心意……

他想好好珍惜她，很想很想。

總覺得，很想做點什麼，很想再靠近她一點……

何允樂情不自禁伸出手，撐住她身側的牆，緩緩俯身下來，無法克制地靠近她，情難自已地碰了一下她的唇，耳邊全是自己的心跳聲。

她的嘴唇很軟，有些涼涼的，而她的呼吸近在耳邊……

謝雅真愣愣地望他。發生了什麼事？為什麼阿樂的臉突然變得這麼大？嘴唇上的觸感又是怎麼回事？

她眨了眨眼，腦子一片空白，整個人好像被閃電擊中，完全無法思考，心跳快得幾乎要休克。

「嚇！」她慢了好幾拍才終於反應過來，一把將信塞到他手裡，轉身就跑。

不能讓他看見自己現在的表情，她看起來一定很蠢！

她一路沒命似地狂奔，腦子一邊不停地嗡嗡響，無數種思緒像鬼打牆一般不斷重複浮現又消失。

阿樂為什麼要親她這是什麼意思是因為爸爸活著太開心還是心血來潮為什麼明明在說要珍惜身邊的人最後卻演變成親她阿樂到底在想什麼他是不是也喜歡她還是她自己想太多了？

大家到廟裡總是求神問卜，想知道自己的命運會怎樣。

可是，其實，就算她會通靈，也不見得能知道未來會發生什麼事，更不知道為什麼會發生這些事……

吼喲，誰來告訴她現在到底是什麼情形啦?!

15 預感

叩叩！桌面被輕敲了兩下，謝雅真腦海裡一陣天崩地裂、地動山搖。

她猛然回神，正好對上監考老師怒目瞪著她的眼睛，只好趕緊提起筆，假裝在一片空白的試卷上努力寫著什麼。等到監考老師走了，她又神思不屬地放下筆，望著窗外茫然發呆。

黃巧薇將她的魂不守舍看在眼裡，越想越生氣，一下課便衝過來，拉起她的手直奔走廊。

「妳幹麼啊，要去哪啦？」她被黃巧薇扯得莫名其妙。

「去找他啊！」黃巧薇忿忿不平，頭上的鈴鐺髮夾也搖晃得很憤慨。

「找他？找他做什麼啦？」她嚇了一跳，當然明白黃巧薇說的「他」是誰。

「妳為了他，手都長繭了，為什麼不解釋清楚呢？」

真是會被她氣死。什麼事都悶在心裡，被誤會也不講。再怎麼說，她的出發點都是善良的，阿樂不至於連這點都不懂吧？

謝雅真費了好大勁才拉住她。「哎喲，不用啦。」

「為什麼不用？如果妳不敢找，我自己去找。」黃巧薇拍掉好友的手，自顧自地往前走。

「啊！好啦好啦好啦……」她著急地抓住黃巧薇，內心百轉千迴，一句話說得吞吞吐吐的，糾結老半天才下定決心。「我、我……我跟妳說一件事……」

「靠！」幾分鐘後，黃巧薇在頂樓爆出尖叫。

「小聲一點啦！」謝雅真摀住她的嘴巴，耳膜差點破掉。

「欸，妳都偷偷來喔，妳怎麼現在才告訴我？」黃巧薇咬她的手，不管她喊痛。

「哪有？事情就發生得很突然，我都不知道要怎麼面對阿樂，要怎麼跟妳說啦？對了，先說好喔，今天話劇社我不去排練，就說我宮廟有事。」

「吼，妳這樣阿樂就被念文學姊搶走了啦。」什麼有事？現在可是一個乘勝追擊的大好時刻耶，黃巧薇真是恨鐵不成鋼。

不過，話又說回來……她突然賊兮兮地笑開，用手肘推了推她。「欸，說一下，初吻的感覺怎麼樣？」

「什麼怎麼樣？沒有感覺啦！」這不正經的傢伙就會問這些有的沒的，所以她才不想讓黃巧薇知道！

謝雅真耳朵一路紅到脖子，扭頭過去不理她。

「怎麼可能沒感覺啊？謝雅真，嘴巴被親怎麼可能沒感覺？」

「不是啊……旁邊就很多鬼在看。」事實真的是這樣啊，先不提她腦子一片空白，哪來得及感覺什麼，觀眾太多也很令人分心。

「妳有事嗎?!妳可不可以好好談戀愛啊？」黃巧薇又爆炸了。什麼鬼不鬼的？多煞風景。

「我就不知道談戀愛是怎樣嘛！不知道現在到底是什麼情形，也不知道我們這樣到底算什麼……」

怎麼會突然這樣說親就親？她甚至連阿樂喜不喜歡自己都不知道。

這幾天自己想破頭也沒用，心裡亂糟糟的，充滿很多疑惑與不確定……她越說越小聲，不知道該怎麼表達才好。

「算什麼？算男女朋友啦！妳跟阿樂兩個是男、女、朋、友。要講這麼明白嗎？」黃巧薇越說越激動，比手畫腳的，還重音強調。

她看著黃巧薇的篤定，卻更加不篤定了，總覺得要說這就是戀愛，好像少了些什麼，十分心慌，也十分害怕。

「我真的……可以有男朋友嗎？」她小小聲問，像是從來沒收過禮物的小孩，第一次看到禮物時的心情一樣，納悶這個東西是什麼，納悶為什麼會有這個，更納悶自己真的可以擁有嗎？每個問題好像不是問題，又好像全是問題。

「搞不懂欸，妳到底是不相信阿樂，還是不相信妳自己啊？」黃巧薇真是不明白她怎麼會問出這種傻問題。

不相信什麼呢？她怎麼知道？

謝雅真悶悶地在圍欄旁趴下，將自己的臉埋進手臂裡，只露出一雙圓滾滾卻茫然的眼睛。

從小帶天命的仙姑，真的可以當個普通女生，擁有男朋友嗎？

校園一隅，何允樂拿著一瓶小巧漂亮的手作餅乾，反覆把玩。

手作餅乾優雅地裝在透明玻璃瓶裡，瓶口還綁了個秀美雅致的蝴蝶結，足見送禮之人的用心。

「那你呢？」張念文坐在他身旁，眼神燦亮地望著他，兩頰紅撲撲的，難掩羞赧。

她好不容易才鼓起勇氣，選在今天向何允樂表明心意。為了今天，她甚至還特地起了個大早護髮、敷臉，就連手足嘴唇全都徹底保養了。

「可是，我有喜歡的人。」何允樂拿著餅乾，深呼吸了一口氣，總覺得有點尷尬，又不得不說明清楚。

「……該不會是謝雅真吧？」張念文雙肩一垮，感覺自己像一顆充飽的氣球被戳穿了一個洞。

阿樂與小真之間的互動隱約有種曖昧氛圍，她不是沒感受到，只是不願意相信，更不能接受。

謝雅真？那種又土又俗的小透明？她根本毫無落敗的理由。

「嗯……是。不過，我好像被拒絕了。」一提到小真，他就有點快樂，又有點失落……為什麼，她那天要落荒而逃呢？是因為討厭他嗎？何允樂不自覺地流露出煩惱的神情。

張念文不甘心地問：「你到底喜歡她什麼？」

喜歡小真什麼地方？

只是想著這個問題，他就覺得溫暖、開心，和她相處的每一時每一刻總令他嘴角上揚。她擁有很多很多讓他喜歡的理由，比如她的善良、她的體貼，她了解他對父親的崇拜，與他潛藏在心的孤單；還有她很難掩藏的情緒，以及她總是藏在心裡的委屈……

那種種許多，最後都化為一句話。

「我也不知道，但我就覺得跟她在一起，很輕鬆、很有趣。」

「那跟我在一起呢？」張念文忍不住追問。

他沉默了會兒，看了她一眼。那眼神充滿抱歉、為難、困窘，與擔心傷害她的複雜情緒，擊垮了她的驕傲與自尊。

「何允樂，我真的搞不懂你耶！」她霍地起身，再也待不下去了。

她，堂堂一個復興高中校花，怎麼會輸給一個亂七八糟的仙姑？

當晚，亂七八糟的仙姑在濟德宮裡，四仰八叉地躺在禪堂榻榻米上，不只頭髮亂七八糟，制服亂七八糟，心情也一樣亂七八糟。

一張今天收到的信紙被她舉高在半空中，內容至少被她讀過五遍，寄件人是Alice。

Hi，小真，

要不是妳，我沒有勇氣面對自己的感情。

這次演唱會，我決定回到以前高中樂團表演的地方，好好面對那一個，單純熱愛音樂、真誠的自己。

p.s. 小真，邀妳喜歡的人一起來玩吧！

「喜歡的人啊……」她愣愣地望著那幾個字發呆，嘆了起碼一百口氣。

隨信附上的兩張演唱會門票好像會燙人，她反覆拿起、放下、拿起……

「仙姑、仙姑！」阿宏急急忙忙地從外面衝進來。

「幹麼？問事時間又還沒到。」她嚇了一跳，趕緊把演唱會門票塞進口袋裡。

「有很重要的客人來了啦，金老師要妳趕快出來。」

「什麼重要的客人？」

她納悶地出去，還沒到大殿，金勝在就十萬火急地衝過來拉她。

「哎喲，妳怎麼慢吞吞的！」金勝在把她推往大殿，一邊朝她使眼色。

她隨著金勝在的目光望去，只見議員趙金火和助理、隨扈一行人浩浩蕩蕩的，超大陣仗，一如既往。

不過，今天的氣氛和平時不太一樣，趙金火身旁多了一個坐在輪椅上的女人。女人身形十分纖瘦，面容有些憔悴，但難掩氣質與美貌，看起來秀美溫婉，在趙金火身旁有種小鳥依人的感覺。

誰啊？每次碰到議員都沒好事，那種不祥的預感又竄上來了。她皺緊眉頭。

「仙姑妳好，跟妳介紹一下，這是我的太太蕙蘭。」趙金火走上前，為她們介紹。

「蕙蘭，這是仙姑。」

自從順利擊敗競選對手之後，他對謝雅真的通靈能力深信不疑，對她的態度也比從前好多了。

「喔……」原來是議員夫人喔？她朝他們點點頭，就當作是打招呼。不知道是不是因為妻子在場的緣故，趙金火此時的神情比平時柔和許多，就連語調都不若平時狠戾冰冷，害她一時間很不習慣。

「仙姑看起來好年輕喔。」議員夫人拉了拉丈夫的袖子，說話輕聲細語，臉上居然有種小女孩似的神情。

「不是看起來，是真的很年輕。但是仙姑很厲害，認識仙姑以後，妳就可以放心了。」趙金火對妻子說話的聲調也像在哄孩子，顯見夫妻感情很好。

「對啦，仙姑真的很厲害，上次有仙姑和老師出手幫忙，選情才可以逆轉，這些小禮物請仙姑跟老師收下。來，全都拿進來，放那邊。」助理一個彈指，身後的隨扈們便端來琳瑯滿目的贈禮，水果、花籃、盆栽、匾額……瞬間將濟德宮塞了個滿滿當當。

「議員，你太客氣了。」金勝在看見這陣仗，眉開眼笑，笑得合不攏嘴。

天啊，這算什麼「小禮物」？瞧金老師樂壞的模樣，以後一定對議員更是有求必應，也會講得更天花亂墜了。謝雅真心裡越來越不安。

「仙姑，我先生的事情多虧妳幫忙，謝謝。」議員夫人也柔聲向她道謝。

「那不關我的事啦。」她皺著鼻子擺擺手，心虛到了極點。

蝦密不關她的事？

金勝在差點跌倒，連忙解釋。「不是啦，仙姑的意思是，不關她的事，她絕對不管。這次之所以能夠這麼順利，是因為議員心誠則靈、敬奉神明，也是那個競爭對手應得的報應啦！」

這樣也能轉回來？謝雅真嘴角扯了扯。真是服了金老師。

「不要這麼說，經過這次的事情以後，我確實反省了一下，發現自己實在不夠虔誠。不過以後呢，我會跟著神明多多修行，多做功德。」趙金火雙手合十，朝殿上神明拜了拜，一副真的虔誠向佛的模樣。

「對了，既然今天都來到這裡了，可不可以請仙姑跟老師把這個念珠再加持一下，讓議員這次能高票當選？」議員助理恭敬地將念珠項鍊捧到金勝在面前。

「應該的、應該的。神明需要香火，念珠當然也需要加持，那我就請仙姑貼身處理。」金勝在趕忙接過念珠，掛回謝雅真脖子上，一邊掛一邊對她眨眼。

她已經連白眼都懶得翻了。最好是她戴一下念珠就會當選啦，再繼續這樣下去，仙姑很快就能維護宇宙和平了。

「還有，金老師，以後宮廟裡面不管有什麼大大小小的需求，不要客氣，儘管直接找我的秘書來處理就可以了！」趙金火拍拍金勝在的肩膀，說得豪氣。

金勝在聽得心花怒放。「議員真是太客氣了、太客氣了，呵呵呵！」

「還有沒有什麼事，要不要一次說完？沒事我要去忙了。」再不找個理由離開，她就要被這些應酬客套話無聊死了。

「等等，仙姑。」趙金火趕忙喊住她，若有似無地看了妻子一眼。

「仙姑，今天呢，我特地帶我太太來認識妳，最主要就是希望妳可以幫忙看一下她的病。」

「看什麼病啊？」她一頭霧水。

「她癌症，末期。」趙金火誠摯地望著她，語氣沉痛。

「來啦，你過來。」隨便找了個理由，謝雅真把金勝在拉到濟德宮的偏廳。

「他把病人帶來幹麼啦？」碰到議員果然都沒好事。她氣急敗壞地問。

「小聲一點啦！妳是怎樣，要全世界都聽到才甘願喔？」金勝在往大殿張望，唯恐趙金火發現這頭的動靜。

「不是啊，啊我就不是醫生，把病人帶給我看也沒有用啊。」她降低音量，口吻仍然又氣又急。金老師誰不好惹，偏偏惹來這麼一個大麻煩！競選就算了，現在居然連病人都找來了。

金勝在戳她腦門。「憨頭憨面，看醫生有用還要帶來這裡喔？」

「我只是會通靈而已，又不會起死回生，要是她在這邊死掉怎麼辦？」

「呸呸呸，妳仙姑欸！童言無忌、童言無忌。」金勝在超怕被她觸霉頭的，趕忙雙手合十朝空氣拜了拜，對她曉以大義。「人家說，看病要看心，妳現在是心理治療，妳要看心。這個道理我要跟妳講幾次，妳才會明白？」

「吼喲，我就是不明白啦！」

什麼看病要看心？她就沒有要看病啊！仙姑不過就是能通靈而已，為什麼大家老是期待她無所不能呢？

每次都期望她做些能力範圍以外的事情，要她懂得安撫人心，現在還要做什麼心理治療？說穿了，她也不過是個普通的高中生而已，連自己的功課和戀愛都搞不定了……

她真是啞巴吃黃連，有口難言，而且總是沒有人在聽。

不情願歸不情願，該做的、能做的事，她還是得做。

比方說為念珠加持，又比方說，幫議員夫人祭改補運。

她手裡拿著念珠，圍著香爐繞了三圈，幫議員戴上，接著又捧著淨爐，在議員夫人周身畫圈，在議員夫人身側站定。

「等等我拍妳一下，妳就對著淨爐吐一口氣。」

「好。」議員夫人點頭。

她閉眸，凌空比劃出劍指，朝議員夫人背上一拍。

議員夫人背心一震，趕忙輕吐了口氣，吹散了裊裊爐煙。

「好了，圓滿。」她拍了拍議員夫人的背，走回供桌前置放淨爐。

「感覺怎麼樣？」趙金火隨即走到妻子身旁，關切地問。

「好像真的比較精神耶。」議員夫人動了動脖子、肩膀，似乎輕盈了不少。

「那當然，祭改消災解厄，讓人元神光采，相信神明一定會保佑夫人長命百歲！」金勝在馬上跑過去，說得喜呵呵的。

議員夫人面色帶著歉意。「為了我的事情，讓你們這麼大費周章，麻煩了。」

「哪裡，夫人能夠來這邊是我們的福氣啦！」

「蕙蘭，我看這樣好了，妳以後只要有空就來廟裡燒香、誦經，神明一定會保佑我們的。」趙金火握住妻子的手。

自從妻子生病以來，心裡總是不安穩，擔憂許多，若能讓她多來廟裡，至少能讓她心情舒坦。何況仙姑真有本事，她的病情一定會好轉。

「這怎麼可以？一直來打擾人家，我也不好意思……」

「哎喲，怎麼會打擾呢？如果夫人肯來，我一定讓仙姑親自陪您誦經。」金勝在為了哄趙金火和夫人開心，什麼方法都用上了。

「真的嗎？仙姑，那就先謝謝妳嘍。」議員夫人喜出望外，眉眼是掩不住的歡欣。

欸，關她什麼事啊？本來在一旁百無聊賴的謝雅真差點吼出來。幸好沒有，不然不知道要被金老師念多久，真是夠了。

她偷偷對金勝在做了個鬼臉。

16 告白

嗶——嗶嗶——

響亮又尖銳的哨音穿透了寧靜的早晨。

「同學，你哪班的?!」

「遲到了還跑？」

「制服要塞進去啊。喂！書包這樣揹的啊？」

一大早的高中門口總是十分忙碌，教官與糾察隊的喝斥與哨音簡直像是悲壯的交響樂一樣，夾雜著學生們的低聲咕噥與抱怨。

謝雅真提著掃把，懶洋洋地走到外掃區，打了個大大的哈欠。

多虧最近煩惱太多，睡也睡不熟，讓她早早起床，擺脫了遲到的命運。不過，實在好想睡……

她無精打采地掃著分配區域，掃呀掃，掃過了防火間隔，動作猛然一滯，驚覺眼前的建築物就是之前和何允樂曾跑進去躲著的倉庫。

「妳還好吧？妳肚子不舒服？」
「欸，妳叫什麼名字啊？」
「我叫何允樂，叫我阿樂就可以了。」
初識的片段驀然浮上心頭，她想起往事，不由得有些出神。
嗶嗶——刺耳的哨音劃破她的思緒，糾察隊的聲響由遠而近，伴隨著一陣急促的腳步聲。
「別跑！」
「快追！」
一個高大的身影直直朝她衝過來，她抬頭一看，居然是何允樂。
「噓！」
何允樂和她四目相對，比了個噤聲手勢，直接往她身後的倉庫跑。
說時遲那時快，糾察隊風風火火地趕來，抓著她問：「同學，妳有沒有看到有人跑過去？」
她本能地伸手比了另一個地方。
「謝謝。」糾察隊往她指的地方追，一溜煙就不見了。
片刻，何允樂從倉庫裡探出頭，躡手躡腳地走出來。

「謝啦。」何允樂站到她身旁，忽然變得小心翼翼。

「不會啦。」她搖頭，視線與他交會了，又趕緊把目光轉開，低頭看掃把。

自從那天晚上，兩人莫名其妙接吻之後，他們就沒講過話了，也沒在學校碰面。總覺得，好像很尷尬……

似乎有很多話該說，又不知從何說起，兩人也不知如何是好。

咕嚕——

突然傳來一陣飢腸轆轆的聲音。

何允樂疑惑地皺眉，摸了摸自己的肚子，看了看周圍，再看看她，又看看她的肚子……腦海中瞬間連結了什麼。

第一次聽見她肚子叫就是在這裡，她人不舒服，說這裡不乾淨，還吐在他身上。

第二次聽見她肚子叫，是在舊團部，她的肚子響得超級大聲，還被三宅取笑，而她說，自殺的鬼比較陰。

她也曾說過，超渡亡靈會讓她肚子痛好幾天……

是不是可以合理懷疑：肚子叫等於有鬼？而有鬼會讓她肚子不舒服或肚子痛？

他試探地問：「又有鬼喔？還是妳身體不舒服？」

她一怔，沒想過他會細心到察覺這件事。

確實，有時候，由於不同磁場干擾的緣故，會讓她有打嗝、肚子叫等等生理反應。

但只是有時候會發生，不是每次都如此。
阿樂居然會發現這種小事，這讓她覺得好糗，又有點開心。
「不是啦……我只是肚子餓。」她摸著肚子，困窘地抓了抓頭，不好意思地衝著他笑。兩人之間的尷尬似乎消弭了一點點。
「喏，給妳。」他從書包裡拿出原本要當作早餐的三明治，遞到她面前，附上一個大大的笑容。
哈，太好了，不是有鬼，也不是身體不舒服，這樣他就安心了。
只要她好好的就好了。

咚、咚、鏘、咚咚——
一早，無人使用的熱音社社辦裡，何允樂背對著謝雅真，有一搭沒一搭地擺弄著社辦內的樂器。
謝雅真坐在他身後的長椅上，聽著不成調的鼓聲，有一口沒一口地咬著手中的三明治，就連吃進去的究竟是吐司還是包裝袋都分不清楚。
到底是哪來的靈感說要來這裡吃早餐？她又是怎樣的腦子進水才會答應？

他說有話要告訴她，話呢？該不會是要她聽鼓聲自己猜吧？再這樣下去，她都想點播一首〈鼓聲若響〉了。

她心裡七上八下的，一旁胡亂敲著鼓棒的何允樂也忐忑得要命，亂七八糟敲了好一會兒，才終於用力吸了口氣。

「對不起啦，我那天……就太感動了……」他鼓起勇氣轉頭向她道歉，本來還帶著勢如破竹的氣勢，但看見她圓滾滾的眼睛，一時間又敗下陣來，越說越小聲。

咳、咳咳！嘴裡的那口三明治差點卡在喉嚨，她搥了搥胸口，好不容易嚥下。

「你怎麼這樣，很突然欸……」她面紅耳赤，不知道是說他那天親她很突然，還是現在提起這件事很突然。反正不管哪一件都讓她嚇得不輕，幾乎捏爛手中的三明治。

「我也被自己嚇到啊！」何允樂一骨碌站起來，走到她身旁坐下。「還不是因為……因為……」

明明下定決心要說清楚，卻「因為」了老半天都沒因為出個什麼來。

「因為什麼？」她偷偷抬眼瞧他，臉頰和耳朵都是燙的，心慌得連手要擺哪裡都不知道。

「因為……就、就喜歡妳。」終於說出口了！何允樂面紅耳赤，這輩子從來沒這麼緊張過。

雖然，他曾經有過很多被人告白的經驗，但主動告白還是頭一回，也是……頭一次這麼喜歡一個女生。

轟——

他說的「喜歡妳」在她腦子裡炸開，冒出很多暫時分不清是驚嚇還是開心的泡泡。

他喜歡她？他喜歡她。他喜歡她！

是他親口說的，不只是個不知為何而來的吻，不只是黃巧薇敲邊鼓似的猜測，而是貨真價實的，出自他的心聲。

連日來懸浮在半空中的心似乎終於真正落了地，快樂如泡泡般急湧而出，淹沒她所有思緒。

「……這樣才算數嘛。」她臉色變了好幾變，最後有點害羞地咬了咬唇，小小聲地、彆彆扭扭地回應他。

「什麼？」何允樂不是很肯定地問。

「算數」指的是什麼？她的意思是說，因為有他的告白，所以他們之間的吻就算數了嗎？所以她那天逃走，不是因為想拒絕他，而是因為他沒有向她告白？他應該沒有會錯意吧？

「沒事啊。」被他這麼一問，她更加羞窘，頭低低的，拚命搖頭。

她這樣哪裡像是沒事的樣子？這種彆扭可愛的模樣，只是更證明了他的推測罷了。

真好，她沒有拒絕他。何允樂笑得無比開心。

「對了，這個，我們一起去看。」她把一直藏在口袋裡的演唱會門票拿出來，交給他。確定了他的心意之後，她終於可以放膽問了。

「Alice？妳怎麼會有啊？」何允樂睜大雙眼，不可思議地盯著那兩張門票。

這場 Alice 演唱會舉辦在小型場地，據說開賣五分鐘之後門票就全數搶完，還癱瘓了整個售票系統耶。

「我跟她，算是朋友吧……反正，你有沒有空啦？」她想了想，還是決定保守 Alice 的祕密，輕巧帶過，直接問重點，緊張得要命。

「這算是我們第一次約會嗎？我考慮一下。」他饒有興味地看向她，故意弔胃口，想看看她的反應。

「沒有空就算了！」她耳根發熱，惱羞成怒，一把將票抽回來。

「有空、有空。人生第一次約會，一定要有空啊。」怎麼連生氣都這麼可愛呢？他把門票拿回來，討好地衝著她笑，心裡甜滋滋的，突然好想送她什麼，好想趕快把她訂下來，和她更像是貨真價實的男女朋友。

「那……我也有東西要送妳。」他一時情動，將自己胸口的隕石項鍊拿下來，放進她的掌心。

「阿樂，這個……這是你爸給你的。」這個禮物太貴重了，她不能收！她吃驚地望著他，拚命搖頭。

「我爸說，隕石是世界上最孤獨的石頭，沒有人了解它看過的世界，但它充滿能量，能帶來好運……就跟妳一樣。」

他伸出手摸了摸她的頭，說得有點心疼，也有點敬佩。

自從知道她有陰陽眼，和她一同經歷過邱老師的事件之後，他便這麼覺得。

難怪他會這麼喜歡她，因為她也是一塊孤獨的隕石，沒有人能了解她看見的世界。

黃巧薇說她從小就被送到廟裡去當仙姑，不知道她曾經經歷過多少個肚子痛卻沒有人陪伴的時刻？不知道她曾經默默忍受過多少委屈？

他也想鼓勵她、陪伴她，就像她為了他刷新遊戲紀錄一樣。

「我想，妳在宮廟那麼累，它應該可以給妳一點力量。」他將隕石項鍊掛在她的脖子上，滿意地看著她戴起來的模樣。「妳戴很好看。」

「謝謝。」她盈盈看著他，感動地握住胸口的項鍊，說不出任何一句話。

這是第一次，有人這樣形容她，讓她覺得自己的「天命」不再是件討厭又麻煩的事，也令她真正感到自己充滿能量。

「校慶就快要到了，這次我們一定要拿到第一名，聽到沒有？」

話劇社社辦內，張念文拿著擴音器喊話，神情一反平時的溫柔。

自從被何允樂拒絕之後，她心浮氣躁，比以往更認真念書，也比從前更投入社團活動，渾身上下都散發著「生人勿近」的魄力。

「社長最近是不是變得很嚴苛啊？」總覺得好像隱約帶著殺氣耶，胖達不自禁打了個哆嗦。

「對啊，不知道發生什麼事了。」小龜瑟瑟發抖。

「唉呀，你們懂什麼？認真的女人最辣。」鳥哥鏡片後的眼神竟然帶著某種異樣的光采，莫名興奮。

「喂，你們三個，戲服呢？」張念文的聲音透過擴音器吼過來。

戲服？三人無辜地指向同一方向，話劇社兩名女社員正縫著手上的衣服。

「妳們幹麼幫他們做？」張念文的擴音器調轉方向。

「不然他們做的能看嗎？」女社員們十分無奈，好有道理，讓張念文無從反駁。

張念文臉色青一陣白一陣，不甘心地跺腳，在社辦裡晃了一圈，走到謝雅真身旁，看到她手上縫得亂七八糟的線腳，不禁又開口碎念。「謝雅真，就算是演女僕，衣服還是要好好做啊。妳看，妳淺色的線用成深色的線了。」

「對不起、對不起，我重新弄。」她急急忙忙拿起拆線器，立刻動作。

可惡，亂七八糟的，根本一盤散沙。

張念文還想再念個幾句，忽然有一道人影颩進社辦。

「各位觀眾！」一身混搭龐克風，格紋襯衫、鉚釘皮外套和軍靴的何允樂興高采烈地在大家面前轉了一圈。

「搖滾羅密歐，不錯吧？」他得意洋洋地拉了拉身上的皮外套。

「阿樂，你認真的嗎？」張念文哭笑不得，對他這種時常天外飛來一筆的行徑，居然開始見怪不怪了。

「認真的啊。茱麗葉走芭蕾風，羅密歐走搖滾風，這樣兩大家族才有特色，也很有衝突感，對吧？」何允樂邊說邊點頭，覺得自己說得簡直太有道理。

張念文被堵得啞口無言。

何允樂看她沒意見，玩興一起，撿起地上的道具劍，立刻往胖達身上招呼。「對決吧，帕里斯！」

「快救我啊！鱷魚王。」胖達倒在地上掙扎

「來了來了！」小龜立刻戴起鱷魚頭套，衝過去咬何允樂，完全沒考慮鱷魚究竟為什麼會說人話。

「羅密歐，讓我來協助你！」玩成這樣怎麼能少了他？鳥哥揮舞著大刀，加入戰局，幾個大男生互砍得昏天暗地，玩得不亦樂乎。

謝雅真一邊縫著戲服，一邊看著他們笑鬧，情不自禁跟著笑，嘴邊的笑容甜膩膩的，一下就吸引了黃巧薇的注意。

「欸，你們講開了喔？」這偷偷散發的情侶氣場是怎麼回事？黃巧薇湊到她身旁，壓低了聲音問。

謝雅真不回答，只是抿唇偷偷笑，徹徹底底的此地無銀三百兩，簡直閃瞎黃巧薇的眼睛。

「嘖，我就知道。」她戴起面具權當墨鏡，還汪汪了兩聲，被謝雅真白了一眼，兩人哈哈大笑。

「好啊，你們要這樣演是不是？」越玩越誇張了啦他們！張念文被何允樂和三宅鬧到氣極，不甘示弱，拿起一旁的盾牌，指揮旁邊的女社員。「攻擊！」

「上啊！」女社員揮舞掃把，大家瞬間玩成一團。

「欸，我們來照相。」玩鬧了好一會兒，何允樂不知從哪找出拍立得，舉高到大家面前，興致高昂地提議。

「好啊！」大家紛紛跑到鏡頭前，站定位，喬姿勢。

「自己找位置喔。」

「欸，胖達，你擋到我了啦！」

「哎喲，你過去一點啦。」

「好了沒啊？」

「小真，進來一點。」一陣混亂過後，何允樂回頭確認了下大家的位置，伸出手將她摟到身旁。

「要拍了喔，一、二、三！」

喀嚓——快門聲響起，何允樂對著鏡頭比出了個神采飛揚的「YA」，她親暱地挨在他頸窩，話劇社快樂的時光就這樣定格在相片裡。

社團活動結束之後，何允樂和謝雅真一起走路回家。

走出校門，通學步道上的同學三三兩兩，他們並肩走在一起，氣氛有些忐忑曖昧。

「阿樂，你爸就快回來了，你見到他的第一件事要做什麼？」走了好一段路，她清了清喉嚨，好不容易找到話題。再繼續這樣沉默下去，她就要緊張到死掉了啦！

「當然是——揍他一拳啊。」何允樂舉出拳頭在她眼前揮了揮。

「真的假的？」她把玩著胸前的隕石項鍊，眼睛睜得圓圓的，非常訝異。阿樂不是第一次這麼說了，她本來還以為他是在開玩笑，可是現在聽起來好像不是。

「當然是真的啊，兩年多沒回家了，好歹要幫我媽出一口氣吧，對不對？」他故意搥她手臂。

「喂！」想揍爸爸就揍爸爸，關她什麼事啊？她鼓起臉頰，氣呼呼地瞪他。
「哈哈。」他摸摸她的頭，突然注意到她的書包裡有個東西悄悄冒出一角。
「小真，妳書包有東西要掉出來了。」
「啊？喔。」她低頭看，是燒焦小毛巾。
她拿出來，想稍微折一下，再重新放回書包裡。
「這毛巾怎麼了？」折毛巾的時候，何允樂注意到了上頭的焦黑痕跡。
「喔，這個喔……我之前做餅乾的時候燒焦的啦。」她抓了抓頭，覺得有點糗，想趕快把毛巾塞回書包。沒想到吃快弄破碗，手一滑，毛巾差點掉到地上，被何允樂眼明手快地接住。
「都燒焦了怎麼不換條新的？妳好節省喔。」何允樂笑著把毛巾還給她。
她伸手要接，他突然抽回手，想起了什麼，眼睛一瞇，很認真、很仔細地看了看手中的毛巾。
「是說，這條毛巾很眼熟……」他恍然大悟。「是之前跟妳借的那條？和棒球隊長PK那次？」
他怎麼還記得這件事?!她手忙腳亂地把毛巾抽回來，一股腦兒地塞回書包。
「喔，該不會是我用過所以捨不得丟吧？原來……妳那時候就喜歡我了啊？」他沒個正經，故意開她玩笑。

「才不是，你少臭美了！」

她瞪了他一眼，飛快將目光轉走，從脖子到臉頰全都紅了。

等等……她幹麼急著否認，又幹麼臉紅？該不會真的是吧？他只是隨口亂說的欸。

何允樂望著她低垂的臉，胸口突地一跳，耳朵也跟著紅了，還有點難以形容的高興。原來談戀愛就是這種感覺啊？難怪羅密歐與茱麗葉會那麼捨不得對方，就算遭遇重重阻礙也不願意分開。

喜歡一個人，也被一個人喜歡的感覺真好。

有她在，真好。

他突然彎下身，飛快在她臉頰上親了一下。

笨蛋……要是被別的同學看見怎麼辦?!

謝雅真嚇了一跳，伸手摸了摸臉頰，瞪著他的眼神既羞怯又責怪，亮晶晶的，讓他心裡一盪，喜歡更加滿溢。

他目不斜視地探手過來牽她，十指緊扣，將她小小的手牢牢包進掌心裡。怎麼會這樣？心跳得好快好快，就好像……這顆心臟再也不是自己一個人的一樣。

她偷偷抬頭瞧他，緊緊回握他的手，另一手緊抓著隕石項鍊，掌心裡全是汗，心裡也滿滿的全是他。

夕陽西斜，灑了一地黃澄澄的餘暉，將他們兩人的影子映照得長長的。

曾經孤單的影子並肩走在一起，如今有彼此相伴，再也沒有餘力感到寂寞。
倘若能夠這樣一直牽著手不放開就好了，要是，回家的路能再長一些、更長一些，就好了。

17 遺棄

「本日謝絕問事」的紅紙張貼在濟德宮門口，宮內卻擠滿黑壓壓的人頭，幾乎比平常問事時還要熱鬧。

幾名誦經師身著海青，虔誠地站在大殿前誦持經典。殿旁守著數名身著黑衣的隨扈，排場浩蕩。

議員夫人被簇擁在大殿中心，手裡拿著念珠，神情肅穆，逐字逐句念著經文。謝雅真站在一旁陪著議員夫人誦經，時不時輕拍著她的背脊，幫她翻閱經書。

「讚喔，專屬ＶＩＰ誦經班，離神明最近，聽得最清楚。」金勝在滿意地望著眼前這幅和樂的畫面，笑得合不攏嘴。

「議員看到一定很高興。」阿修忍不住讚嘆。

「當然，呵呵！」誦經班、送金班，只要安撫好夫人就等於安撫好議員，安撫好議員就等於安撫好債務。金勝在得意地笑，妥妥的計畫通。

「奇怪，仙姑今天很乖，都沒有抗議，很稀奇喔。」阿宏看著謝雅真笑吟吟，完全沒有絲毫不樂意的模樣，非常意外。還以為仙姑一定會擺臭臉咧。

「這有什麼好稀奇的？我用一天假跟她換的欸，她這禮拜要去那個 Alice 演唱會。」金勝在很無奈。小真越來越賊了，現在居然會跟他討價還價了。

「我到底還要敷多久啦？」

演唱會當天，謝雅真的哀號聲響徹雲霄。

她臉上貼著黑色面膜，不耐煩地大叫，恨不得立刻將面膜撕掉。臉上黏黏膩膩的，超不舒服的啊啊啊！

「還沒啦，第一次約會有點耐心好不好？」黃巧薇受不了地瞪她一眼。

拜託，為了小真的第一次約會，她可是起了個大清早，好幾個小時前就提著大包小包，風塵僕僕地趕到她家，一下幫她修眉毛，一下幫她敷臉，忙得要命，結果居然被嫌成這樣，好心被雷親。

「再這樣敷下去，我就要變成清水祖師爺了啦！」難怪老覺得很眼熟，這不是黑面清水祖師爺是什麼？她望著鏡子裡的自己，越看越想把面膜撕掉。

「妳真的很囉嗦，等一下啦，不然妳先挑衣服好了。」黃巧薇從行李箱裡倒出一座山，上衣、短裙、洋裝、領巾、配件……應有盡有。

「這也太誇張了吧？妳要去夜市擺地攤喔？」謝雅真目瞪口呆。

「我還不是為了妳，約會嘛，要讓對方有心動的感覺啊。」黃巧薇說得很樂，就連要約會的當事人都沒有她樂。

「我只是要去看演唱會，又不是要去走秀。」真是夠了！她隨手拿起一件衣服扔向黃巧薇。

「欸，妳身材那麼好，妳穿這件啦。」完全不理她的抗議，黃巧薇自顧自拿起一件白色蕾絲洋裝往她身上套。

「不要啦，這件很娘很噁欸！」她嫌惡地推開。

「哪會啊？很沒眼光欸妳。」

「妳可不可以找一件平常我會穿的啊？」受不了了，整張臉實在太黏了，有夠黏夭壽黏。她一把將臉上的面膜撕掉。

「平常妳會穿的？」黃巧薇皺了皺鼻子，表情比她剛才更嫌惡。她平常穿那什麼？鹹菜乾？穿去約會像話嗎？

「阿樂，你願意接受這樣的我嗎？我跟妳說，妳看到阿樂時，就這樣撲上去！」黃巧薇眼神滴溜一轉，做出了個誇張無比的表情飛撲到她身上，沒個正經。

「發什麼神經啊妳！」她把黃巧薇推開，兩人在床鋪上扭打起來。

「別鬧了啦！」

「快挑衣服啦！」

好不容易，經過一番苦戰，黃巧薇終於挑到一件兩人都能接受的素色洋裝，還幫她化了一點淡妝，把她打扮得人模人樣，才心滿意足地從她家離開。

謝雅真跨上腳踏車，輕盈地踩著踏板，風聲在耳邊飛揚，隕石項鍊在心口前震盪。

這是他們的第一次約會，阿樂應該也很期待吧？

是不是，他也會為了她特別打扮？他看見她時會說什麼呢？他會注意到她特別穿了裙子，還化了妝嗎？

就快要可以見面了，好開心……

嗡——

手機突然震動起來。一定是阿樂！

她嘴邊全是笑，欣喜地停下腳踏車，接通手機，還沒聽見對方的聲音便急著說：「阿樂，我已經出門了，你再等我一下下。」

「小真，妳快回來啦，這次真的很急！」金勝在在電話那頭大喊。

唉呦，搞什麼，居然是金老師！算了，既然連她請假了都還要特地打電話來，應該就代表真的很急吧？她無奈地按掉通話，認命掉頭。

「把我叫回來幹麼啦？」有話快說、有事快辦！她不甘不願又匆忙地衝進濟德宮裡，十萬火急。

「妳怎麼穿這麼水？啊對喔，妳要約會吼？忘記了。」金勝在拍了下腦門。

「怎樣？快說啦。」沒空聊天啦，她催促。

「議員夫人出事了啦！」金勝在拉著她走向大殿，鼻尖朝殿上努了努。

出事？出什麼事？

她目光望去，就看見議員夫人在大殿裡哭得一把鼻涕一把眼淚，拿著念珠的手一顫一顫的，看起來很可憐。

「幹麼？怎麼哭成這樣？」她心裡一跳，訝異地問。

「作惡夢。」

作惡夢？Excuse me？

「搞什麼東西啊？這種事情也要叫我回來？」她暴躁抗議。

「小聲一點啦妳！」金勝在拍了下她手臂，真想摀住這囝仔的嘴巴。

「你當我很閒喔？我要走了啦！」無聊！發什麼神經，作惡夢算什麼事啊？她扭頭就要走。

「不行啦，妳不能走，妳要陪她念經，安定她的心情啦！有仙姑在，她才能放心啊。」金勝在急急忙忙拽住她手臂。

「為什麼？」莫名其妙！

「她就夢見她死掉了啊。」

謝雅真一愣。

「對啦，她就是夢到她死掉了，多不吉利啊，難怪會哭得這麼傷心。啊妳也有看到，她跟議員兩個人感情那麼好，如果她死掉，放議員孤單一個人，她的心會思思念念，一直想說萬一她就這樣倒下去了怎麼辦，吃也吃不下，睡也睡不著，病怎麼會好？妳要有同理心啊！」

夫人和議員感情真的很好沒錯，就算她瞎了也看得出來。但是，她是仙姑，包通靈包問事，已經包山包海了，難道還要包惡夢嗎？她也有自己的事要做啊，阿樂都已經在等她了……

可是，一想起阿樂，她也能體會夫人的心情。

因為喜歡對方，記掛著對方，捨不得對方，所以會擔心會煩惱，胡思亂想、不知所措……而且仔細想想，議員夫人對她很好，總是很有禮貌，溫柔客氣……這種時候拋下夫人，好像又有點過分……

「吼喲，怎麼像個小孩子啦……」她心一軟，低頭看了看錶，深深嘆了口氣。

「Alice 回到最初」的海報貼滿了演唱會會場。

會場前人山人海，排隊人龍繞著場地轉了好幾圈，大家紛紛舉著應援海報、燈牌拍照、打卡，人聲鼎沸、熱鬧非凡。

真不愧是 Alice，人好多啊！

何允樂來回走了幾趟，都沒發現謝雅真的身影，決定先站進排隊人潮中占位置。

她個子小，還是打電話問問比較實際……手機才拿出來，還沒撥號就響了，螢幕上的來電顯示正是她。

「小真，妳快到了嗎？我已經在排隊了，妳看到我了嗎？」何允樂興奮地接起電話，探頭尋找她的身影。

電話那頭的聲音聽起來有點沮喪。「我還在廟裡，臨時出了點狀況……」

「怎麼了？妳還好吧？」該不會是碰上什麼麻煩事了吧？會不會是又因為超渡而肚子痛？何允樂著急地問。

「沒什麼事啦，只是還要再耽誤一下下。」她看了下手錶，再看向濟德宮大殿內阿修、阿宏正在準備誦經儀式的動作，這「一下下」說得真是有點心虛。

本來，她只是想簡單陪著念幾段安定心神的經文，偏偏金老師說一定要請誦經師來，才能夠讓議員夫人安心。

這樣請師父來誦經最快也要三十分鐘吧……不行不行，她一定得盡快結束才行。

「妳沒事就好，不過演唱會快開始了，準備入場了。」聽見她沒事，何允樂放下心來，環顧四周，入口處的工作人員已經開始核對票券，排隊人龍迅速往前移動了大半。

「對不起，那不然你先進去好了，等到中場休息的時候，我們再在門口碰頭。」對，就是這樣，中場休息她一定趕得上！她充滿信心。

「沒關係，我等妳。妳來了之後，我們再一起進去。」何允樂從隊伍中走出來，果斷放棄。第一次約會怎麼可以自己先進場呢？當然是要一起聽才好啊。

「喔，好吧……」

「仙姑，要開始了喔！」阿宏過來喊她。

她轉頭一看，誦經師們已經到了，議員夫人也已經在大殿上坐好了，大家全都在等她一人。

「先這樣喔，阿樂，Bye Bye。」她依依不捨地按掉通話，回身走向大殿，不知道已經嘆了第幾口氣。

不到幾分鐘，演唱會排隊的人潮已經全部進場，場外空蕩蕩的，方才的擁擠吵嚷彷彿是一場夢一樣。

Test one、Test two……

原來舞台上已經開始調音了啊。站在外頭，隱約可以聽見測試音響的聲音。何允樂坐在等候區的沙發上，反覆把玩著手中的演唱會門票。

也好啦，慢點入場，這樣小真一來，他就不用擔心找不到她了。

「快點、快點，要來不及了！」一對情侶牽著手，匆匆忙忙地衝進驗票口。

對嘛，情侶就是應該這樣，一起進場、一起出場，去哪裡都要在一起。

他們的手牽得好緊……

他有點嚮往地看著那對情侶逐漸消失的背影，再默默望向手中的兩張門票，不禁有點失落。

失落了會兒，他面色一變，突然拍了大腿一下。

他在笨什麼？他幹麼在這裡等啊？既然小真廟裡忙，他可以到廟裡去接她呀！這樣，就可以早點見到小真了，還可以給她一個驚喜。

他拎起背包，霍地起身。

「先生，不好意思，演出快要開始了，你要不要先進場？」驗票人員看見他的身影，熱心地過來詢問。

「沒關係，我要去接我女朋友。」他神情愉快，亮燦燦地笑了。

他還記得她提過濟德宮在哪裡，從這裡直直騎過去，經過兩個十字路口再左轉，就會看見了。

他輕快地跨上腳踏車，戴上耳機，踩著踏板就像踩著油門，全力駛向喜歡的女孩。夏天的晚風拂過他臉龐，他哼著耳機裡的音樂，胸口是飽漲的期待與幸福。

五百公尺、三百公尺……就要見到小真了……

砰——

一個巨大的撞擊聲取代了耳機裡的音樂，接著是尖銳的緊急剎車聲音刺破了空間般地響起。什麼東西疾駛而來，什麼東西戛然而止，男孩的身體不自然地凌空拋起又重重落下，跌得支離破碎。

瞬間的凝滯之後，路口的人車突然躁動了起來，周邊的車輛紛紛閃避、急煞，肇事的車突兀地橫在路中，路人奔走、尖叫，尖銳的刺耳噪音此起彼落。

演唱會門票從男孩的口袋中掉出來，安靜地躺在鮮紅濃稠的血泊中。

「謝謝仙姑。」

誦經祈福儀式結束之後，趙金火的黑頭車也到了。

議員夫人從輪椅上撐起身體，緩慢地移動到黑頭車內，臉上掛著平和的微笑，溫柔地向謝雅真道謝。

「蕙蘭，妳真的是進步太多了。」趙金火看著以往需要人攙扶才能坐進車內的妻子，如今竟然能自己上車，又驚又喜，感動不已，連連向謝雅真道謝。

「謝謝仙姑、多謝仙姑！金老師啊，宮廟裡到底有什麼事我幫得上忙，儘管開口不要跟我客氣。」

謝雅真站在金老師身旁很著急，頻頻看錶。別再謝了，快讓她走啊！究竟場面話還要講多久啦？

「不跟您客氣，不過，議員大人，我上次、之前，跟你有一筆……」趁著趙金火現在心情好，金勝在大著膽子開口。

「哎喲，一筆什麼啦？你幫了我這麼多忙，算是我的貴人、我的兄弟。兄弟之間本來就是有通財之義，不要再跟我提這個。」趙金火拍了拍他的肩，豪氣干雲。幾百萬算什麼？和蕙蘭相比根本一點也不重要。

「我真的不知道該說什麼，議員真是大人大量、大人大量……」太好了！就是在等這句！金勝在向趙金火九十度大鞠躬，臉上的笑容燦爛得像要滴出蜜來。

「不要這麼說。」議員擺了擺手，轉頭恭恭敬敬地對謝雅真行了個禮。「仙姑，我早點帶我太太回去休息了，晚安。」

「晚安、晚安。」她回得很急，巴不得他們能瞬間移動，趕快消失。

黑頭車在夜色中揚長而去，金勝在樂得在原地轉了好幾圈。

「怎麼樣？我今天叫妳回來這一趟值得了吧？一筆勾銷，嘿嘿。」太開心了！金勝在仰天一笑，根本沒發現她已經轉身去牽腳踏車了。

「最好是有值得啦。」她跳上腳踏車，立刻騎走。現在才沒空管金老師的債務，她要趕快去找阿樂！

「騎慢一點啦！」金勝在對著她的背影揮手，手舞足蹈。

當然值得，怎麼會不值得，專業送金團真是太有前途了！

快一點、再快一點！

她以畢生最快的速度踩著踏板，真恨自己沒有翅膀，怎麼平時覺得很近的路，今天騎起來卻這麼長？

咿嗚——咿嗚——

本該暢行無阻的路線碰上阻礙，救護車和警車的鳴笛聲響徹雲霄，刺眼的警示燈閃爍個不停，黃色封條高高地懸著，隔開前方路段。

天啊！不是吧？她煞車，心不甘情不願地停下，探頭往前張望。

好像有車禍，警車、救護車、圍觀的路人全都擠在一起，隱約還能看見路面上血跡斑斑……

太倒楣了！她轉動握把，龍頭一斜，彎進一條小巷，避過圍起來的事故路段，繼續往演唱會會場騎去。

「請問一下，有沒有看到一個黑黑高高的男生在這邊等？」滿頭大汗地到了會場，謝雅真抓住會場外的工作人員便問，伸手比出何允樂的身高。

「沒有。」幾名工作人員同時搖頭。

奇怪，到處都沒看見阿樂的影子，電話也沒有人接。

是不是等太久，生她的氣了？還是改變心意，已經進場了？

她腦子裡充滿一大堆亂七八糟的可能，不停胡思亂想。

她心急如焚，四處找尋，又繼續再撥了好幾次電話，一樣都是無人接聽。

Alice的歌聲隱隱約約地從會場裡傳出來：

再愛的、再疼的，終究會離開；

再恨的、再傷的，終究會遺忘。

不捨得、捨不得，沒有什麼非誰不可……

阿樂，你到底在哪裡？不是說要等我的嗎？為什麼一直不接電話？

她在場內場外一遍又一遍地找，電話一通又一通地打。

許久，演唱會結束，散場人潮魚貫走出，每個人臉上都帶著興奮激昂的滿足笑容，當中卻沒有那個她心心念念的身影。

到底怎麼回事？

她孤單地站在人群中央，望著一對對散場情侶緊牽著的手，備感寂寞。剛剛阿樂獨自等她時，是不是也有這樣的感受？是不是也像她現在這樣，又急又惱，氣自己沒有辦法立刻飛到對方身邊？

怎麼辦？她焦急不已，汗如雨下，瞬間居然有種錯覺，感覺自己被全世界遺棄了，心慌得手足無措。

她一直找、一直等，等到曲終人散，始終沒有等到那個說要等她的男孩。

這個夜晚難熬得彷彿永遠不會過去。

18 決絕

「我雖然行過死蔭的幽谷，也不怕遭害，因為祢與我同在。祢的杖、祢的竿，都安慰我……」

教堂內，十字架上掛著何允樂的遺照，照片中的他笑容燦爛，一如既往。

告別式莊嚴肅穆，滿室藍與白的鮮花。何允樂班上的老師、同學都來了，話劇社全員到齊，何母和教會友人則坐在另一旁，全身黑衣，將明亮的教堂染了一室陰霾。

謝雅真靜靜地坐在位置上，耳邊除了喃喃誦念的經文，還有迴盪在室內的壓抑啜泣，實在不太明白自己為什麼會坐在這裡。

到底，為什麼她會坐在這裡呢？

「……我且要住在耶和華的殿中，直到永遠。阿們。」

參與告別式的人一一站起，走到棺木前。每人都收到一束淡藍色鮮花，置放在純淨的白色棺木上，點綴往生者的最後一段旅程。

以何允樂母親為首的隊伍依序走到棺木前，接著是老師、同學、話劇社……謝雅真接過遞來的藍色花朵，不由得望著出神。
這花選得真好，天藍色、暖洋洋的，很像阿樂，那麼自由，那麼開朗，那麼澄澈，就像海洋一樣，總是對她有著無限的包容與體貼。
前進的腳步驀然一滯，手上的花突然有了重量，令她寸步難移。
這是她第二次為了阿樂穿上制服的裙子，第一次是餅乾日那時，第二次，是他的告別式……
「小真？小真？」排在後面的黃巧薇推了推她，後方的隊伍都因她耽擱了行進。
她抬頭看向黃巧薇，眼神裡滿是驚惶，握緊了手中花朵，一步步脫開隊伍，不敢靠近棺木。
不是，她都沒有送過阿樂花，也還沒有收過阿樂送的花，第一次為他捧花，怎麼會是這種景況？
眼前的是誰的棺木？不要，她不要把花放上去，她不要看……
身後的同學繼續前進，告別式順利完成，並沒有因為她的脫隊而中斷，正如世界並不會因為失去了誰而停止運轉，或是因為誰不願意面對而停下。
「好了，別再哭了，阿樂一定也不想看見妳這麼傷心……走了，我們該回去了。」
張念文哭得淚漣漣，整張臉全是腫的，身旁的女同學努力安慰她。
謝雅真木然地望著手裡的花，對身邊的哭泣聲充耳不聞，一滴眼淚也沒掉。

黃巧薇安靜地坐在她身邊，擔心地摩挲著她的手臂，可她一點感覺也沒有，身體和表情一樣冰冷。

「請問……妳是小真嗎？」

何母走過來，用手帕擦了擦眼角的淚。

阿樂曾經提過舊團部的事情，也提過有個能夠通靈的女朋友，叫做小真。根據阿樂的形容推測，一定就是眼前這個女孩了。

謝雅真眼神空洞地抬起頭來，撞進何母哭得全是血絲的眼睛裡。

「我是小樂的媽媽，我知道這樣問很奇怪……可是，請問妳能見到小樂嗎？我知道他應該已經在天家跟天父在一起，可是你們也知道，他很愛亂跑……我想知道他好不好……我想見到他，可以請妳幫我嗎？」何母說著，眼淚又流下來，擰著手上幾乎已經濕透的手帕，一字一句說得艱辛。

她是虔誠的教徒，本不該相信這些怪力亂神的無稽之談，但是小樂走得如此倉促，她真的很想再和兒子說幾句話，就算只是微乎其微的可能，她都願意嘗試。

謝雅真花了好幾秒鐘才消化何母的話，臉色變得比原本更蒼白。

不是……不要……她全身僵硬，很想當作沒聽見。

如果她通到阿樂的話，就代表他真的已經死了，為什麼要她通靈？

她幾乎就要搖頭，可是周遭不只何母，話劇社的每個人也充滿期待地看著她……

「我試試看。」她蒼白地點點頭。

「謝謝。」何母感激涕零地望著她。

她艱難地走到棺木前，閉上眼睛，做出結印，可眼睫和手指都在不停顫抖。

專心！沒事的，就跟以前的每一次一樣，不要胡思亂想、深呼吸……

努力了片刻，她張開眼，閉上，又再度張開眼……接連重複了好幾次，最後無能為力地搖頭。

「我通不到……」怎麼會這樣？一片空蕩蕩的，就連一點點也沒有。她拚命眨眼，努力想眨掉眼睛裡的淚水。

怕找到阿樂，也怕找不到阿樂……一切都令她如此害怕，誰來告訴她這只是場惡作劇，一切都不是真的……她好希望這只是一場會醒過來的惡夢而已。

何母愣了愣，忽然情緒潰堤。「為什麼？為什麼？」她只是還想再和兒子說句話而已啊，為什麼拋下了宗教的顧忌之後，還是辦不到？她的心願很小，明明很小，為什麼只是這樣而已，上帝都不願垂憐她？何母看著兒子的遺照放聲大哭。「我那天看他很開心出門，為什麼他就回不來了？小樂……」

「小真，妳是不是太緊張了？妳要不要集中精神，再試一次？」黃巧薇搖了搖她的手臂。

「對嘛，小真，妳一定可以的。」

「我們相信妳。」

「妳是仙姑啊。」三宅跟著幫腔，話劇社的大家紛紛接口。

「加油，妳再試一次好不好？」

「拜託妳，小真。」何母也抽抽噎噎地懇求。

不是……不要這樣哭著拜託她……她不願相信阿樂已經死了，她比誰都想通到阿樂，也比誰都不想通到阿樂。

她只是一個很普通很普通的女生而已，她什麼也辦不到！不要再可憐地看著她，不要再要求她做那些能力之外的事情了！

她不是仙姑，她不想帶天命，只想當一個普通人，只想當一個平凡女生。為什麼明明是一件這麼簡單的事情，在她身上卻這麼難以實現？

她從來都抓不住什麼幸福，即便抓住了，也是稍縱即逝，像一場虛無飄渺的鏡花水月，他們到底還要期待她什麼？

她再也承受不住，腳跟一提，轉頭從教堂裡衝出去。

豔陽下的路上，車水馬龍，熙來攘往。

陽光燦爛得教人幾乎睜不開眼，她卻覺得自己只是一道受了詛咒的陰鷙暗影，連太陽也無法驅散她的幽暗。

阿樂……阿樂，你一定躲在哪裡吧？這一定只是捉迷藏，又或是鬼抓人而已，對吧？一定是吧？

她開始在大街上橫衝直闖，拚命尋找，放聲大喊。「何允樂、何允樂！」

路人朝她投來異樣的眼光，可她無暇理會，滿心只想找到那個消失的身影。

「何允樂，你到底在哪裡?!」

她一遍又一遍地喊，分不清自己找的究竟是什麼。

可是，她不找不行——

「何允樂，你出來啊！」

人也好，鬼也好，只要是他就好，快出來啊——

她開始在馬路上拚命奔跑，可這條巷子沒有，那條馬路沒有，下一個轉角沒有，另一個路口也沒有……全都沒有，通通都沒有！

「阿樂，你是不是還在生我的氣？」她不要命似地狂奔狂找，跑得氣喘吁吁，胸口發痛，呼吸困難，眼淚和汗水同時落下來，淹沒她視線。

「對不起，阿樂，我真的知道錯了……我不會再拿別人的生死開玩笑了，你也不要開玩笑了好不好？」她握緊了胸前的隕石項鍊，抹掉臉上的淚，強迫自己微笑。

一定是這樣，是懲罰遊戲對不對？沒事的，只是為了讓她記取教訓，對不對？

「何允樂，你出來啊！別再鬧了，我知道錯了，不生氣了，好不好？」她繼續奔跑，不讓自己停下來，跑過這條街，找過那條路，拐過那個彎，跨過那條橋……

可是無論她怎麼找、怎麼跑，都看不見那張燦爛的笑臉，找不到那個她心心念念的男孩。

不對……她怎麼會忘了，只要她想當個一般女生，全世界都會聯合起來阻止她，她怎麼會以為自己可以擁有男朋友？

好笨啊，她怎麼傻得這麼可笑？

她忽然一邊哭一邊笑，握著項鍊的力道彷彿能將那塊隕石掐碎。

他錯了，她才不是隕石，她沒有任何力量，她只是個徹頭徹尾的災難，根本無法為任何人帶來好運。

一切都錯了，全是她的錯，都是她害的……

她深愛的男孩再也回不來了。

什麼都來不及了。

日升、日落，同樣的太陽，同樣的月亮。一切都看似沒變，又好似全變了。

阿樂離開之後的每一天都過得如此漫長，明明同樣是二十四小時，一分一秒都更無止境、更煎熬。

她沒有去學校，沒有去濟德宮，騎著腳踏車在路上漫無目的地瞎晃。

河濱公園還是跟上次與阿樂一起來時一樣，陽光燦爛，綠草如茵，到處是來運動或玩耍的人，如此日常，如此平凡，如此……幸福。

唯一不一樣的只有她。她的影子長長拖曳在地上，找不到曾經相依的另一半，惶惶然的，不知自己該去哪裡。

她坐在堤防草皮上，不知自己發呆了多久。

阿樂他……會不會在這裡呢？

閉上眼，她專注通靈。可周遭靜悄悄的，只有蕭索的風聲掠過耳畔。

還是沒有……她頹然地睜開眼睛。

是不是，阿樂真的很氣她？

是不是，他也覺得，若不是自己失約，他也不會死……

「接好喔！」

一顆棒球突然飛過來，劃破她思緒。她手忙腳亂地接住，定睛一望，嚇了一跳。

「小凱？你怎麼一個人在這裡？你爸爸媽媽咧？」

「我爸媽離婚了啊。」小凱笑著回答，說得自然，就像今天天氣很好一樣，笑容一點未減。

她一愣，沒預料到會聽見這個答案，臉上迅速變換過震驚、錯愕、難受、遺憾、自責……種種複雜的情緒，好半天才從發澀的喉嚨中擠出一句。「對不起。」

原本還以為能夠幫小凱一點忙，結果，她還是什麼忙也幫不上……

「沒關係啦，反正他們在一起本來就不快樂啊，離婚了對他們比較好。」小凱聳聳肩，不在意，反而獻寶似朝她走過來，拉起身上的衣服給她看。

「妳看，我的球衣。我加入棒球隊了，現在只要有比賽，爸爸、媽媽，還有阿嬤，都會去幫我加油。」

「小凱，你真的很棒。」她把球還給小凱，真心覺得他好堅強、好厲害。

明明不久之前，他還要藉由假裝中邪，才能從父母身上得到愛。如今，他已經找到興趣所在，讓自己煥然一新。

「嘿嘿，還好啦。」小凱得意地抓了抓頭，將棒球收進球袋，在她身旁坐下。「對了，阿樂哥哥沒有跟妳一起來嗎？」

一瞬間被戳中最隱密的痛，她胸口一疼，沒說話，只是緩慢地搖了搖頭。

「齁，我知道了，一定是妳恰北北，阿樂哥哥不跟妳好了。」小凱一拍手背，笑得賊兮兮的。

「應該吧？阿樂哥哥最近都不理我。」她苦笑。

關於阿樂過世的事，就不用特別向小凱交代了吧？事實也是如此，阿樂確實不理她，否則她怎會一直通不到他？

「沒關係啦，越恰的女生，男生越喜歡。就像我們班那個張筱靜啊，那個暴力狂，妳看，她把我打到瘀青，痛死了！」小凱舉高手臂給她看，果然上頭好幾塊紫紫黑黑的瘀青。

「齁——你是不是喜歡她？」咦，小凱這前後句的關聯頗耐人尋味。她一反方才的沮喪，饒有興味地看向小凱。

小凱立刻跳起來否認。「哪有？我哪可能喜歡她啊！她是暴力狂欸！」

「真的沒有？」她挑高眉毛。

「沒有啦，我才不會喜歡她咧。」小凱面紅耳赤，還伸手推了她一下。

「好啦，不鬧你了。你自己一個人練球喔？要不要我陪你？」她拍拍屁股站起來，指了指小凱的球袋，轉移話題。

「好啊。但是……」小凱很懷疑地看向她。「妳真的會打棒球嗎？」

「我會啦！」

「真的嗎？」小凱從球袋裡掏出棒球，措手不及地扔向她。

哇啊，怎麼一下飛這麼遠啊？謝雅真慌慌張張地跑去接球。

小凱在她身後縱聲大笑。「仙姑，妳加油一點好不好？」

「好，我會加油的……」她下意識地回話，說完卻一愣，怔怔望著手中的球，陷入片刻失神。

加油？她究竟能加什麼油？

看看小凱，他已經放下心結，走出陰霾，有了自己的新生活，充滿勇氣……

她呢？卻被困囿原地，動彈不得。

她曾經覺得自己寂寞、孤單，沒有人能看見她眼中的世界，也沒有人能理解她的想法。直到阿樂出現了，她才覺得總是晦澀的生活照進了一道曙光，終於能夠像個平凡女生一樣，過著平凡生活。

如今，就連這道光也失去了……

她依舊是那個小女孩，以為好不容易能離開溜滑梯下的陰影，到最後才發現，一切只是場搆不著的幻夢，什麼也不曾改變。

天命、天命，老天爺究竟期望她當個怎樣的人，接下怎樣的命？

而她又想當個怎樣的人，走出怎樣的路？

「酒後駕車肇禍，高中男騎單車遭撞身亡」

濟德宮內，金勝在戴著眼鏡，一字一字讀著報紙上的標題。

雖然只是則篇幅不大的新聞，卻造成了某個家庭、某些人生活上的巨大震盪。

可憐喔……金勝在推了推鼻梁上的眼鏡，默默嘆了口氣。

「第一次談戀愛就遇到這種事，仙姑一定很難過。」阿修把剛切好的水果端到金勝在桌上，湊過來看報紙。

「問世間情為何物，真是讓人走投無路。」阿宏抱著吉他，隨口哼了兩句。

「你們兩個安靜一點啦，就已經知道小真很難過了，還要講這種話。」夭壽喔這兩個傢伙，要是讓小真聽見怎麼辦？金勝在喝止他們。

謝雅真此時走進廟裡，阿宏、阿修立刻放下手邊的事，圍繞到她身旁。

「仙姑仙姑，妳肚子餓嗎？要不要吃水果？我去買妳最愛吃的羊肉湯給妳喝好不好？」阿修端著水果衝上去。

「大熱天的吃什麼羊肉湯，去買仙姑最愛吃的涼麵才對啦！」

「涼麵每天吃，也要換個口味啊，啊不然我去買——」

「不用了啦，我是回來收東西的。」她打斷熱情過頭的兩人，直接越過他們，走向禪堂。

收蝦密東西？阿宏、阿修納悶地回頭看向金勝在。金勝在拿下眼鏡、放下報紙，默默跟在她後頭。

作業簿、文具、換洗的制服……她一樣樣收進紙箱裡；經書、念珠、道服……這些現在看見就討厭的東西，她則一件件疊好，放在禪堂的角落。

「妳蹺班這麼多天，信徒都在問妳去哪裡了。」

金勝在走進禪堂，看見她手上的動作，心裡一驚。

這囝仔又在搞蝦密花樣？帶一個這麼大的紙箱來是怎樣，要離家出走喔？

謝雅真木然抬頭看他一眼，沒有回話，繼續專心收拾。

哎喲，失戀嘛，生離死別嘛，人生在世不就這樣？她現在還小，傷心歸傷心，但是人生這麼長，哪有什麼過不去的崁？金勝在抓了抓頭，試圖想安慰她。

「小真啊，我知道妳的心情，妳一定很難過，但是喔，妳也該好好放下——」

「我不做仙姑了。」她抬頭看向金老師。

這幾天，她想了很多，也考慮了很多。

回顧自己的成長過程，從小到大，她雖然表面上為了不要忤逆父母，不要忤逆金老師，一直強迫自己接受「帶天命」這個說法，開始修行當仙姑，可是其實，她始終對一切都很茫然。

明明不喜歡，卻又無法拒絕，只是一直待在原地唉聲嘆氣，怨天尤人，最後連她都不喜歡自己。

她從來都不知道自己為什麼要當仙姑，也搞不清楚自己究竟是誰，究竟喜歡什麼、討厭什麼，總是任別人予取予求。

她不要再繼續這樣下去了。

「啥？不做仙姑？」金勝在大驚。這囝仔在講蝦密肖話？「欸，仙姑不是妳說做就做，說不做就不做的耶！啊那些信徒怎麼辦？議員夫人怎麼辦？誰來幫忙他們？」

「我自己都幫不了我自己，還幫別人？」她拿著紙箱站起來，東西也不收了，實在不想再聽金老師說這些，直直往門口走。

「蝦毀啊？妳帶天命欸，妳這樣不負責任，會遭到報應啦！」金勝在一個箭步擋住她。因為心急，話說得也重了。

其實，話一出口他就後悔了。這囝仔年紀還小，他不應該這樣講的。

「報應？」她忽然好笑地看著金老師，彷彿聽見天大的笑話。

她長年過著這種學校、宮廟、家裡多頭跑的生活，還不像是報應嗎？夾在金老師和信徒之間不是報應？連個普通學生都當不好，曾經被排擠、霸凌，算不算報應？就連害死心愛的男朋友都不算報應？

為什麼她明明為濟德宮，為金老師做了這麼多事，犧牲了這麼多，只是因為她想離開，就要詛咒她會有報應？

「我每天待在這裡才是報應！什麼天命，什麼祈福法會，要不是因為這些事情，阿樂也不會死，我再也不要跟你們玩這種無聊的遊戲了！」她一股腦兒地吼出經年累月的不滿。

啪！一個清脆的耳光火辣辣地搧到她臉頰上。

金勝在氣極了，掌心熱燙燙的，內心也滿是火氣，從來沒想過她會說出這麼大逆不道的話。

「妳再說一遍，妳把廟的事情當作遊戲？有人想接天命還接不到，妳這樣糟蹋，妳阿爸在天上知道會有多傷心！」

他多羨慕她有天命可以接！他期盼了大半輩子，不管怎麼勤能補拙都補不來的天賦，被她嫌得一無是處，說不要就不要，到底知不知道惜福？要是他像她一樣從小就帶天命，就不用撐得這麼辛苦，不用這麼努力學那些話術行銷、什麼心理學，也不用這麼跌跌撞撞、搖搖欲墜，這麼吃力不討好，又這麼惹她嫌！

她瞪大眼睛，驚愕地看著金老師，臉頰如同火燒般又辣又燙，眼眶裡全是淚，卻寧願瞬得眼睛發痛也不願意讓眼淚流下來。

她才不要哭，更不要在金老師面前哭！

什麼天命？她從來就不稀罕！

什麼爸爸？還要再用這招騙她多久？還要她自欺欺人多久？

她好不容易才遇到一個願意珍惜她的阿樂，一個讓她覺得自己充滿力量的阿樂，一個不排斥她仙姑身分的阿樂，好不容易才遇到一個願意喜歡她、接納她的阿樂……

什麼都沒了。

就因為這什麼該死的仙姑，該死的濟德宮，該死的天命……拿一個從來沒見過的爸爸來唬弄她有用嗎？

「我從來就沒有爸爸，我一直都是一個人。」她一字一字，每個音節都說得咬牙切齒，甩頭離開濟德宮。

繪著門神的廟門越來越遠，那些自她有記憶來就熟悉不已的蟠龍柱、楹聯、石雕、燈籠，全都被她決絕地拋在腦後。

神像、爐煙、香火、信徒……從今而後，與她再無干係。

再也不要回來了。

19

善意

頹喪了幾日，決定重新回學校上課前的清晨，趁著天還矇矇亮的時候，謝雅真特地繞去花市買了一束天藍色的花。

天空淅瀝瀝地下著雨，如同她不再放晴的心情。

她撐著傘，來到何允樂的墓前，將那束鮮花擺在他的笑容下。

「你是不是在生我的氣，為什麼都不出來見我？」

連日來，她找遍了所有阿樂曾去過的地方，可是不論是電動遊樂場、涵洞、河濱公園……全都沒有他的身影。

「大家都說我是仙姑，一定看得到你，你為什麼要一直躲著我？你在整我嗎？」她說著說著，越想越委屈，也越說越氣惱。

「何允樂，你再不出來見我，我真的要生氣喔，我是認真的喔。」

喉頭一哽，嗓音不禁發顫，眼淚好像隨時要掉下來。她趕緊抬手抹了抹眼睛，沒注意到有個男人走到身旁。

男人的傘緣微微撞到她的。她抬頭一看，總覺得好像在哪裡見過這個男人。直到男人拿出一塊石頭，放在墓前，她才想起曾在阿樂給她看的信件照片中看過這張臉。和阿樂一樣過人的身高，偉岸挺拔，濃眉大眼，蓄著看起來很瀟灑的鬍子。

Meteorite……是阿樂的爸爸嗎？

阿樂的爸爸曾經說過，回國後要給他新的隕石……

「妳是小真吧？」沒想到男人偏頭過來看她，先開口向她打招呼。

她一愣，瞪大圓圓的眼，點點頭，有點搞不懂阿樂的爸爸為什麼會認識自己。

「我回國之前，有跟阿樂通過一次電話。他說他交了一個女朋友，是個很特別的女孩子。」何父看向她，嘴邊帶著微微的笑意。

原來，阿樂有和爸爸提起過她……

她用力眨了眨眼睛，有點想哭，又有點想笑。

「阿樂還說，妳有超能力啊？」何父好奇地詢問。

對兒子所說的話，他並無懷疑，既然碰上了兒子口中的女朋友，便想多聊一些，多了解兒子喜歡的女孩一些。也許，也能因此與兒子的距離更靠近一些。

超能力？她垂下眉眼，越想越難過。

「要是我沒有超能力就好了……要是我是個普通人，當天就可以準時赴約，阿樂也就不會因為要來找我而出車禍……都是我的錯。」她自責不已，越說越小聲，幽幽的嗓音幾乎被雨聲吞沒，卻又清晰地落入何父耳裡。

他是無國界醫生，關於災難倖存者的罪惡感與創傷後壓力症候群相當熟悉，了解她的內疚。

「他不會怪妳的。」他朝她走近一步，說得篤定且溫柔。

她不是肇事者，也同樣失去珍愛的人，沒理由將過錯全往自己身上攬，一個人背負傷痛。

謝雅真低下頭來，反而更不好受。為什麼沒有人指責她呢？阿樂的媽媽沒有，爸爸也沒有。明明，一切都是她的不好……

何父望著她憂愁的眉目，緩緩嘆了口氣。這樣的神情，他已經見得太多太多。

「我當醫生的時候，每天都有不同的人在我面前倒下，要是一直悲傷，日子只會更難過。哭哭啼啼也是一天，開開心心也是一天，不如就坦然面對吧，嗯？」

他深深地望進女孩的眼底，鄭重無比地開導她。

阿樂的爸爸，果然是個很好很好的人……難怪阿樂這麼喜歡爸爸，這麼想念爸爸。

她心底終於生出一點點暖意，突然覺得自己該說些什麼，回應這份溫暖與善意，也該為阿樂說些什麼。

「阿樂他……一直都很想你，他一直在等你回來破他的紀錄，一直在等你回來跟他說出國時發生的事情。雖然，他嘴上不說，但我感覺得出來，你是他永遠的偶像。」

她的聲音在雨中，一字一字浸潤他內心。何父吸了吸鼻子，眼眶有點紅紅的。

「謝謝妳……他還有跟妳說什麼嗎？」他笑著向她道謝。

有的。她深呼吸了一口氣，握拳，砰——

她用盡全身力氣往何父胸膛打過去。

「歡迎回家，老爸。」她挑了挑眉，試著模仿阿樂的表情與口吻。

何父腳步一晃，手上雨傘差點滑掉，瞬間被這個拙劣的模仿逼出滿面的淚水，又哭又笑地注視著她。

那小子，他最帥氣的兒子……

是的，老爸回家了，終於回家了！

「……謝謝。」何父緊捏著眉心，望著墓碑上的相片，壓抑地哭了出來。

她看向何父，再看向阿樂的墓碑，終於露出了這些日子以來的第一個笑容。

阿樂，我幫你實現願望了。你看見了嗎？

話劇社社辦內氣氛低迷，一片愁雲慘霧。

《羅密歐與茱麗葉》的海報從牆上被拆下來，場景布幕被綑起，道具也一一收進鐵櫃，每個人手上都忙個不停。

「社長，這真的要拆嗎？做很久欸。」小龜手裡拿著鱷魚頭套，口吻不捨。

自從阿樂走了之後，少了羅密歐，他們無法排練，也沒心思排練。

張念文整日以淚洗面，最後甚至決定中止這次的校慶演出。

雖然少了阿樂很令人傷心，但是拆掉這些道具也很令人難過。

「白目喔，不要再問了啦！」眼見張念文似乎又要開始掉眼淚，鳥哥趕緊捶了小龜一拳。

小龜摸摸鼻子，只好繼續手上的動作。其他社員收海報的收海報，折戲服的折戲服，誰也不敢再說話。

謝雅真走進社辦時，看見的就是這幅景象。關於中止演出的事情，她已經聽黃巧薇提過了。

她一語未發，走到黃巧薇身旁，默默地開始動手收拾東西。

眼前正是羅密歐的劍與戲服，阿樂穿著這套衣服的帥氣模樣清晰浮現腦海，不由得令她出神。

「搖滾羅密歐，不錯吧？」他得意洋洋地拉了拉身上的皮外套。「茱麗葉走芭蕾風，羅密歐走搖滾風，這樣兩大家族才有特色，也很有衝突感，對吧？」

她鬼使神差地將戲服拿起來，忽然發現胸前的口袋裡似乎有著什麼東西，她信手拿起，視野一瞬間朦朧了。

是上次的拍立得相片。

照片裡的大家笑得好開心、好開心，阿樂摟著她的肩，臉上掛著陽光般的笑容，親暱地將她摟在懷裡。她幾乎還能感受到他掌心停留在她肩膀上的溫度……

她深呼吸了一大口氣，終於緩過心神，拿穩了手中照片。

「那是什麼？」黃巧薇湊到她身旁來。

「這不是我們那天拍的照片嗎？」鳥哥也跟著走過來。

小龜、胖達與其他社員……大家紛紛圍過來看那張相片，同時有點惆悵。

「所以，我們真的不演了喔？」一想到那天快樂的回憶，小龜更捨不得了，忍不住又問了一遍。

「都沒有羅密歐了怎麼演？」鳥哥吐槽吐得很心酸。

「可是，這是我這輩子，第一次這麼喜歡演戲……」要不是阿樂把這部戲改得這麼好笑，他絕對不會演得這麼開心的。胖達悶悶地說。

張念文轉過頭，再度啜泣出聲。

「好了啦，不要再說了，趕快整理東西。」鳥哥嘆了口氣，擺了擺手。

大家看見張念文哭成這樣，心裡也很不好受，只好更加專心收拾道具。黃巧薇摸了摸謝雅真手臂，也跟著走開。

話劇社裡鴉雀無聲，只有低低的啜泣聲。

她怔怔地看著消沉萎靡的大家，再看向手中的照片，總覺得自己必須要做些什麼才好。她能做些什麼？

假如，阿樂在這裡的話……

「其實，我昨天通到阿樂了。」她深呼吸，打起精神，盡量讓自己聽起來很輕快。善意的謊言也好，騙人的話也好，只要是能讓大家振作起來的事都好。如果阿樂還在這裡的話，他會因此感到高興的。

「欸？是喔，那他有說什麼嗎？」黃巧薇立刻衝到她身邊。

「他就一樣很不正經啊，說他現在過得很好很自在，只是看到我們大家哭的樣子真的好醜喔。」她聳了聳肩，吸了吸鼻子，模仿阿樂總是天塌下來也不怕的表情，試圖讓自己聽起來更輕鬆一點。

但願，阿樂現在真的過得很好很自在……

張念文趕緊抹掉臉上的淚。

「他叫大家不要再難過了。他說，我們大家排了一個這麼好的戲，不演的話太可惜了啦！要我們繼續發揮搞笑的精神，笑死台下的觀眾，而且他還說，搞笑才是真正的浪漫嘛！」她學著阿樂的動作和聲音，在張念文面前打了個響指，逼出張念文破碎不成聲的哭泣。

阿樂他……一定會這麼說的，是不是？

「阿樂這個白痴。」鳥哥第一個笑了。

「阿樂真的這樣說嗎？」

謝雅真點頭，點得很堅決、很用力。

「他還說，不想看到我們大家這麼難過，希望看到大家開開心心的樣子。」她說得很努力，仰起頭，硬是將要竄出來的眼淚全逼回去。

是啊，她不要難過，她要開開心心的。

就像阿樂爸爸所說的，哭哭啼啼是一天，開開心心也是一天。他們都要開心，就像阿樂從前一樣，總是那麼開朗、那麼快樂、那麼搞笑。

「好啊，當然沒問題啊！」胖達拍胸脯。

「那我們就繼續演下去。」Yes！小龜握拳。

「阿樂你等著！我們演給你看！」鳥哥奮起。

「可是，阿樂不在，誰演羅密歐啊？」黃巧薇突然意識到問題。

「我演！」謝雅真一把將阿樂的戲服拿過來套在身上。

她一定沒問題的，她會代替阿樂，完成每一件未完成的事情，說完每一句沒有說完的話。

站在一旁始終沒出聲的張念文，看著自顧自做決定的社員和穿著何允樂戲服的謝雅真，突然非常煩躁。

不管怎麼樣，阿樂已經不在了，再也沒有比阿樂更適合的羅密歐了……不要碰阿樂的東西！

「謝雅真！妳鬧夠了沒?!」張念文驀然提高音量。

大家方才的熱烈戛然而止。

「社長，我真的會努力，讓我試試看。」

「把戲服換下來！」

真的，不行嗎……她很委屈也很遺憾地脫下衣服。

張念文將戲服一把搶過來，看著面面相覷的大家，與被她弄得僵硬無比的氣氛，又有點尷尬，心一軟，覺得似乎是自己太過分，反應過度了……

既然將這齣戲演完是阿樂的願望，阿樂喜歡小真，一定會喜歡由小真飾演羅密歐這個決定的。而且，憑良心說，小真之前的搖滾茱麗葉真的很特別，即便她當時不太喜歡小真，也能感受到小真在舞台上的認真與魅力。

「這衣服不合身，我幫妳修改長度。」她將羅密歐的戲服緊緊抱在手裡，口氣冷冰冰的，面無表情。

咦？大家同時望向她，露出不可思議的表情。

原來不是不演喔？只是修改戲服？

「都這樣看著我幹麼？我是不想到時候，羅密歐在舞台上摔個四腳朝天……這是為了阿樂的心願，也是為了大家到時候演出可以很順利很成功……快去練習啦，聽見沒有？」張念文被眾人看得不自在，板起臉色，口氣比剛才更兇。

哈哈哈，就知道社長最傲嬌了啦！大家同時笑出聲。

謝雅真握緊了手裡的合照，感動地看著張念文與其他人，和大家一起笑了起來。

在此起彼落的笑聲中，她漸漸退出社辦，讓自己抽離眼前這份由善意的謊言創造出來的熱鬧。

她沿著走廊，慢慢走向阿樂的教室。

這個時間，學校裡的人越來越少，空蕩蕩的校舍中，她迎著夕陽，一步步走近阿樂的座位。

阿樂的座位上，擺滿了卡片、禮物與花朵。「兄弟，永遠想你」幾個大字刻在他的課桌上。

她低下頭，伸手摸了摸那幾個字。

阿樂，你看見了吧？

每個人都在為了你努力，習慣與適應沒有你之後的生活。

我們都會好好的，而你……也要好好的。

「南無薄伽伐帝。鞞殺社。窶嚕薜琉璃。鉢喇婆。喝囉闍也。怛他揭多也。阿囉喝帝。三藐三勃陀耶。怛姪他。唵。鞞殺逝。鞞薩逝。鞞薩社。三沒揭帝莎訶……」

身著海青的誦經師們站在大殿神像前，肅穆地敲著木魚，莊嚴地念誦著經文。今晚的濟德宮內依舊有專業誦經團陪伴議員夫人念經。

「夫人辛苦了，請喝茶。」誦經儀式結束後，金勝在端著擺放著各式茶點和香茗的托盤，走到夫人面前，恭敬地放下。

「金老師，仙姑今天還是不在啊？」議員夫人手持念珠，面容憔悴，看起來似乎有心事。

「這個……」金勝在抓了抓頭，實在不知道該怎麼面對這問題。

小真這囝仔這次鬧成這樣，他既拉不下臉去找她，卻也等不到她自己回來。本來以為，她鬧幾天脾氣就會沒事的……

「其實，我有事情想問問仙姑，這幾天我都睡不好，人不太舒服……」議員夫人本來還想繼續說下去，廟門那頭卻傳來難以忽略的吵嚷。

「又要等？我已經等了兩個禮拜，到底還要等多久？」

「仙姑什麼時候回來？」

「拜託，叫仙姑出來啦！」

濟德宮外擠了好幾個信徒，頻頻朝廟內探頭探腦，口吻焦躁，彷彿今天不見到仙姑不罷休，大有一鼓作氣衝進來的架勢。

「仙姑在閉關修練啦，短時間內沒辦法為大家服務。」阿宏擋在幾乎要暴動的信徒面前，隨口胡謅了個理由。

「不管要祭改、求籤、改運，沒關係，我們裡面請，由金老師來為大家解答。」阿修連忙陪笑臉，努力安撫信徒。

「我媽媽過世，很重要，這一定要找仙姑才行啦！」門外的信徒根本不接受這種模糊的答案，不屈不撓地請託。

「原來仙姑去閉關喔？仙姑什麼時候回來呀？」夫人聽見關鍵字，轉頭問金勝在。閉關？啊對！閉關啦！阿宏真是好樣的！金勝在打蛇隨棍上，趕緊接口。「我也不知道，不過我想仙姑閉關，時辰到了自然會……夫人？夫人？」

他話說到一半，議員夫人突然一口氣提不上來，眼白一翻，軟綿綿地癱倒在輪椅上，雙手無力地垂掛在身側，任憑金勝在怎麼叫都叫不醒。

夭壽喔！怎麼會這樣?!

金勝在趕緊探了探議員夫人的鼻息，又伸手摸她額頭。

呼吸很急很淺，額頭好燙，手腕很涼……慘了慘了，夫人該不會有什麼三長兩短吧？「來人啊！夫人暈倒了！」金勝在嚇壞，立刻朝外喊人。

「怎麼了？」光頭隨扈們衝過來，看見夫人的模樣，同時都嚇了一跳。「怎麼會這樣？你對夫人做了什麼？」

「冤枉喔，我蝦密也沒做啊，夫人講話講一講就昏倒了，快送醫院啦！」

「叫救護車？」

「等救護車來也不如我們自己送快啦！」

「我去開！」其中一名隨扈立即衝到外面。

「來，你和我一起，快把夫人帶到車上！」金勝在和另一個隨扈馬上將人推出去。

醫院內，匆忙趕來的趙金火心急如焚地聽著醫生報告病情，大發雷霆。

「什麼叫剩下不到一個月?!」趙金火震怒，吼得幾乎整條走廊都要震動了。

「我們已經照過X光，MRI也處理過了，可是癌細胞已經開始擴散轉移了。」主治醫師推了推眼鏡，遺憾地說明。

「上次我們回診的時候，你明明不是這麼說的啊！你不是說已經穩定了嗎？既然已經穩定了，為什麼還會轉移呢？那你們那些標靶藥有什麼屁用啊?!」趙金火越說越氣，一把揪住主治醫師的領子。

「議員，這裡是醫院。」現在畢竟是選前的關鍵時刻，形象要緊。趙金火的助理連忙拉住他，卻被趙金火一把推開。

「你給我一個字一個字聽清楚，不管花多少錢，你都要想辦法醫好我太太，不然我會動用我所有的關係告倒你們醫院！我告倒你，告到你死，告到你破產，你信不信?!」趙金火理智全失，狠戾地威嚇。

「我們會盡力、我們會盡力。」主治醫師抹掉額角的汗，連連鞠躬道歉。

趙金火握緊拳頭，氣憤得簡直要將牙齒咬碎。

不要緊的，沒事，蕙蘭絕對不會有事的。

他還有仙姑。

仙姑既然能逆轉選情，也一定能逆轉病情！

「小真？小真！妳睡著了喔？」電話的那一頭，黃巧薇用力大吼。

「沒有啦，只是在發呆。」謝雅真躺在床上，兩眼無神地望著天花板。

自從《羅密歐與茱麗葉》恢復緊鑼密鼓的排練之後，日子又正常地流動起來，一眨眼，校慶日就是明天了。

「妳沒事吧？有什麼事要說，不要每次都一個人憋在心裡欸。」就算隔著手機，黃巧薇的關心也能清楚地傳達過來。

「我沒事啦。」她對著電話笑了笑。

「沒事就早點休息，明天就要校慶公演了，男主角不能睡過頭啊。那晚安嘍，Bye Bye。」

謝雅真頓了一下，突然喊住她。「巧薇？」

「幹麼？」

「謝謝妳……每天晚上都陪我聊天。」自從阿樂離開之後，巧薇每天都會在睡前打電話給她。

她們的聊天其實沒什麼重點，從什麼品牌出了什麼新面膜、哪個歌手出了什麼新歌、哪部新電影上映……等等之類有的沒的。

一直這麼東拉西扯了好幾天之後，她才終於意識到，原來巧薇擔心她晚上一個人胡思亂想，才這樣假裝若無其事地亂聊一通。

這種小小的善意與溫暖，真的撫慰了她。

「好朋友謝屁喔？三八死了，快睡覺啦，晚安。」哎喲，算她有良心，黃巧薇笑罵，嘻嘻哈哈地掛了電話。

她看著手機也笑了，很慶幸還有黃巧薇這個超級好朋友。

不當仙姑之後，她多了很多時間可以參加社團活動、好好寫功課、做家事，甚至下課跟同學去吃東西、逛逛街，睡覺前講個電話……

可是，為什麼明明過著從前嚮往的生活，又覺得悵然所失，好像哪裡少了些什麼？

她怔怔地看著手上的佛珠。

阿宏、阿修，還有金老師，不知道在做什麼呢……

20 後悔

鮮妍斑斕的遮陽傘如煙花般一朵朵接連炸開，飲食、遊戲……各式各樣的攤位陸續開張，復興高中的校慶日就此揭開序幕。

禮堂內，校慶表演如火如荼地進行著。舞台上，霓虹燈五光十色，舞台下，歡呼聲震耳欲聾。

「合唱團，該你們上場了！」司儀走到後臺，指揮著各大社團。「話劇社，你們是下半場第一個節目。」

「好，謝謝。大家集合。」張念文點頭，拿著擴音器，將話劇社的大家召集在一起。「東西都準備好了嗎？現在，每個人都想想自己的台詞、走位，我們一起把眼睛閉上。來，吸氣、吐氣……慢慢把眼睛張開。」

眾人在張念文面前圍成一個半圓，跟隨著她的指示動作，每雙眼裡都寫滿了興奮、緊張與期待。

「大家辛苦了一個學期，待會兒就是我們展現成果的時刻。雖然，途中發生了很多意外，但是，我們一定要努力堅持到最後一刻。千萬不可以哭，也不可以放棄，我們一定要笑著演完這場戲，這是我們能夠為阿樂所做的最後禮物。」

為了阿樂。大家同時堅定地點頭。

「大家都準備好了嗎？」張念文喊。

「好了！」

她伸出手來，好幾雙手同時疊上去。「話劇社！」

「話劇社！帥！」

「話劇社！美！」

「話劇社話劇社！帥又美！」

謝雅真緊握著胸前的隕石項鍊。

阿樂的搖滾羅密歐，她一定要演好！

失去了仙姑的濟德宮，今日也依舊吵吵嚷嚷的。

「仙姑什麼時候回來？」天才矇矇亮，好幾名信徒便聚集在門口。

「仙姑現在不在廟裡啦。」阿宏、阿修擋在信徒面前，一遍遍地重複。這些日子已經不知道講了多少次，可信徒們完全聽不進去，抱怨不斷。

「你們不能這樣做事啦！要等幾天講清楚啊，仙姑人呢？」

「上禮拜就叫我們等，都已經等很久了捏！」

「快叫仙姑出來啦！」信徒們越吼越大聲，吼到一直待在廟裡苦讀EMBA參考書的金勝在不堪其擾，桌子一拍，大剌剌地衝到門口。

「是在亂什麼啦?!就跟你們說廟裡不再問事了，再吵就不客氣了！」金勝在挽起袖子，越說越上火。

「金老師，不要這樣啦。」信徒們不服，情緒激動，逐漸往前推擠。

「阿宏、阿修，關門！」金勝在大手一揮，下逐客令。

「拍謝拍謝。」

「改天再來啦。」阿宏、阿修連連道歉，將信徒們趕到門外。

「等一下！」一隻手突然蠻橫地從即將闔上的門板中央插進來。

「閃開！」身材魁梧的隨扈們擠進門，粗魯地將廟門踢開。

趙金火來勢洶洶地推著輪椅衝進來，他的妻子坐在輪椅上，面無血色，手上還吊著點滴。

「仙姑、仙姑！」趙金火推著輪椅，急切的目光在廟內不停搜尋。

金勝在趕忙上前。「議員大人？」夭壽喔，這時候議員大人來添什麼亂啦？

「仙姑人呢？」趙金火急吼吼地問。

金勝在額角滑落了一滴汗。「仙姑不在。」

「趕快找人把仙姑請回來！蕙蘭，妳忍耐一點。」趙金火大喊。

議員夫人眼睛緊閉，臉上一點血色也沒有，嘴唇泛紫，憔悴得毫無生氣。點滴內的液體一點一滴地流下，彷彿是她流逝的生命。

「還不快去！」趙金火咆哮，濟德宮的地板彷彿都為之震動。

這……該怎麼辦？金勝在內心叫苦連天。

小真已經離開濟德宮好幾天了，本來以為她只是鬧彆扭，氣個幾天就沒事了。沒想到小真一去不回頭，無聲無息，好像真的沒有要回來的打算。

不回來就算了，誰稀罕啊？啊不過，也不知道她這幾天有沒有好好吃飯，聯絡簿要找誰簽，身上錢夠不夠用？

他的心情已經從原本的賭氣演變成擔心，但又不知該怎麼辦。

再說，議員夫人現在這種情況，喊小真回來只是陷入更不可收拾的麻煩而已……不過議員大人這麼焦燥，也不知道聽不聽得進去？這時候他該說實話嗎？

「議員大人，你先別急，先讓夫人喝個水啦。」先拖延時間再打算。金勝在趕緊拿了瓶大悲水，旋開瓶蓋，插好吸管，恭恭敬敬地遞到趙金火面前。「蕙蘭，來，喝一點大悲水，神明會保佑我們的。」趙金火讓妻子枕在自己肩頭，將大悲水湊到妻子唇邊。

「咳、咳咳！」議員夫人傾身，好不容易喝了幾口，卻又因為喘不過氣，把水通通嗆出來。

「不急、不急，蕙蘭，慢慢來。」趙金火連忙幫妻子拍背順氣，轉頭急匆匆再問：「仙姑什麼時候會回來？」

金勝在和阿宏、阿修站在兩人面前，像一排在罰站的孩子，戰戰兢兢，面面相覷。

「議員大人，以夫人目前這個狀況，就算仙姑回來也沒有用。我建議你還是趕快把她送到醫院去，不然會來不及啦。」金勝在捏了把冷汗，鼓起勇氣開口。

不管了啦，該講的還是要講，議員太太臉色糟成這樣，還是看醫生比較實際。

「你說什麼?!」趙金火氣沖沖站起來，把水交給隨扈，滿臉戾氣地走向金勝在，惡狠狠地瞪著他。「你之前是怎麼說的？你不是說神明會保佑我老婆長命百歲嗎？你不是說她身上的念珠會讓她元神光采嗎？什麼叫做來不及?!」

「夫人現在這樣……真的不行啦。」元神光采不是這樣用的啦，金勝在只覺有理說不清。

這種狀況，再怎樣舌粲蓮花都圓不起來。何況，他平時雖然會跟信徒說一些無傷大雅的善意謊言，但從來不做傷天害理的事。人命關天，還是去醫院要緊啦。

「什麼叫做不行？我們做了那麼多功德，為什麼會一點用都沒有？仙姑人到底在哪裡？」趙金火越聽越生氣，也越講越生氣，每個字說得咬牙切齒，神情猙獰。

「我真的不知道。」金勝在搖頭。今天是假日，他怎麼知道小真在哪？就算知道也不能說啊，議員這麼生氣，讓她回來送死喔？

「老師，不然我打電話請仙姑回來？」見議員臉色越來越難看，阿宏心想不妙，趕緊推了推金勝在手臂，在他耳邊講悄悄話。

「你不要在那邊囉嗦！」怎麼能這麼白目啦？金勝在連忙要阿宏閉嘴。

「我再問你最後一次，仙姑到底人在哪裡？」但兩人的互動早已被趙金火看在眼裡也聽在耳裡，他臉色鐵青，口吻越發陰狠。

「仙姑辭職了，她已經不在廟裡面做事了。」無論如何，都不能牽連小真。金勝在挺直腰桿，有什麼都衝著他來，他扛！

「好、好，你很好——」趙金火壓抑住滿腔怒火，回身牽著妻子的手，頻頻點頭，接著眉目一凜，突然狠狠掐住金勝在脖子。

「咳、咳咳！」金勝在無法呼吸，不停咳嗽。

「金老師！」阿宏、阿修趕忙衝上前，想救金勝在，卻被隨扈們粗魯地架開。

「你給我聽清楚，我不管你用什麼辦法，趕快讓我老婆好起來！你現在就給我作法，跟神明說，就算是折我的陽壽也沒關係。我老婆要是不好起來的話，我就砍斷你手腳，把你整間廟都燒掉，讓你們全部都跟著我老婆陪葬！你信不信？信、不、信？」趙金火發狂，吼得眼白充滿血絲，幾乎像要滴下血來。

撲通——撲通——

謝雅真的心突然跳得好快，總覺得心神不寧。

是太緊張了嗎？她手裡緊緊握著阿樂給她的隕石項鍊。好像有什麼事就要發生。

嗡——

她的手機驀地震動，把本就緊張的話劇社眾人全都嚇了一跳。

「小真？」張念文有些不滿地瞪著她。早就說過要關機了啊。

「對不起、對不起。」她跑到一旁接電話，隱約有種不安。

「仙姑，妳在哪裡？出代誌啦！議員來了！」電話一接通，阿宏驚慌失措的聲音便從那頭傳來。

「你在說什麼啊？」她的心跳得又猛又急，不安越漸擴大。

「啊就議員太太快死掉了，議員帶人來圍宮廟，拜託妳趕快回來！」阿宏嚇得要命，一時間解釋不清。

「你叫他去醫院啊！」又是趙金火……自從阿樂過世之後，她對趙金火夫婦的感受更加複雜了。說討厭也不是，只是，覺得他們特別執拗、特別迷信，很令人傷腦筋，如果可以的話，真的很希望不要再和他們有交集。

「沒用啊，議員已經起肖了！他還說這次要是沒讓他太太好起來，就要打斷金老師手腳，還要放火燒宮廟，不是開玩笑的，妳快回來啦！」阿宏汗如雨下。

「我已經跟金老師說我不做仙姑了。」找她有什麼用？她又不是醫生，她早告訴過金老師了！她用力按掉通話，像在說服自己。

「仙姑！」阿宏急吼吼的聲音被她掐滅了。

「戲服都準備好了嗎？還有自己的配件。」張念文正在做上台前的最後確認，對著大家叮嚀。

「巧薇，妳髮捲要拿掉喔。」

「小龜，台詞背好了沒？」

「鳥哥，戲服咧？」

張念文一個一個盯大家，盯到她這裡來，皺著眉頭喊了好幾聲。「小真？小真，妳怎麼還沒換戲服？發什麼呆？」

對，她應該要去換戲服了……

她握著項鍊，環顧盯著她的每雙眼睛，滿腦子卻都是阿宏剛剛講的話，手中隕石似乎越握越冰，讓她渾身發冷。

「啊就議員太太快死掉了，拜託妳趕快回來！」

「他還說這次要是沒讓他太太好起來，就要打斷金老師手腳，還要放火燒宮廟！」

怎麼辦？趙金火的狠勁，她不是沒有見識過。他是一個偏執卻有決心的人，絕對不是嘴上說說而已。

就算她不想再當仙姑了，也不能放著金老師不管。何況，趙金火對她的通靈能力深信不疑，只聽得進她說的話，她不回去解決這件事，還有誰能解決？

「大家……對不起，我要先回去一趟。」嘴唇張了又合好幾遍，謝雅真好不容易才吐出這句。

「去哪？」張念文皺起眉頭。

「宮廟。」她小心翼翼地望著張念文。

「宮廟？」大家圍繞著她，同時發出疑問。

「妳這個時候回去幹麼？我們下半場第一個耶。」鳥哥急急忙忙地勸。

「對啊，妳演完再回去，不要鬧了啦！」小龜幫腔。

「可是人命關天，我一定要回去處理。」要是趙金火真的燒宮廟或是打斷金老師手腳怎麼辦？她很抱歉地望著大家，說得很為難。

「所以妳不演了嗎？」不是吧？沒有羅密歐怎麼辦？黃巧薇匆匆問。

「我要演啊！但宮廟的事情，只有我可以解決啊……」她脫口而出，可越講，聲音越小。

每一次再一次又一次，永遠都是這樣……

她總想逃得遠遠的，假裝看不見、聽不見，可是，內心深處又比任何人都明白，倘若她不去做這些事，就再也沒有人能解決了。

當那些仰望、依賴她的人期盼落空時，她也會因此感到內疚、自責……

這就是她始終無法逃避的天命。

「那怎麼辦?!」鳥哥聞言大亂。

「演出順序可不可以改啊？」小龜忙著思考補救方法。

「還是問問吉他社要不要跟我們換？」胖達跟著接話，一時間，眾人七嘴八舌，後臺吵鬧得要命。

怎麼會突然發生這種事？張念文看著內疚不已的謝雅真，十分為難。

她明白謝雅真的個性，謝雅真說「人命關天」的話，就真的是「人命關天」，絕不是誇飾。

她當然把今天的演出看得很重要，甚至比誰都在乎今天的演出，但是，難道要為了一齣戲，對他人見死不救？

「快去快回，我們等妳。」張念文眼睛一閉，跺腳。

念文學姊居然答應了？她不可思議地看著張念文，不敢相信念文學姊居然是第一個決定放行的人，又驚喜又感動。

「去吧。」黃巧薇握拳，也表明了支持她的決心。

既然社長都同意了，其餘人互相看了看，登時鴉雀無聲，全都不反對了。

「我一定會趕回來！」

她飛也似地衝出後臺，風聲從她耳畔呼嘯而過。

濟德宮內，金勝在手裡拿著一大束香，巍巍顫顫地在神明前祝禱。「聖母慈悲，信女李蕙蘭，此時身體病痛，望聖母大發慈悲，赦罪添壽。」

「讓夫人坐直一點。」趙金火命令隨扈，一邊脫下西裝外套墊在妻子身後，好讓她舒服些。

「蕙蘭，妳再忍耐一下，神明一定會保佑我們，很快就好了。」趙金火溫柔地安慰妻子，又轉頭喝斥金勝在。「不是要作法嗎？別再拖了！快一點！」

「聖母顯靈，這次事情很大條，不是在開玩笑，一定要顯靈，拜託拜託。」金勝在趕忙持香對著媽祖娘娘拜了又拜，插進香爐，滿心祈禱神蹟出現。

接著，他從阿宏與阿修手中接過兩大束香，虔誠地圍著淨爐繞了幾圈，走到議員夫人面前。

「咳，咳咳！」議員夫人被香煙薰得滿臉，不住咳嗽。

趙金火神情愈顯焦急，也更狠戾。「我太太現在很不舒服，快一點！」只能死馬當活馬醫了！

太上老君、天上聖母、關聖帝君、九天玄女、清水祖師爺、三師三童子……拜託全都要保佑他才好。

金勝在忐忑地吸了一口長氣，紮穩馬步。

「三十六天罡、七十二地煞、天兵天將，速速聽令！」他雙手持香，拉開架勢，嘴裡吼得雷霆萬鈞。

「等一下！你們在幹麼啊?!」

廟門一把被推開，謝雅真十萬火急地衝進來，看見眼前景象，差點沒昏倒。這是要對議員夫人作什麼法啦？

「仙姑？拜託，救救我太太！」趙金火兩眼一亮，衝到謝雅真面前，拚命向她鞠躬，簡直像看見救星。

「這裡不缺仙姑，妳快走啦。」夭壽喔，這囝仔到底懂不懂趨吉避凶啊？金勝在連忙趕她。

「你拿這麼多香幹麼？快拿走！」沒看到夫人都已經被嗆得受不了了嗎？她反而揮

手趕金勝在。

「仙姑，拜託妳，妳一定要救救我太太。」趙金火圍在她身旁，苦苦請求。

「你太太她沒有卡到陰，她是真的生病了，她現在最需要的是醫生，不是作法啦！」議員夫人身上從頭到腳都沒有鬼，乾淨得很，根本不需要通靈除厄啊！她向趙金火解釋。

可是趙金火根本聽不進去。「醫生？醫生都說她活不過一個月了。拜託妳，我知道妳有這個能力可以救她！」

「死生天注定，我真的沒辦法。」醫生都沒辦法的話，她又怎麼會有辦法？她只會通靈，哪會起死回生啊？

「我知道，是不是我功德做得還不夠？妳開個數字，我一定照辦。」

「仙姑啊，妳不要再客氣了，看要多少妳說，給大家一個方便。」議員助理幫腔。

「這不是錢的問題，我真的沒有辦法幫忙。」怎麼講都講不聽啊，她頭痛得要命。

「仙姑，要多少妳說啊，妳是怕議員付不出來喔？」隨扈流裡流氣地插嘴。

「我們仙姑不是這個意思，你們放尊重一點，不要太超過喔！」這什麼態度啊？是在找吵架喔？阿宏聽不下去，氣沖沖地回嘴。

「不要在這邊假高尚啦，你們這裡不就是要錢嗎？你們這種人，恁爸看很多啦！」隨扈啐了口唾沫，挽起袖子，比阿宏更生氣。

「你是在講啥啦？」阿宏氣不過，伸手推對方。

「現在是怎樣?!」隨扈推回去，氣氛火爆，戰爭一觸即發。

「你們不要吵了！」金勝在想勸架，但在混亂中，被隨扈推了一把。

居然連金老師也打？阿宏更火大了，掄起拳頭往隨扈身上一陣痛揍。

「幹！」隨扈不干示弱，立刻和阿宏扭打成一團。

「阿宏，我來幫你！」阿修也跟著加入戰局。場面越來越混亂，拳來腳往，一發不可收拾。

「住手啦！你們不要這樣，聽我說——」謝雅真急急忙忙地衝上前，想阻止這一切，可話都還沒說完，便被惡狠狠地推開。

推擠間，不知道是誰踹了她一腳，她腳步踉蹌地往後跌，撞倒了廟裡的刀劍架，痛得幾乎迸出眼淚。

「好痛……」

刀劍架上的武器乒乒乓乓掉下，砸得她眼冒金星。

到底……為什麼會變成這樣？大家都已經失去理智了嗎？

她倒在冰冷的水泥地上，視線模糊，耳裡是打鬥吵嚷的聲音，忽遠忽近，一陣嗡嗡聲好似鑽進她腦子裡，直刺深處。

「住手——」

在濟德宮裡，信徒們仰望她、依賴她，口口聲聲喊她仙姑。

可是，仙姑到底是什麼？

信徒們究竟想從仙姑身上得到什麼？需要什麼？

Hi，小真，要不是妳，我沒有勇氣面對自己的感情。我爸媽離婚了啊。沒關係啦，反正他們在一起本來就不快樂啊，離婚反而對他們比較好。

所有的人都只看到表面，所有的人都惡意中傷了她……那個時候，要是我稍微勇敢一點……

妳怎麼可以拿別人的生死開玩笑？

人家說，看病要看心，妳現在是心理治療，妳要看心。這個道理我要跟妳講幾次，妳才會明白？

妳以為妳會通靈很了不起嗎？仙姑除了解決神鬼的問題之外，還要懂人心。妳有沒有真正去體會過別人心裡面到底在想什麼？

曾經發生過的點點滴滴恍然間如潮水般湧至她腦海，那些幫助過的人、幫不上忙的人……歷歷在目。

每個人都指望她能給個答案，指引一條康莊大道，可是，她雖然是仙姑，終究不過是個平凡的高中女生罷了，她究竟能為這些人做些什麼？

所謂盡人事、聽天命，倘若她真是帶著天命來到這個世界，那麼她該盡的人事又是什麼？

其實，她並不是真的那麼討厭當仙姑，也很享受能幫助他人的那份成就感，但是她不喜歡信徒過於依賴自己，過於迷信。大家都期望她無所不能，大家都期盼著神蹟，期盼著神，可是，她從來都不是神……

她是謝雅真，她是仙姑，她是……什麼？

鏘、鏘、鏘——

一個金屬擊地的聲音一下一下地傳來，鏗鏘有力，穿透了嘈雜的濟德宮。

大殿中，在神像前扭打成一團的人，瞬間停下動作。

「這是怎麼了？」一隨扈納悶地轉頭，不明所以地望過去。

方才跌倒在地的少女不知何時站起來了。她雙眼緊閉，手持一把未出鞘的劍，彷彿自有節奏、一下下敲打著地板，頭也隨著敲擊左右搖晃，整個人看起來既像個被不明之力操控的人偶，又像是很清楚自己該做什麼。

「老師，仙姑怎麼了？」阿宏與阿修同時疑惑地看向金勝在。

「事態不妙……」這囝仔怎麼這麼反常？金勝在睜大眼睛，嘴上喃喃，一時間也搞不清發生了什麼事。

中邪？不可能吧？

起乩？難道小真是想用起乩來說服議員嗎？可是，她明明說過最討厭起乩，還說起乩搖來搖去很醜……應該不是吧？

金屬擊地的聲音越來越急，擊得濟德宮裡人心惶惶，越聽越慌，卻像是被定住了一樣，動彈不得，只能眼睜睜直視著眼前詭異的場面。

鏗、鏗、鏘、鏘——少女的腦袋隨著撞擊聲搖晃得越來越快，一頭短髮凌空飛揚，身體擺動不已，馬步卻紮得穩穩當當。

「喝！」她猛然大喝，踢步向前，拔刀出鞘。

殿上白裊裊的爐煙因她的動作變得張牙舞爪一般，好像在她身後幻化為一片看不真切的圖騰，一時間，少女看起來十分巨大，有種懾人的氣魄。

這是怎樣……不要以為拿把破劍做做樣子，他們就會怕喔……隨扈們喉嚨咕咚了好大一下，不自禁嚥了口口水。

「……不對，有神明要降駕！」他知道了，這一定是神明降駕沒錯啦！金勝在驀地喊了起來。這姿勢、這魄力，一定是九天玄女，絕對是戰神！

「真的還假的？」

「怎麼可能?!」大殿上亂成一團，竊竊私語。

「九天玄女降駕！」金勝在兩手在胸前亂揮，要大家趕緊讓出空間。「退開、退開，接駕！」

阿宏、阿修立刻雙掌合十，恭恭敬敬地退到一旁。

隨扈們面面相覷。立刻退開沒面子，貿然上前也不妥，一時間你看我、我看你，居然拿不定主意。

趙金火雖然半信半疑，搞不清發生什麼事，但唯恐手上拿著劍的少女傷到妻子，連忙扶著輪椅後退。

少女始終緊閉著眼，手握七星，展臂一揮，步罡踏斗，在大殿上搖首揮劍，英氣勃發，步步走向趙金火。

大殿上一片寂靜，落針可聞，誰也不敢輕舉妄動。

少女一手持劍鞘，一手揮劍疾舞，在空中凌厲地打出漂亮劍花，將七星劍高舉在頭頂，風姿凜凜地站在眾人面前。

「弟子——」她收回七星劍，負在身後，在眾人的驚愕注目下，走到趙金火面前。

「趙金火聽令——」

分明是個十六歲女孩的青春聲嗓，這時竟然帶著一股凜然不可抗拒的威壓。

趙金火怔怔看著，幾乎能聽見自己吞嚥口水的聲音，眼睛眨都不敢眨。

「未注生、先注死，生死有命，天有定數。你太太時間已經到了，你能做的就是誠心發願懺悔，別再強求。你所做的一切上天都看在眼裡，到頭來，天——會決定一切。」

每一個字都被少女說得鏗鏘有力、擲地有聲。

殿上的神像在少女身後，莊嚴肅穆，姿態凜然；爐煙裊裊繞在她身旁，彷彿她身上散發出不可侵犯的光。

趙金火注視著眼前一切，心頭一陣悲戚，突感萬念俱灰。

天有定數？發願懺悔？別再強求？

交給上天決定嗎？但是，生離死別這麼痛，這麼難受，要怎樣才能不強求？

他面色鐵青，緊緊握住妻子的手。

妻子突然反手握住他，朝他牽起一個透明的笑容。

「放手吧。」她反覆撫著丈夫的手，用盡力氣對他露出微笑。

夠了，這輩子走到如今，縱有不捨，能有一個這麼深愛自己的丈夫，已經值得了。不要再為別人增加麻煩，也不要再讓丈夫多添業障。

放手吧……是這樣嗎？真的只能這樣嗎？要怎樣的懺悔，才能算是真的懺悔，才能感動神明，祈求神蹟？

趙金火摸了摸妻子的臉頰，眼眶含淚，撲通一聲在少女面前跪下。

金紙在紅燭上染足了火光，在空中舞出了幾縷白霧。香煙徐徐繚繞過趙金火與妻子的周身，為他們祈福渡劫，祈求神明保佑。

「放寬心，一切會有最好的安排。」

謝雅真將金紙扔進火盆，矮身為議員夫人戴好念珠項鍊，溫柔地對著夫人說。

趙金火一直握著妻子的手，跪在神明面前，不知道在想些什麼。

他愁眉深鎖的模樣令謝雅真看了不捨，也瞬間想起許多人。

她想起 Alice，想起黃教官，想起阿樂的爸媽，也，想起阿樂……

「你太太現在最需要的人不是我，是你。」她忍不住提醒趙金火，希望他真能明白這個道理。

趙金火一臉茫然地看著她。

「人生在世，要好好珍惜身邊的人，你現在還有機會，知道嗎？」她吸了吸鼻子，想起阿樂曾說過的話，眼睛有點酸酸的，似乎又熱了。

「好、好。」趙金火連連點頭，緊握著妻子的手，聽著妻子在他耳邊低語。

「回家?好,我們回家。」他站起來,雙手合十朝神明拜了拜,接著又向神明鞠躬,向謝雅真鞠躬。

她回了個禮,鼻尖好像變得比剛才更酸了,要非常用力,才能把眼淚吸回去。

回家?好羨慕他們能夠一起回家。

很多人,就算再怎麼想珍惜身邊的人,也已經辦不到了。

還來得及,就不要放手。不要像他們一樣,等到來不及了,才後悔……

21 再見

送走趙金火夫婦之後，濟德宮恢復一片安寧。

得知今天是校慶的金勝在，二話不說地要騎車載謝雅真趕回學校。

她頭上戴著安全帽，全身無力地趴在金勝在背上，眼皮重得彷彿抬不起來。

意識朦朧間，好像回到了那些她小時候的時光。

那時候，金老師總是騎著摩托車接送她上下學；每次發燒生病時，也總是金老師騎著車，帶著她四處找醫院。

那時候，她就像現在這樣，昏昏沉沉地靠在金老師背上，明明沒有看見金老師的表情，卻能夠感受到金老師很擔心她，很著急……

在她的記憶裡，金老師的背一直都很寬很厚實，好像能撐住整片塌下來的天。曾幾何時，這堵銅牆鐵壁般的背已經變得這麼單薄、這麼衰老……

對不起，金老師。

她說自己沒有爸爸，一直都是一個人。

可是其實，她知道，金老師一直拿她當女兒看，很像她的爸爸……

出了這麼大的事，金老師也想著要保護她，看到她的第一時間，就是趕她走……

對不起……她軟綿綿地闔上眼睫，在心裡反覆說著一遍又一遍的道歉。

一朵朵絢爛的煙花被毫不留情地收疊折起，校慶園遊會的攤位陸續打烊。校園中的人潮逐漸散去，恢復了往常的寧靜。

「今天真的好好玩喔。」

「不要打掃就更好玩了啦！」

「欸，妳們今天有看到隔壁男校那個學長了嗎？他今天有來欸！」

謝雅真回到學校時，校園裡的人寥寥無幾，每個人臉上都還掛著意猶未盡的表情，七嘴八舌交換著今天的心得。

天啊，居然已經這麼晚了！怎麼辦？話劇社的大家也已經都走了嗎？

她心急如焚地衝進禮堂。果不其然，禮堂內已經空無一人，舞台整理得乾乾淨淨，荒涼得如同今天根本沒有校慶活動一樣。

又是這樣……她又再度在重要時刻缺席，成為那個連自己都很難原諒自己的人。

雙肩一垮，沮喪得無以復加，根本無法想像話劇社的大家會怎麼怪她……謝雅真難過地回身，打算走出禮堂。

「羅密歐！」忽然，舞台上傳來一聲熟悉的叫喚。

巧薇？

她轉頭，黃巧薇在舞台上俏皮地朝她招手，話劇社的大家忽然從布幕後跑出來。

「妳很慢耶！全部就等妳一個人，耍大牌喔？」黃巧薇故作生氣。

「你們都還在等我？」她瞪大眼睛，環顧眾人，不可置信。

「我們是要演給阿樂看，又不是那些評審老師。快上來換衣服。」張念文笑著回答，看起來心情很好，似乎真的沒有生她的氣。

「快一點！」

「遲到要請喝飲料了啦！」三宅跟著起鬨。

可是，每個人都興高采烈的。

這群人怎麼對她這麼好，之前跑到舊團部來為她加油已經讓她夠感動了，現在還完全沒有責怪她，相信她一定會回來……

她可是讓大家錯過校慶演出了耶……吼，她又想哭了，這樣是要怎麼演羅密歐啦？

謝雅真笑開了，舉步奔向舞台。

「這是一個關於愛與死亡的故事。」神父手裡拿著本聖經，緩緩走到舞台中央，神情肅穆。

朱老師獨自坐在空蕩蕩的觀眾席上，笑吟吟地望著舞台。身旁的椅子驀然被拉開，停好摩托車的金勝在和阿宏、阿修全都跑來了，興沖沖地坐在台下。

「從前從前，有兩大誓不兩立的家族——蒙太古、卡普雷。」神父繼續讀著對白。

「我是蒙太古的代表——羅密歐。」羅密歐走上前，拿下面具，帥氣一笑。

「我是卡普雷的代表——茱麗葉。」茱麗葉走上前，拿下面具，甜美側頭。

「小真、小真！」金勝在坐在台下，拚命向她揮手，唯恐她沒發現自己。

「茱麗葉！」

「羅密歐！」台上的羅密歐與茱麗葉發現彼此，急速靠近，準備接吻。

「造反啦！」奶媽急忙衝過來，誇張無比地分開兩人，幾巴掌就將茱麗葉搧飛。

「哈哈哈哈哈！」金勝在和阿宏、阿修放聲笑了，朱老師拿著相機幫大家拍照，也笑得很開心。

「歡迎收看——搞笑的羅密歐與茱麗葉！」激昂歡樂的配樂一下，舞台上的大家同時高喊，載歌載舞。

場景一幕幕變幻，精采絕倫，目不暇給。

金勝在坐在觀眾席，目不轉睛地看著演出，拚命拍手。

羅密歐拿著吉他對著茱麗葉唱情歌。
兩人陷入熱戀，遭到雙方家族大力反對。
羅密歐和茱麗葉的未婚夫帕里斯對決。
茱麗葉殉情死亡，羅密歐打開棺木，茱麗葉像個殭屍一樣從棺材裡跳出來，額頭上還貼著黃澄澄的符紙。
哈哈哈，大家都被這樣無厘頭的情節逗笑，阿宏與阿修直接笑翻在觀眾席上，連連叫好。
金勝在跟著笑。可是，望著最後茱麗葉復活，皆大歡喜的結局，他的笑容漸漸變淡，突然生出一陣愧疚。
小真演得真好啊！仔細想想，除了她小時候衝到台上去唱歌跳舞的模樣之外，他幾乎沒看過她這麼活潑開心的模樣。
原來她可以這麼開朗，這麼可愛，這麼會演戲。
從她漸漸長大之後，濟德宮也漸漸占滿了他們的生活與話題。
他老是要她好好當仙姑，好好打坐，好好念經，為爸爸積福報，可忘了她其實只是個十六歲的高中生，只是個花樣年華的青春少女。
他老是怪她不了解信徒的心情，卻忘了她明明年紀這麼小，怎會懂得那些人間的愛恨離苦？

何況，當她終於經歷了死生離別，大受打擊之後，他也沒有好好體恤她的心情，反而衝她發脾氣……

天命、天命，他多羨慕她帶天命，卻從來沒想過，也許她根本就不想要這樣的天命，也許她本來就只想當個普通女孩而已。

她一而再、再而三地告訴過他，是他一直漠視她釋放的訊息……

他真的……對她太嚴苛了吧？或許，他應該鼓勵她去做自己喜歡的事，而不是用天命來困住她，逼著她只能做仙姑。

她應該有她自己的生活，有她自己的朋友。

就像其他普通的孩子一樣，偶爾參加學校活動、打扮自己、看看電影或是聽聽演唱會，做任何她想做的事，做任何會令她快樂的事。

她已經很努力，也為濟德宮做得夠多了。

等她演完，回到濟德宮，他要告訴她，其實她一直做得很好，真的很好。

金勝在百感交集地望著台上的謝雅真。

「話劇社，下台一鞠躬。」表演結束，謝雅真和話劇社眾人並肩站在一起，彼此牽手，高高舉起，以九十度鞠躬謝幕。

她氣喘吁吁，頭臉全是汗水，胸口卻充盈了滿滿的成就感。

站在舞台上的感覺果然還是這麼棒，她終於完成了阿樂的搖滾羅密歐！

胸口震顫，心跳飛快，她神采奕奕地站在舞台上，心中感動莫名。

啪啪啪啪啪——

突然間，台下爆出一陣如雷掌聲。

她驚愕地往前望。

何允樂就站在台下，對著舞台上的她豎起大拇指，笑容燦爛，一如既往。

是阿樂！

那眉眼、那笑容，完完全全是她朝思暮想、心心念念的何允樂，他終於出現了，終於肯來見她了！

「何允樂！」沒有時間錯愕，她迫不及待地跳下舞台，以畢生最快的速度直奔到他面前，用盡全身的力氣抱住他。

緊緊的、緊緊的，在有限的時間裡，再也不要放開。

「你怎麼現在才出現啊？我以為我再也見不到你了……」她環抱著他的腰，委屈地在他懷中放聲大哭。

終於見到面了，終於可以抱住他了，終於可以再次跟他說話了！

她拚命哭、一直哭，像要把這些日子以來的種種自責、懊悔、無助、不甘通通都哭出來一樣。

她曾經覺得自己有好多好多話要對他說，可是如今真的見到了，卻什麼也說不出口，只想好好地抱緊他。

何允樂捧著她的臉，繾綣留戀地注視她。他的眼裡全是夕陽揉碎而成的螢光。阿樂、阿樂……他眼底有著她這輩子最美好的夏天，與他共度的夏天，那星星點點的光全是他曾為她帶來的美好。

她的眼淚不聽使喚地落下，她拚命眨掉，必須眨掉，才能將他看得更清楚。半透明的身影俯低，抹去她頰畔的眼淚，在她唇上留下輕輕一吻。

他的吻很冰涼，與他們曾經有過的截然不同，卻又是同樣溫柔，同樣令人眷戀……那麼的，令人捨不得……

「衝啊！」

「阿樂！」

「在哪裡啊？這裡嗎？」

「我要抱他！」眾人也從舞台上跳下來，跑到謝雅真身旁來，對著空氣一陣亂吼亂摸，又叫又跳。

「看到沒有？我們幫你演了。」

「他現在臉一定超醜的。」

「阿樂，你看得到我們嗎？」

「阿樂在摸我的頭。」

「屁啦！」
「他現在一定穿得很 Rock。」
謝雅真聽著大家在耳邊的胡言亂語，哭笑不得，傷感的同時又很慶幸，還有這樣的一群朋友陪在身旁。
何允樂的身影在歡笑聲中慢慢地退到禮堂門口，高舉手臂，朝她揮手。
他要走了，她知道。從今以後，就是再也不見了……
「Bye Bye！」她揮揮手，眼淚無法控制地撲簌簌落下。
這次，是真正的道別了。
大家跟著她的目光所在，同時往禮堂門口望。
「阿樂，你要保佑我考上大學喔！」鳥哥許願。
「阿樂，我要中樂透。」小龜跟風。
「我會好好幫你照顧念文的！」胖達很有義氣地說。
「你要記得我是你的媒人喔！」黃巧薇不忘邀功。
「一定要快樂喔。」張念文祝福。
「啊，對，十點以後不要來找我。」小龜冷不防補上一句。
「什麼啦？」大家紛紛吐槽。
謝雅真跟著笑出來，又哭又笑的，覺得自己滑稽得不得了，可是，又很開心……真的，很開心……

在最後的時刻能好好說再見，真的太好了。

「阿樂，我們大家都會想你的！」張念文奮力揮舞雙臂。

「再見！」

「再見！」

她對著男孩道別，抹掉頰畔的淚水，朝著身影越漸淡薄的他用力揮手。

黃澄澄的夕陽在男孩身上鍍了層光暈，逸散了男孩總是為大家帶來歡樂的笑顏。

微風輕拂，樹葉沙沙的聲響捲走了大家的祝福，也捲走了男孩的身影。

平靜的校園一如往昔，僅餘青春的毛邊。

尾聲

風鈴輕輕地響著，又是新的一天。

以往總是睡過頭的女孩睡眼惺忪地從床上坐起來。窗邊的風鈴聲依然清脆，懸吊在風鈴上的「早安，仙姑，辛苦了」的字條也隨之搖曳。

「阿嬤早。」

她胡亂抓了抓短髮，走進浴室洗漱，換上繡著兩槓學號的制服，走出家門。

眼角瞥見信箱內的東西，她停下，將信件拿出來，迫不及待地站在門口打開。

是阿樂爸爸的信，還附了張照片。

信件上短短幾行字，簡單交代了他們得來不易的平安。

這一年來，阿樂的爸爸依舊在世界各地擔任無國界醫生，唯一不同的是，阿樂的媽媽也決定放下工作，陪伴在阿樂爸爸身旁。隨之附來的照片，是他們抱著戰地中的兒童，笑得十分燦爛的面孔，如同阿樂還活著時一樣。

真好，阿樂的爸爸和媽媽看起來十分幸福，他一定也會因此感到很高興吧？

她開心地將信件收進書包裡，跨上腳踏車，往學校出發。

途中經過了濟德宮，廟前懸掛著的跑馬燈猶在勤奮地捲動——

狂賀！濟德宮金老師勝在，出類拔萃，高中ＥＭＢＡ，成為企業新星。

噗！這跑馬燈真是不管看幾遍都囂張得好笑。

她情不自禁地笑出聲來。濟德宮因此放了好幾串鞭炮，開了好幾桌筵席，前來祝賀的信徒多到足足能繞廟裡好幾圈，把金勝在和阿宏、阿修都樂壞也累壞了。

對了，就連趙金火和夫人也送了好多花籃。

後來，趙金火如火如荼地投入選舉工作，竭誠地為民服務，閒暇之餘，也捉緊了能與妻子相處的時間。雖然夫人的病情暫時還沒有明顯的起色，趙金火也還沒確定當選，但兩人變得更加珍惜對方，更加惜福。

騎了好一段路，準時來到學校，她走進話劇社社辦，在大家的簇擁與歡呼聲之中，從張念文手中接過她的御用擴音器。

「大家好！」她拿著擴音器對大家說話，有些緊張，有些雀躍，也有些開心。

今年，她不只升上高二，也接下了話劇社新任社長的位置，由聆聽的配角成為發話的主角，不再是個小透明。

「小真加油！」黃巧薇歡欣鼓舞地敲著加油棒。

「通靈少女加油！」三宅揮舞著漫畫為她助陣，連加油也很有他們的風格。

「學姊加油！」新進社員也為她熱情鼓掌。

她被一片熱烈的氣氛包圍，兩頰紅撲撲的，心情也跟著輕舞飛揚。

除了天命，除了仙姑，終於，她也找到一個能令自己快樂，能盡情發揮的舞台。

如今，她不再只是塊孤獨的隕石，看見沒人了解的世界；在大家都看得見的世界裡，她也能找到自己的一方天地，擁有屬於自己的真正力量。

回家時，路上的景色很美，拂過頰畔的風很涼，頭頂上的夕陽依然金燦燦的，亮得幾乎教人睜不開眼。她乘著風來到學校側門，那片熟悉的圍牆如故，那堆熟悉的廢棄雜物放置區也還是當時的模樣。

她心中一動，從腳踏車上跳下來，踩上一把廢棄的椅子，攀上圍牆，跨坐在牆頭。暖洋洋的陽光灑在她的頭頂與臉上，就像記憶中那個總是溫煦燦爛的男孩，溫暖她曾經不堪狼狽的每個瞬間，照耀她灰頭土臉的每個迷茫。

她在陽光下舒服地瞇起眼，將燒焦了一塊的小毛巾拿起來擦擦汗，又珍惜無比地掛在脖子上。

曾經，她作過一場美夢，夢裡的男孩帶她經歷了一場冒險。

因為遇見他，她才發現，原來生活可以有這麼多快樂；也因為失去他，她明白人生是多麼的短暫。

夢終究會醒，但奇妙的是，失去越多東西的時候，反而越能珍惜生活中的點點滴滴，勇敢迎接新的一天。

她終於理解，真正的超能力，並不是通靈驅魔、超渡祭改，而是面對生命中的種種無常，還能夠坦然微笑。

她與男孩在一起的夏天永遠不會真正過去。

跳下圍牆，挺起胸膛，她昂首闊步地往前走，胸前的隕石項鍊在陽光下熠熠生輝。

她是謝雅真，在濟德宮內，更多人叫她仙姑。

既是仙姑，也是謝雅真。

她就是她。

這就是她的日常。

仙姑很忙

通靈問事改為每週四晚間舉行

人生盡量自己作主，謝謝。

濟德宮　敬啟

全書完

國家圖書館出版品預行編目資料

通靈少女 影劇小說 1：十六歲的我／HBO Asia、IFA Media 著
– 初版 . -- 臺北市：三采文化，2019.10
面； 公分 . --
ISBN：978-957-658-181-6（平裝）
1. 大眾文學 2. 影劇小說 3. 小說

863.57 108008168

suncolor 三采文化集團

iREAD 116

通靈少女 影劇小說 1

作者｜HBO Asia、IFA Media 文字協力｜宋亞樹
責任編輯｜戴傳欣
美術主編｜藍秀婷 封面設計｜池婉珊
內頁排版｜陳佩君 校對｜周貝桂
行銷經理｜張育珊 行銷企劃｜陳穎姿

發行人｜張輝明 總編輯｜曾雅青 發行所｜三采文化股份有限公司
地址｜台北市內湖區瑞光路 513 巷 33 號 8 樓
傳訊｜TEL:8797-1234 FAX:8797-1688 網址｜www.suncolor.com.tw
郵政劃撥｜帳號：14319060 戶名：三采文化股份有限公司
本版發行｜2019 年 10 月 9 日 定價｜NT$340

著作權所有，本圖文非經同意不得轉載。如發現書頁有裝訂錯誤或污損事情，請寄至本公司調換。 All rights reserved.
本書所刊載之商品文字或圖片僅為說明輔助之用，非做為商標之使用，原商品商標之智慧財產權為原權利人所有。